Elisabeth Dreisbach · Das verborgene Brot

ELISABETH DREISBACH

DAS VERBORGENE BROT

CHRISTLICHES VERLAGSHAUS GMBH
STUTTGART

ABCteam

Bücher, die dieses Zeichen tragen, wollen die Botschaft von Jesus Christus in unserer Zeit glaubhaft bezeugen.

Das ABCteam-Programm umfaßt in seiner Hauptreihe:

A = aktuelle Themen
B = Berichte, Erzählungen, Lebensbilder
C = Christsein heute

Als Sonderreihen erscheinen Jugendbücher (J), Werkbücher (W), Glauben und Denken (G + D).

Außerdem gibt es Geschenkbücher in besonderer Ausstattung.

ABCteam-Bücher erscheinen in folgenden Verlagen: Aussaat Verlag Wuppertal /R . Brockhaus Verlag Wuppertal / Brunnen Verlag Gießen / Christliches Verlagshaus Stuttgart / Oncken Verlag Wuppertal / Schriftenmissions-Verlag Gladbeck

ABCteam-Bücher kann jede Buchhandlung besorgen.

1975

Umschlaggestaltung: Gotthold Ripp, Stuttgart
Gesamtherstellung: Druckhaus West GmbH, Stuttgart
ISBN 3-7675-0324-7

Als Friedemann Kranzbinder merkte, wie schwer seiner Frau der Abschied von dem kleinen Albdorf fiel, suchte er nach einem Wort der Hilfe und des Trostes für sie. Auch ihm wurde es nicht leicht, den Ort, das Haus und vor allem die Tätigkeit aufzugeben, die ihnen in den vergangenen Jahren Lebensinhalt, Heimat und Geborgenheit bedeutet hatte.

Hier hatten sie als Jungverheiratete ihren gemeinsamen Weg begonnen. Hier waren ihre vier Kinder geboren worden, und hier hatten sie mit den Dorfbewohnern Freud und Leid geteilt. Unter der Führung eines bewährten Schulmeisters war ihm, Friedemann, Hilfe und Erfahrung vermittelt worden. Als der alte Lehrer pensioniert worden war, blieb er bei dem jungen Ehepaar, das ihn wie einen Vater liebgewonnen hatte.

Abgesehen von geringen dörflichen Zwischenfällen und einigen Vorkommnissen in der Schule, wie sie nun einmal nicht ausblieben, war das Leben auf der Alb geruhsam gewesen. Kranzbinders Kinder wuchsen in einer Umgebung auf, in der sie gedeihen konnten. Der Lärm und die Unrast der Stadt waren noch nicht in das kleine Albdorf gedrungen. Doch einige Jahre später hatten die Fangarme der Hetze und des Getriebes, die man in den Städten schon längst kannte, sich auch nach den Dörfern ausgestreckt und ihre Bewohner beeinflußt.

Nun mußte Friedemann Kranzbinder das Dorf verlassen und mit seiner Familie hinunter in die Stadt ziehen. Welch eine Umstellung für alle! Schon in jungen Jahren war es Friedemann zum Bedürfnis geworden, Gedanken und Erkenntnisse, die ihm wichtig schienen, niederzuschreiben und sie immer wieder einmal zu lesen und zu überdenken. Das schuf ihm eine kleine abgesonderte Welt, in die er sich nach Bedarf zurückziehen und in der er neue Kraft schöpfen konnte.

Friedemann merkte, daß seine Frau Rosmarie wie unter einer Last umherging, als sich der Tag des Umzugs näherte. Sie, die Sensible, vermochte mit dem, was auf sie zukam, nicht so schnell fertig zu werden. Sie bejahte zwar den neuen Weg, weil sie erkannte, daß es für ihren Mann beruflich keinen anderen gab, doch fiel ihr der Wechsel unsagbar schwer.

Eines Morgens, als Friedemann das Haus schon recht früh verlassen mußte, weil er an einer Sitzung in der Stadt teilnahm, fand sie auf einem Blatt folgende Worte, die ihr Mann geschrieben hatte:

Jedem Abschied folgt ein neuer Anfang.
Nie gibt's Stillstand oder Ende.
Laß uns sorgen, daß man morgen
uns dafür gerüstet fände.
Was erfahren wir in Jahren,
laß uns nehmen in den nächsten Tag,
daß aus diesem auch das Neue
wertbeständig werden mag.
Nichts ist Zufall, alles Führung –
wichtig nur, daß wir dran reifen;
auch den weit'ren Schritt bejahen
und es lernen, zu begreifen,
daß selbst solches, was uns quäle,

einst – so ist es Gottes Wille –
für uns zur Erfahrung zähle,
die in uns Bereitschaft wecke,
uns zu fügen und zu lernen;
so daß wir am End' der Tage
voller Dank vor Gott erkennen:
Alles hatte seinen Sinn,
führt uns zur Vollendung hin.

Rosmarie hatte Friedemann verstanden. Sie schämte sich ihres Kleinmuts und nahm sich fest vor, ihn zu überwinden. Ihr Mann brauchte gerade jetzt eine zuversichtliche, tapfere Frau.

Als Friedemann Kranzbinder von der Sitzung nach Hause kam, öffnete seine Frau ihm die Tür mit den Worten: „Ich danke dir! Ich habe gut verstanden, was du mir sagen wolltest und" – sie schmiegte sich an ihn – „ich will mir Mühe geben, die immer wieder in mir aufsteigende Angst vor dem Kommenden zu überwinden."

Da erwiderte er fröhlich: „Wir gehen ja den Weg in die neue Zukunft gemeinsam! Einer stützt den andern."

„Was halten Sie von dem Neuen?"

„Sie meinen den neuen Kollegen?"

„Ja, Kranzmüller, oder ..."

„Kranzbinder, Herr Bauer."

„Eben, Müller oder Binder – jedenfalls Kranz. Ja, wie gefällt er Ihnen?"

Herr Schmidtknecht antwortete nicht gleich. Der Kollege Bauer war dafür bekannt, daß er mit Vorliebe Neuigkeiten weitertrug. Kranzbinder gefiel ihm nicht schlecht – vielleicht ein etwas zu weicher, nachgiebiger Typ. Aber man mußte abwarten. So antwortete er: „Ich maße mir noch kein Urteil an. Er ist ja erst kurze Zeit an der Schule."

„Aber man hat inzwischen schon einen flüchtigen Eindruck gewinnen können, und ganz ohne Menschenkenntnis ist man ja schließlich auch nicht."

„Gefällt er Ihnen nicht, Herr Bauer?"

„Ich glaube, er ist ein Streber. Haben Sie nicht beobachtet, wie er sich hervortat, als der Rektor den Fall Kojetzki behandelte?"

„Ja, da hat er sich geradezu ereifert. Aber ich glaube, da war die besondere Situation Ursache seines Eifers. Vielleicht hat er einmal selber auf diesem Gebiet Pech gehabt und so seine Lektion fürs Leben gelernt. Sonst kommt er mir eher still und abwartend vor."

„Ich weiß nicht. Hat sein Abwarten nicht etwas Lauerndes? Er beobachtet scharf. So viel habe ich schon gemerkt. Ich glaube, man muß sich vor ihm hüten."

Die beiden Lehrer befanden sich auf dem Heimweg von der Schule. Ein weiterer Kollege gesellte sich zu ihnen.

„Vor wem muß man sich hüten?" schaltete sich Herr Krambus in das Gespräch der beiden ein.

„Wir sprechen von dem neuen Kollegen Kranzbinder. Wie gefällt er Ihnen?"

„Ich finde ihn ganz sympatisch, obwohl er zu den Frommen gehört."

„Woher wollen Sie denn das nach so kurzer Zeit überhaupt wissen?"

„Erstens geht meine Tochter zu ihm in die Klasse, zweitens ist er seit seinem Hiersein an jedem der drei Sonntage mit der ganzen Familie in der Kirche gewesen."

„Na, dann müssen Sie ja auch zu den Frommen gehören – was mir zwar ganz neu ist." Die letzten Worte wurden von spöttischem Lachen begleitet. „Wie sollten Sie ihn in der Kirche gesehen haben, wenn Sie nicht selber dort waren?"

„Falsch getippt, Herr Kollege. Aber ich habe eine Schwiegermutter, deren Haus gegenüber der Kirche steht, und die hat ihren sonntäglichen Platz am Wohnzimmerfenster."

„Sprich: Spion!" ergänzte bedeutungsvoll Kollege Bauer.

„Wie Sie wollen. Jedenfalls ist sie genauestens orientiert über die Besucher der Gottesdienste."

„Ich meine, es ist verfrüht, wenn wir nach so wenigen Tagen schon ein Urteil über Herrn Kranzbinder fällen wollen. Lassen wir uns überraschen. Guten Appetit, meine Herren!" Damit bog Herr Schmidtknecht in die Seitenstraße ein, wo er ein hübsches Einfamilienhaus besaß.

Auch Rektor Friederich schien sich mit dem Neuen zu beschäftigen. Nachdem er seinen Teller leergegessen hatte, lehnte er sich behaglich auf seinem Stuhl zurück und sah seine Frau freundlich an.

„Du hast wieder einmal eine prima Suppe gekocht, Kätchen."

„Das freut mich, Egon. Marie", das war die langjährige Hausgehilfin, „wird gleich das übrige aus der Küche bringen. Aber sag, wie ist es dir heute morgen ergangen? Du siehst weniger abgekämpft aus als sonst."

„Dir entgeht aber auch nichts. Ja, du hast recht. Es war ein Vormittag ohne große Aufregungen. Außerdem glaube ich, mit dem neuen Kollegen einen guten Fang getan zu haben."

„Das ist doch der Herr –"

„Kranzbinder. Im Gegensatz zu einigen anderen strömt er eine geradezu wohltuende Ruhe aus. Aber natürlich kann man nach so kurzer Zeit nicht viel sagen. Zweierlei ist mir aufgefallen: Er kann nicht nur reden, sondern auch zuhören. Wenn wir im Lehrerkollegium zusammen sind, ist er ein guter Beobachter, streut höchstens dann und wann in ruhiger, überlegener Art eine Bemerkung ein und antwortet sachlich, wenn er gefragt wird."

„Und wo hast du ihn als guten Redner kennengelernt?"

„Ach, da war doch die unliebsame Geschichte mit dem Kojetzki, der den Kollegen Bauer durch sein freches, unverschämtes Benehmen vor der ganzen Klasse bis zur Weißglut gebracht hat, so daß dieser sich nicht mehr halten konnte und ihm eine saftige Ohrfeige verpaßte – was natürlich nicht erlaubt ist. Aber verstehen kann ich es schon. Wie oft zuckt es auch mir in der Hand, doch ich werde mich hüten. Es könnte mich unter Umständen meinen Platz als Schulleiter kosten."

„Und wie hat nun Herr Kranzbinder reagiert?"

„Die Wogen im Lehrerkollegium schlugen an diesem Morgen hoch, das kannst du dir denken. Die meisten waren natürlich dafür, daß man die Prügelstrafe wieder einführe. Kranzbinder aber sagte ungefähr folgendes: Wenn wir uns bei unseren Schülern nur durch körperliche Züchtigung durchsetzen können, geben wir uns eigentlich ein Armutszeugnis. Er gebe zu, daß es auch ihm nicht immer leicht falle, sich zu beherrschen, besonderes in den oberen Klassen, in denen man häufiger erlebe, daß Schüler uns in herausfordernder Frechheit begegnen. Daraufhin hat der Kollege Bauer ihn ziemlich ironisch gebeten, ihm aus dem Bereich seiner Erfahrungen ein Rezept zu nennen, mit dem man sich bei solchen Schülern durchsetzen könne. ‚Ein Rezept kann ich Ihnen dafür nicht geben', hat Herr Kranzbinder völlig ruhig geantwortet. ‚Doch das kann ich Ihnen sagen, daß ich mich jeden Morgen bewußt innerlich wappne, um allen Überraschungen begegnen zu können.'

Ein vielsagendes Räuspern einiger jüngerer Kollegen, die sich unzweideutige Blicke zuwarfen, war die Reaktion auf diese Worte. Es spricht sich nämlich langsam herum, daß der Kranzbinder fromm ist. Kollege Bauer aber hat ihm noch einen letzten geringschätzigen Blick zugeworfen und gesagt:

‚An Ihrer Stelle würde ich die Meinung von Kollegen, die etliche Jahre länger als Sie unterrichten, nicht gering schätzen.'"

„Au wei! Das wurde ja eine knisternde Atmosphäre!" meinte die Frau des Rektors. „Wie ging es denn weiter?"

„Ich fand es an der Zeit, mich einzuschalten", fuhr ihr Mann fort, „und habe gesagt: ‚Ja, wir haben alle im Laufe der Jahre unsere Erfahrungen machen müssen, und ich glaube, daß keiner unter uns, auch nicht der älteste, sagen könnte, er habe nichts mehr hinzuzulernen.'"

„Bravo, Egon! Das hast du gut gesagt."

„Der Bauer knurrte noch in sich hinein: ‚Ich bin nur froh, daß ich die Zeit bis zu meiner Pensionierung übersehen kann.' So jedenfalls habe ich es verstanden. Dann läutete es zur Beendigung der großen Pause."

„Ihr Lehrer habt es in der heutigen Zeit wirklich nicht leicht", stellte Frau Friederich zum hundertsten Male fest. „'s ist kein Wunder, wenn man immer wieder hört, daß der eine oder andere einen Herzinfarkt bekommt."

„Nun, ganz so schwarz darfst du es nicht sehen, Kätchen. Auch in anderen Berufen werden heute große Anforderungen gestellt."

„Aber die Jugend in unseren Tagen!" Frau Friederich warf einen klagenden Blick zur Zimmerdecke. „Ich muß dich bewundern, Egon! Eine solche Eselsgeduld brächte ich nicht auf."

„Heißt es nicht Engelsgeduld?" fragte er lachend. „Aber ich hoffe, in dem neuen Kollegen eine spürbare Verstärkung bekommen zu haben. Doch nun will ich mich noch eine halbe Stunde aufs Ohr legen, bevor ich wieder in die Schule muß."

„Tu das! Ich bringe dir rechtzeitig den Kaffee."

Es war ein paar Stunden später. Frau Kranzbinder öffnete

ihrem Mann die Wohnungstür. Sie hatte ihn vom Fenster aus kommen sehen und sich vorgenommen, ihn heute nicht gleich mit den unliebsamen Geschehnissen des Nachmittags zu überfallen. Hatte er im Schuldienst nicht genug Unerfreuliches, womit er fertig werden mußte? Im stillen bewunderte sie ihn wegen seiner inneren Gelassenheit. Ach, wenn sie doch auch so wäre! Sie nahm immer gleich alles so schwer.

In der ihm eigenen Herzlichkeit begrüßte Friedemann seine Frau: „Guten Abend, Rosmarie! Freu dich mit mir! Heute fällt die Sitzung aus, ich muß also nicht mehr fort. Wie ist es dir inzwischen ergangen?"

Ehe Frau Kranzbinder antworten konnte, stürmten die beiden Jüngsten aus der Küche, wo sie bei der Mutter gespielt hatten. Im Kinderzimmer saßen die zwei Großen an ihren Schulaufgaben.

„Vati, Vati! Die alte Hexe war heute wieder so gemein zur Mutti. Sie hat –"

Erschrocken schloß Frau Kranzbinder die Wohnungstür.

„Kinder, wie oft habe ich euch nun schon gesagt, daß ihr nicht in dieser Weise von Frau Purzel sprechen sollt. Stellt euch vor, was daraus wird, wenn sie eure Worte gehört hat!"

„Aber sie ist doch eine richtige –" Ehe Berthild das verbotene Wort wiederholen konnte, verschloß Vaters Hand ihr den Mund.

„Pst, Berthild! Wenn Mutti nicht möchte, daß du so Frau Purzel titulierst, dann solltest du es auch nicht mehr tun."

„Aber stell dir vor, sie hat die Küchentücher, die Mutti hinters Haus gehängt hat, einfach abgenommen und ins Gras geworfen und dabei geschrien: ‚Sie wissen doch genau, Frau Kranzbinder, daß Ihr Wäschetag der Donnerstag und nicht der Montag ist.'"

„Ja, und sie hat uns ausgeschimpft, wir hätten absichtlich

Dreck ins Haus geschleift, wo das doch gar nicht wahr ist", fügte William, der Jüngste, empört hinzu.

Frau Kranzbinder umfaßte jetzt mit ihren Händen die Schultern der beiden Kinder und blickte ihnen ernst in die Augen. „Berthild und William, hatten wir uns nicht fest vorgenommen, den Vati nicht gleich wieder mit diesen unerfreulichen Dingen zu überfallen, wenn er aus der Schule nach Hause kommt?"

Schuldbewußt senkten die beiden die Augen. Doch Berthild meinte, trotzdem aufbegehren zu müssen. „Ja, Mutti, das stimmt. Aber meinst du, wir hätten nicht gesehen, wie traurig du wieder warst. Sogar Tränen hattest du wieder in den Augen."

„Ach, was werdet ihr schon gesehen haben", wehrte Frau Kranzbinder die Kinder ab.

Ihrem Mann aber entging es nicht, daß sich ihr Gesicht rötete. „Wir werden über alles nach dem Abendessen miteinander reden", beruhigte er die Kinder, deren Empörung er zu verstehen suchte. Darum auch mußte er ihnen Gelegenheit geben, sich vom Herzen zu reden, was sie bewegte.

„Habt ihr schon den Tisch gedeckt? Wo sind die beiden Großen?"

Er öffnete die Tür zum Kinderzimmer, während Frau Kranzbinder in die Küche ging, um die letzten Vorbereitungen zum Abendessen zu treffen.

„Na, ihr beiden?" grüßte sie der Vater. „Kommt ihr mit den Schulaufgaben zurecht?"

„O Vati, diese blöde Mengenlehre! Ich glaube, unser Lehrer versteht sie selbst nicht recht."

„Wir werden uns die Sache näher ansehen. Ich denke, gemeinsam schaffen wir es schon. Und was machst du, Anita?"

„Wir haben einen Aufsatz zu schreiben, aber ich bin schon beim letzten Satz."

„Wie lautet das Thema?"
„Unsere lieben Nachbarn!"
„Au, das finde ich gewagt."
„Die Lehrerin hat gesagt, wir sollen nur von freundlichen Nachbarn schreiben. Da wir keine haben, ist mein Aufsatz ziemlich kurz geworden. Hör mal zu, Vati, was ich geschrieben habe: Wir haben keine Nachbarn, weder freundliche noch andere. Links neben uns ist eine Tischlerei, deren Besitzer nicht dort wohnt. Rechts ist ein Garten, in den wir nicht hineindürfen. Der gehört nämlich unserer Hausbesitzerin, die mit uns im gleichen Haus wohnt. Sie ist also keine Nachbarin. Und wenn sie eine wäre, dürfte ich über sie nicht schreiben, weil wir nur von lieben Nachbarn erzählen sollen, das aber ist sie nicht; denn sie ärgert uns jeden Tag halbtot."
„Zum Essen kommen!" rief in diesem Augenblick die Mutter.
„Auch über deinen Aufsatz wollen wir nachher noch reden", sagte der Vater zu seiner Tochter. „Ich meine, du solltest ihn noch etwas ändern. Da du ja nicht über unsere Hausbesitzerin, sondern über unsere Nachbarn schreiben sollst, könntest du eigentlich davon absehen, Frau Purzel in deinem Heft erscheinen zu lassen."
„Ach Vati! Soll das heißen, daß ich alles noch einmal schreiben muß?"

Die Kinder waren schon eine Weile im Bett. Nach einer liebevollen Ermahnung der Mutter und einer etwas kräftigeren des Vaters war es im Zimmer der Jungen wie auch in dem der beiden Mädchen endlich still geworden. Ursache ihres lebhaften Gesprächs war der letzte Ausspruch des Vaters gewesen, nachdem alle vier Kinder sich erneut darüber geäußert hatten, daß es doch tausendmal schöner im

Schulhaus oben auf der Alb gewesen sei und daß man auf der Stelle wieder dorthin zurückkehren würde, wenn es möglich wäre. Nur Thomas hatte schließlich gemeint, das Leben in der Stadt biete doch mancherlei Erleichterungen, vor allem sei es hier nicht so eintönig wie im Dorf.

Trotz des Protestes ihrer Eltern hatten die Kinder an der Hausbesitzerin keinen guten Faden gelassen, und hätte Vaters Machtwort ihrem Wortschwall nicht energisch Einhalt geboten, wäre es nicht bei einer Verwünschung geblieben.

„So ein giftiges Weib ist mir noch nie über den Weg gelaufen!" hatte Thomas gerade noch hervorbringen können.

Nun saßen die Eltern alleine im Wohnzimmer. Ihre Gedanken gingen die gleichen Wege.

„Mir geht es in erster Linie um dich, Rosmarie", sagte jetzt Herr Kranzbinder zu seiner Frau. „Ich bin täglich stundenlang in der Schule, ebenso die Kinder, denen es nicht schadet, wenn sie lernen, Rücksicht zu nehmen und sich einzufügen. Sie werden im Leben noch in manche Situationen geraten, in denen sie ihren Kopf nicht durchsetzen können und auch zu Ungerechtigkeiten schweigen müssen. Aber du, Rosmarie, bist den ganzen Tag den Launen und Intrigen dieser Frau ausgesetzt. Das zehrt an deinen Nerven, dieses ständige In-Angst-leben-Müssen, irgend etwas falsch zu machen. Ich werde am kommenden Samstag, wenn schulfrei ist, noch einmal zu ihr hinaufgehen und versuchen, mit ihr zu reden."

„Es ist gut, daß du ‚versuchen' sagst. In den acht Wochen unseres Hierseins hast du es doch schon dreimal probiert. Sie läßt dich ja gar nicht zu Wort kommen und wird dich auch diesmal wieder anschreien: ‚Wenn es Ihnen nicht paßt, dann können Sie ja kündigen, bevor Sie von mir die Kündigung erhalten. Glauben Sie doch ja nicht, daß sich ein Hausbesitzer darum reißt, eine Familie mit vier Kindern in seine Wohnung zu bekommen. So dumm konnte ja nur ich sein.' Du weißt, Friedemann, so hat sie es noch jedesmal gemacht, wenn du bei ihr warst."

„Ja, Rosmarie, das stimmt. Aber bis jetzt habe ich immer nur um ihr Verständnis gebeten. Nun ist es an der Zeit, daß ich den Vertrag mitnehme, den wir miteinander aufgesetzt haben und den sie genausogut wie wir unterschrieben hat."

„Du wirst sehen, sie setzt sich darüber hinweg", meinte Frau Kranzbinder.

„Das kann sie nicht, und außerdem wird sie sich hüten, uns zu kündigen. Man kann eine Familie mit vier Kindern nicht einfach auf die Straße setzen. Immerhin gibt es ein Mieterschutzgesetz. Hinzu kommt, daß sie genau weiß, wie man über sie in der Stadt spricht. Anscheinend hat sie es bis jetzt mit jedem ihrer Mieter so gemacht."

„Warum hat man uns das nicht gesagt, als wir uns um diese Wohnung bemühten?"

Herr Kranzbinder betrachtete es nicht als ein Unrecht, seiner Frau verschwiegen zu haben, daß er von zwei verschiedenen Seiten gewarnt worden war, in das Haus von Frau Purzel zu ziehen. Nachdem er aber lange vergeblich nach einer passenden Wohnung gesucht und diese ihnen recht gut gefallen hatte, glaubte er, so schlimm, wie man über diese Frau sprach, würde sie in Wirklichkeit nicht sein. Auch jetzt sagte er Rosmarie nichts von den Warnungen, die er bekommen hatte. Sie war so sensibel und trug an den bestehenden Verhältnissen schon schwer genug.

„Komm, sing mir zum Abschluß des Tages noch ein Lied", versuchte Herr Kranzbinder seine Frau zu ermuntern, der allerdings nicht nach Singen zumute war. Aber ihm zuliebe überwand sie sich, wußte sie doch, daß er an seiner Hausorgel am schnellsten über die alltäglichen Kümmernisse hinwegkam. Wie oft hatte er sie schon aus ihrer Ängstlichkeit und dem Sorgengeist herausgerissen, in die sie sich immer wieder hineinverstrickte.

„Ach, Friedemann, wenn ich dich nicht hätte!" sagte Rosmarie dankbar.

Er saß bereits auf der Orgelbank, und während seine linke Hand den Tasten die ersten Töne entlockte, griff er mit der Rechten nach seiner Frau und zog sie liebevoll an sich.

„Und ich, Rosmarie – wenn ich dich nicht hätte!"

„Was soll ich singen?" fragte sie.

„Schaff's mit mir, Gott, nach deinem Willen; es sei dir alles heimgestellt."

In der Tat – nachdem das Lied verklungen war, wurde auch das Herz Frau Kranzbinders ruhiger. Noch immer war es so gewesen: ein geistliches Lied, ein geistliches Wort verfehlte seine Wirkung bei ihr nicht.

Friedemann Kranzbinder war mehr als zehn Jahre in einer kleinen Landgemeinde auf der Schwäbischen Alb als Dorfschullehrer tätig gewesen. Der Geburt nach war er Pommer. Seit Generationen waren seine Vorfahren Lehrer. Zuletzt hatte sein Vater in Kolberg, einem Badeort an der Ostsee, unterrichtet. Als 1939 der Krieg begann, mußte der Vater Soldat werden.

Nie würde Friedemann vergessen, wie er mit seiner Mutter und den beiden jüngeren Geschwistern – das Kleinste war noch kein Vierteljahr alt – vor ihrem Häuschen gestanden und dem Vater nachgewinkt hatte. Der Vater kehrte nie wieder zu ihnen zurück. Neun Jahre alt war Friedemann gewesen, als der Vater ihn zum letzten Mal an sich gezogen und zu ihm gesagt hatte: „Du bist mein Ältester. Wenn ich jetzt nicht zu Hause bin, mußt du auf die Mutter und deine Geschwister achtgeben. Nicht wahr, du versprichst mir das? Du bist nun schon ein großer, recht vernünftiger Junge und kannst der Mutter manche Arbeit abnehmen. Paß auf die Kleinen auf, mein Sohn!"

„Ja, daß sie nicht ins Meer fallen und ertrinken", hatte er ernsthaft hinzugefügt. „Und einkaufen kann ich auch schon, Vati, frischgeräucherte Flundern und Fische, wenn die Boote vom Fang kommen."

Lächelnd hatte der Vater ihm zugenickt. „Ja, und Kohlen und Holz kannst du auch aus dem Keller holen, nicht wahr?"

„Ja, Vater."

Ach wie genau wußte Friedemann sich noch an dieses letzte Gespräch mit dem Vater zu erinnern! Oft hatte er in den kommenden Monaten mit dem Schwesterchen an der Hand und dem kleinen Bruder im Kinderwagen am Strand gestanden und über die weite Wasserfläche geblickt. Nichts als Wasser und Himmel hatte man dort gesehen. Immer wieder hatte er gemeint, am Horizont müßte ein Schiff auftauchen und den Vater nach Hause bringen. Aber nicht einmal Urlaub hatte er gehabt. Und dann war der Brief gekommen, in dem man der Mutter mitteilte, daß ihr Mann auf dem Felde der Ehre – so hieß es in dem Schreiben – für Volk und Vaterland sein Leben gelassen hatte. Auch die wie erloschen scheinenden Augen der Mutter würde Friedemann nie vergessen können.

Die großen Worte „Auf dem Felde der Ehre für Volk und Vaterland gefallen" verstand er damals noch nicht. Aber soviel begriff er: Sein Vater war tot und würde nie mehr heimkehren.

„Ist Ihr Ältester immer so ernst und still?" hatte in jener Zeit mancher Erwachsene die Kriegerwitwe gefragt. „Man sieht ihn kaum mit anderen Kindern auf der Straße, höchstens, wenn er mit einem Korb voll Kartoffeln oder einer Tasche mit Lebensmitteln aus der Stadt kommt."

Was hätte die Mutter darauf antworten sollen? Sie wußte, daß ihr Großer – so nannte sie Friedemann damals oft – im Grunde seines Wesens ein frohes Kind war und seine Jugend in normalen Zeiten unbeschwert genossen hätte. Nun schien es, daß er an dem Vermächtnis seines Vaters schwer trug. Mit einem fast unkindlichen Verantwortungsbewußtsein wiederholte er immer wieder die Worte, wenn die kleinen Geschwister ihm mit Eigensinn und Ungehorsam zu schaffen machten: „Vater hat gesagt, ich soll auf euch aufpassen."

„Aber nicht, daß wir dir gehorchen müssen", konnte ihm dann die um drei Jahre jüngere Schwester widersprechen.

Wenn Friedemann seine Hausaufgaben gemacht hatte – er tat dies mit großer Gewissenhaftigkeit –, dann ermunterte ihn die Mutter des öfteren: „Jetzt geh du auch ein wenig an die frische Luft oder an den Strand. Du sitzt mir zu viel im Haus herum."

Darauf antwortete er: „Vater hat gesagt . . ."

Dann nahm er den Holzkorb oder die Einkaufstasche. „Es ist nur noch wenig Brot da, und heute gibt es frische Fische. Das dürfen wir uns nicht entgehen lassen."

Vater hat gesagt! Das schien der Leitgedanke des Jungen zu sein. Ohne Murren nahm er immer mehr Pflichten auf sich. Allerdings brauchte er sich bald nicht mehr mit schweren Einkaufstaschen und Körben abzuschleppen; denn die Zeiten wurden immer schlechter und die Rationen von Tag zu Tag kleiner. Voller Besorgnis standen die Erwachsenen beieinander. Was sollte geschehen, wenn die Russen kommen?

Und dann kam der Tag, an dem man alles zurücklassen und in eine ungewisse Zukunft flüchten mußte. Zum Abschiednehmen blieb keine Zeit. Alles, was bisher wie selbstverständlich zu ihrem Leben gehört hatte – das gepflegte Einfamilienhaus mit den grüngestrichenen Fensterläden, das Gärtchen vor dem Haus, in dem die Mutter die schönsten

Rosen gezüchtet hatte – das alles mußten sie nun zurücklassen. Sie hatten direkt am Frühkonzertplatz gewohnt, wo in früheren Zeiten während der Saison jeden Morgen eine Musikkapelle für die Badegäste spielte. Die umliegenden Häuser wetteiferten darin, den sorgsam gepflegten Anlagen des Frühkonzertplatzes zu gleichen, die im Frühjahr, im Sommer und im Herbst eine Fülle von farbenprächtigen Blumen aufwiesen.

Zum Strand waren es von hier aus nur wenige Minuten gewesen. Friedemann erinnerte sich noch gut, wie er manchmal abends, wenn im Haus schon alles ruhig geworden war, im gleichmäßigen Rhythmus den Schlag der Wellen an den Uferrand vernommen hatte – als ob das Meer atmete, hatte er damals gedacht. Doch gewaltig war das Toben des Meeres zu hören gewesen, wenn ein Sturm aufgekommen war. Einmal hatten die Einwohner Kolbergs – auch Friedemann war dabei – während eines Sturmes am Strand gestanden und die Rettung Schiffbrüchiger miterlebt, die von einem Vergnügungsdampfer geholt wurden, auf dem ein Feuer ausgebrochen war. Fast wie erstarrt hatten alle auf die mächtigen Flammen geblickt, die, vom Wind gepeitscht, in den nächtlichen Himmel stiegen. Wie ein Aufatmen war es durch die Reihen gegangen, als es hieß, alle Passagiere seien gerettet worden. Nur der Schiffskapitän war mit dem brennenden Schiff untergegangen.

Ach, wie lang war das her! Als dann das Kriegsende herankam, war Friedemann dreizehn Jahre alt gewesen. Die Mutter hatte hastig Bettzeug und einige Lebensmittel in den Kinderwagen gepackt und obendrauf den dreijährigen Jürgen gesetzt: „Du mußt dich gut festhalten, Jürgen, sonst fällst du herunter, und wir verlieren dich im Gewühl der Menschen!" Die achtjährige Gislinde ging nebenher. Der Flüchtlingsstrom, gejagt von Todesangst, bewegte sich nur langsam vorwärts. Wohin? Niemand wußte es! Wie lange? Keiner konnte es sagen.

Waren es Tage, Wochen, Monate gewesen? Wenn Friedemann sich die schrecklichen Erlebnisse jener Zeit ins Gedächtnis rufen wollte, mußte er sich konzentrieren und genau nachrechnen. In der Erinnerung verwischte ein Bild das andere. In wie vielen Flüchtlingslagern waren sie gewesen! Wo überall hatten sie die Nächte zugebracht! Auf Bahnsteigen, in Lagerschuppen, unter Brückenbögen, immer auf der Flucht, gehetzt, gejagt von Angst und Grauen.

Und heute? Niemand wollte davon noch etwas hören. Die Alten erinnerten sich nicht gerne daran: „Hören Sie auf mit diesen schrecklichen Geschichten!" Und die Jungen winkten ab: „Das gehört der Vergangenheit an. Wir haben damit nichts mehr zu tun!"

Und dann war der unvergeßliche Tag gekommen, an dem Friedemann mit seinen beiden Geschwistern am Grab der Mutter gestanden hatte. Sie hatte die Strapazen der Flucht und die Aussichtslosigkeit der Zukunft nicht länger ertragen. Eines Morgens fanden die Kinder sie in einem der Flüchtlingslager, das sie passieren mußten, tot auf ihrer Strohschütte. Ganz still mußte sie eingeschlafen sein. An jenem Tag war von Friedemann die Kindheit völlig abgefallen. Nun war er zum Manne geworden, kaum vierzehn Jahre alt. Viel Mitleid und Hilfsbereitschaft hatte die drei elternlosen Kinder umgeben. Die anderen Flüchtlinge waren trotz des eigenen Jammers nicht so abgestumpft, daß ihnen das Leid der nun plötzlich ganz Verwaisten nicht doch zu Herzen gegangen wäre. Viele hatten an der armseligen Beerdigung teilgenommen. Von lautem Weinen und unterdrücktem Schluchzen war die Trauerrede des Pfarrers begleitet gewesen, der ebenfalls mit tiefem Mitleid auf die Flüchtlingsgemeinde blickte.

Nach der Beerdigung wollte man Friedemann gutgemeinte Ratschläge geben.

„Sieh zu, daß du deine kleinen Geschwister irgendwo bei einer Rotkreuzstelle abgeben kannst. Wenn du sie mit dir schleppen mußt, kommst du nicht vorwärts. Für dich könnte es aber gefährlich werden, wenn uns die Russen einholen."

Friedemann aber schüttelte energisch den Kopf.

„Nein, ich trenne mich nicht von den beiden. Vater hat gesagt ..."

Da war wieder dessen Auftrag und Vermächtnis. Friedemann wuchs in jenen Tagen über sich selbst hinaus. Wie ein Vater sorgte er für seine beiden Geschwister, teilte mit ihnen jedes Stückchen Brot, trat oft zurück und verzichtete lieber, damit die Kleinen satt wurden. Er wusch ihre Wäsche, bis diese schließlich nur noch Lumpen waren. Der Kinderwagen mit dem Bettzeug und all dem anderen war längst verlorengegangen. Schließlich endete die Flucht der drei in einem Kinderheim Süddeutschlands.

Friedemann sah sich mit seinen Geschwistern einer Frau gegenüber, die ihnen beide Hände entgegenstreckte und sie mit den Worten begrüßte: „Jetzt hat euer Umherirren ein Ende. Hier sollt ihr nun zu Hause sein. Außer euch sind noch hundert andere Kinder hier, die wie ihr auf der Flucht waren und hier nun eine neue Heimat gefunden haben. Sie nennen mich alle Mutti."

Unbeweglich standen die drei vor ihr. Gislinde und Jürgen umklammerten wie schutzsuchend die Hände des großen Bruders. Sie hatten Angst, von ihm getrennt zu werden. Friedemann aber errötete bis unter seinen struppigen Haarschopf, der schon wer weiß wie lange nicht mehr gestutzt worden war und auf dem sich ein Heer von Läusen munter tummelte.

Einerseits hätte er vor Glückseligkeit weinen können, weil

der lange Fluchtweg nun ein Ende gefunden zu haben schien – aber da war etwas, wogegen sich sein Innerstes sträubte. „Sie nennen mich alle Mutti", hatte die Frau gesagt, anscheinend die Heimleiterin, die sie mit großer Herzlichkeit begrüßt hatte. Aber zu einer wildfremden Frau Mutter zu sagen, nein, das widerstrebte ihm. Schließlich stotterte er: „Müssen wir – muß ich – wir kennen Sie doch noch gar nicht, und unsere Mutter ist erst kurze Zeit tot!" Wahrhaftig, da fing der große Junge an zu schluchzen, er, der sich so tapfer gehalten hatte in all den Wochen seit ihrer Flucht aus Kolberg. Aber jetzt, am Ziel des abenteuerreichen Weges, ließ seine Fassung ihn im Stich. Gislinde und der kleine Jürgen brachen in ein jammervolles lautes Weinen aus, als sie sahen, wie über das Gesicht des großen Bruders Tränen liefen.

Die Heimleiterin, die schon in so manche kummervollen Kinderaugen geblickt hatte, verstand sofort die Reaktion des Jungen. Sie holte die drei in ihr Zimmer, setzte sich zu ihnen und sagte: „Friedemann, ich verstehe dich gut. Du meinst deiner verstorbenen Mutter ein Unrecht anzutun, wenn du mich Mutti nennst. Das mußt du auch gar nicht. Sage zu mir Tante und nenne mich bei meinem Vornamen. Ich bin überzeugt, daß wir uns trotzdem gut verstehen."

„Aber wir haben alle Läuse", bekannte Friedemann, „und Krätze auch."

Doch dies schien kein Grund zur Aufregung zu sein.

„Ich weiß, ich weiß", sagte die Heimmutter. „So kommen jetzt fast alle zu uns. Dagegen gibt es Mittel."

„Nun will ich aber was zu essen!" wandte Jürgen ein.

„Ja, ich habe auch Hunger!" fügte Gislinde hinzu.

Wie für seine Geschwister um Entschuldigung bittend blickte Friedemann die Frau an. Diese aber nickte den Kindern fröhlich zu, nahm Jürgen und seine Schwester bei der

Hand und sagte: „So, komm auch du, Friedemann! Jetzt gibt's zuerst einmal eine Mahlzeit, und dann gehen wir den Läusen an den Kragen, und anschließend steigt ihr in die Badewanne."

Darauf stimmten Jürgen und Gislinde erneut ein Gebrüll an. „Nein, nicht baden, nicht baden!"

Schon bald fühlten sich Friedemann und seine Geschwister im Kinderheim zu Hause. Nicht, daß sie die Heimat und das Elternhaus vergessen hätten, aber für die beiden Kleinen verschwammen die Bilder der Erinnerungen immer mehr. Nur bei Friedemann war das anders. Doch sagte er sich: Wenn ein Kinderheim auch niemals so sein kann, wie unser Zuhause war, können wir nicht dankbar genug sein, hier Aufnahme gefunden zu haben.

Unter den Kindern befanden sich auch solche, die an allem herummeckerten und mit nichts zufrieden waren. Doch das waren nur wenige. Die meisten hatten schreckliche Erlebnisse hinter sich und waren dankbar für die Unterkunft und Betreuung im Heim. Sie hatten mit ansehen müssen, wie ihre Väter erschossen und ihre Mütter und Schwestern verschleppt worden waren.

Den Unzufriedenen jedoch trat Friedemann bewußt entgegen: „Habt ihr schon vergessen, was Hunger und Kälte sind? Denkt ihr nicht mehr daran, wie wir heimatlos umherirrten und gierig über eine Brotkruste herfielen, wenn wir sie irgendwo fanden?"

Die Heimleiterin merkte bald, daß Friedemann einen guten Einfluß ausübte. Längst nannten seine beiden Geschwister sie ebenso Mutti wie alle anderen Kinder im Heim. Eines Tages kam Friedemann ein wenig verschämt zu ihr und erklärte: „Ich möchte zu dir jetzt auch Mutti sagen. Wenn meine verstorbene Mutter vom Himmel auf uns herniedersehen könnte – vielleicht kann sie es auch –, dann hätte sie bestimmt nichts dagegen, weil sie nämlich sehen würde, wie gut wir es hier haben."

Da zog die Heimleiterin ihn an sich und sagte: „Du bist ein guter Junge, Friedemann."

Jahre waren seitdem vergangen. Viele hatten die Bilder der Vergangenheit verdrängt oder schon vergessen. Friedemann jedoch pflegte diese Erinnerungen geradezu. Mehr instinktiv als bewußt hatte er schon als Junge empfunden, daß die durchlebten Notzeiten ihren Wert besaßen und seine charakterliche Entwicklung formten.

Friedemann war durchaus kein Kopfhänger oder Duckmäuser. Als einige Zeit im Kinderheim vergangen war, fand er, der an der Verantwortung für seine kleineren Geschwister schwerer getragen hatte, als er es selbst wußte, wieder zu einem normalen Jungendasein zurück, tollte und tobte mit den anderen herum. Übersah er einmal die gewiesenen Grenzen und blickten die Heimleiterin oder seine Gruppenerzieherin ihn erstaunt an, als wollten sie sagen: „Du, Friedemann? Das hätten wir von dir nicht erwartet", dann bedurfte es nicht mehr, damit er seinen Fehler einsah und sich dafür entschuldigte. So entwickelte er sich recht vielversprechend, zumal er auch zu den besten Schülern seiner Klasse gehörte.

An ein Erlebnis aus jener Zeit im Kinderheim dachte Friedemann Kranzbinder jedoch nur mit gewissem Unbehagen. Die größeren Kinder hatten täglich gewisse Hilfeleistungen zu verrichten. Eines Tages war ein großer Korb mit grünen Bohnen gestiftet worden. Mit Küchenmessern ausgerüstet, saßen die Jungen und Mädchen unter dem schattigen Kastanienbaum, jeder eine Schüssel vor sich, und zogen die Fäden von den Bohnen, die eingedünstet werden sollten. Zwischen den größeren Jungen entspann sich ein Streitgespräch. Wie es begonnen hatte, daran vermochte Friedemann sich später nicht mehr zu erinnern. Jedenfalls wagte einer seiner Kameraden, der eine Zeitlang mit ihm im gleichen Flüchtlingslager gewesen war, eine unverschämte Bemerkung über seine Mutter zu machen: Jeder im Lager habe doch gewußt, daß der Lagerleiter und sie öfter beisammen waren.

„Du Lügner!" schrie Friedemann. „Wage nicht, so etwas noch einmal zu behaupten, sonst passiert etwas!"

Doch der Junge war in seinen Äußerungen noch verwegener geworden. Bebend vor Zorn wollte Friedemann sich auf ihn stürzen, da lief der andere mit Hohngelächter davon. „Und doch ist es wahr. Alle haben es gewußt!" Friedemann erfaßte eine solche Wut, daß er mit aller Kraft sein Küchenmesser nach dem Verleumder schleuderte und ihn um ein Haar an der Schläfe getroffen hätte. Entsetzen spiegelte sich auf den Gesichtern aller. Ein einziger Aufschrei schallte über den Hof: „Friedemann!"

Der aber, selbst erfüllt von Scham, Schrecken und maßloser Empörung, stürmte ins Haus in den ersten Stock hinauf, wo sich sein Schlafraum befand. Dort warf er sich auf sein Bett und brach in verzweifeltes Weinen aus. Er weinte über die Schmach, die seiner Mutter angetan worden war, und über sich selbst, daß er sich so weit vergessen konnte. Er meinte, hier nun nicht mehr länger bleiben zu können.

Die schlimme Nachricht hatte inzwischen bereits das Arbeitszimmer der Heimleiterin erreicht. Einige Kinder waren zu ihr hineingestürzt: „Mutti, Mutti, der Friedemann mit dem Messer – beinahe ins Auge – der Wolfgang – der Friedemann."

„Nun redet nicht alle durcheinander", ermahnte sie die Heimmutter, aber die Kinder waren so erregt, daß sie beschloß, selbst nach den beiden Genannten zu sehen. Auf dem

Hof fand sie Wolfgang, der sich wie der Held des Tages vorkam, umringt von seinen Kameraden, die ihm teils zustimmten, teils berechtigte Vorwürfe machten. „Du warst mehr als gemein! Das konnte Friedemann sich nicht bieten lassen."

„Gut, daß du's dem einmal gesagt hast, der meint ohnehin, er sei etwas Besseres."

„Geht jetzt an eure Arbeit", ordnete eine der eben hinzukommenden Erzieherinnen an. „Mutti wird die Sache bestimmt klären."

Diese aber ging Friedemann suchen. Wie erwartet, fand sie ihn in seinem Schlafraum. Noch immer in höchster Erregung, zerrte er seine Kleidungsstücke aus dem Schrank.

„Was tust du da, Friedemann?"

„Ich suche meine Sachen und die meiner Geschwister zusammen. Wir können nicht eine Stunde länger hierbleiben."

„Und wohin willst du?"

„Ich weiß nicht!"

„Friedemann, du begibst dich erneut auf die Flucht."

Aus den vom Weinen geschwollenen Augen blickte der Junge sie fragend an.

„Du fliehst vor dir selbst und vor der Wirklichkeit. Ehe ich dir erkläre, wie ich das meine, möchte ich dich bitten, mir den Hergang des Geschehens genau zu berichten."

Das tat Friedemann dann auch, immer wieder vor Zorn aufschluchzend. „Ich lasse meine Mutter nicht beleidigen!"

„Ich verstehe gut, daß du glaubtest, dich gegen die niederträchtigen Behauptungen Wolfgangs wehren zu müssen. Aber hätte es nicht genügt, wenn du ruhig und besonnen geantwortet hättest: Was du sagst, Wolfgang, ist eine schmutzige Verleumdung. Ich habe nicht nötig, darauf zu antworten. Du bist gar nicht imstande, meine Mutter in meinen Augen herabzusetzen und zu beleidigen."

„Ich war aber rasend vor Wut!"

„Wenn du jetzt einen Augenblick still in dich hineinhorchst, weißt du selbst, daß du Unrecht getan hast. Ich meine, du solltest heute abend im Speisesaal vor allen Kindern Wolfgang wegen deines unbeherrschten Handelns um Verzeihung bitten."

„Das tue ich nicht! Lieber verlasse ich mit Gislinde und Jürgen das Haus."

„Niemand sagt, daß du nicht länger hierbleiben kannst. Ach Friedemann, laß dir doch helfen! Fliehe nicht vor den Folgen deines Zorns. Du mußt die Sache in Ordnung bringen. Glaube mir, mein Junge: In deinem Leben werden noch öfter Augenblicke kommen, in denen dir Unrecht geschieht, wo Zorn, Empörung und vielleicht sogar Rachegelüste in dir aufsteigen. Lerne es frühzeitig, dich zu überwinden, deinen Zorn zu beherrschen. Laß dir etwas sagen: Sein Recht behaupten heißt noch längst nicht, recht tun oder gar recht haben. Es gibt eine innere Überlegenheit, die die Kraft vermittelt, zu schweigen oder selbstbeherrscht zu antworten."

So versuchte damals die Heimleiterin, den aufgebrachten Jungen zu beruhigen und ihm in seinem inneren Aufruhr zu helfen. Als Friedemann sich dann überwand und am Abend vor allen Kindern Wolfgang wegen seiner heftigen Reaktion um Verzeihung bat, fühlte er sich selber wie befreit. Doch als seine beiden Geschwister, Gislinde und Jürgen, spontan von ihren Stühlen aufstanden und sich rechts und links neben den Bruder stellten, waren alle tief bewegt. Die Heimleiterin forderte daraufhin, daß Wolfgang sich ebenfalls entschuldigte und seine boshaften Worte zurücknahm. Das tat er jedoch nur widerwillig, und einige Kinder hörten, wie er beim Wegtreten vor sich hin murmelte: „Und doch war es so!" Aber Friedemann kümmerte sich nicht mehr darum.

Hätte er später den Grund dafür angeben sollen, warum

er als Lehrer stets bemüht war, heftige Reaktionen zu vermeiden, auch wenn ein Schüler Strafe verdient hatte, dann wäre der Ausgangspunkt dieser Haltung die Messergeschichte gewesen.

Alle Kinder des Heimes hatten durch einen Freundeskreis Pateneltern bekommen. Deren Aufgabe war es, mit den Jungen und Mädchen Verbindung zu halten, ihnen zu schreiben oder sie hin und her am Wochenende und während der Schulferien zu sich einzuladen. Dadurch waren die Kinder nicht nur auf das Heim angewiesen, sondern hatten Kontakt mit Familien.

Eines Tages kam ein Lehrer in das Kinderheim und bat die Heimleiterin, ihn und seine Frau in den Freundeskreis des Hauses aufzunehmen. Gleichzeitig erzählte er, daß ihre achtjährige Tochter sich oft sehr allein fühlte, nachdem der um einige Jahre ältere Bruder bei einem Verkehrsunfall ums Leben gekommen war. „Vielleicht haben Sie gerade einen Jungen, dem es gut täte, Familienanschluß zu bekommen."

Die Heimleiterin dachte sofort an Friedemann, der es innerlich wohl nie ganz verwinden würde, aus dem so harmonischen Familienleben seines Elternhauses herausgerissen worden zu sein. Wie gut würde dem Jungen die Verbindung mit diesem Ehepaar tun!

Sie erzählte beiden von ihm, unterbrach sich dann aber plötzlich: „Nein, so sehr ich es wünschte, aber es geht doch nicht. Friedemann würde sich über ein Wochenende oder gar in den Ferien nie von seinen Geschwistern trennen. Von seinem Vater hat er, bevor dieser in den Krieg zog, die Verpflichtung übernommen, sich seiner beiden kleineren Geschwister anzunehmen. Sie können sich nicht vorstellen, mit welcher Treue der Junge dieses dem Vater gegebene Versprechen hält."

Daraufhin sagten beide, sowohl Herr Meierhofer als auch

seine Frau: „Dann übernehmen wir eben für alle drei Kinder die Patenschaft.“

Erfreut dankte die Heimleiterin den beiden und fügte hinzu: „Ich finde, das trifft sich wunderbar, zumal der Vater der Kinder ebenfalls Lehrer war.“

So kam es, daß Friedemann mit Gislinde und Jürgen Eingang in ein geordnetes und fröhliches Familienleben fanden, wo sie fortan manches Wochenende und viele schöne Ferientage verbringen durften. Niemand konnte jedoch ahnen, daß die kleine, zarte Rosmarie – damals acht Jahre alt – einmal die Frau des seinerzeit sechzehnjährigen Friedemann werden würde.

Da Friedemann ein guter Schüler war, besuchte er das Gymnasium. Er wollte den Beruf seines Vaters ergreifen. Nach dem Abitur bekam er ein Stipendium. Mit Fleiß machte er sein Examen und wurde danach einem älteren Lehrer einer einklassigen Dorfschule auf der Schwäbischen Alb als Gehilfe zugeteilt. Einige Studienkollegen meinten, ihn bedauern zu müssen.

„Du armer Kerl, da wirst du wenig Bewegungsfreiheit haben. Der Alte wird dich in das Joch seiner totgefahrenen Methoden spannen wollen. Sieh nur zu, daß du von diesem Kaff bald wieder wegkommst.“

Friedemann aber sah es anders: „Wer weiß, vielleicht ist er ein bewährter Pädagoge. Solche soll es ja immerhin noch geben. Oder seid ihr anderer Meinung? Ich habe mir vorgenommen, gut zu beobachten und mir das anzueignen, was ich bejahen kann.“

Die Trennung von ihrem Bruder fiel den beiden Geschwistern nicht leicht, aber sie erkannten, daß es keine andere Lösung gab. Beide hatten auch mit sich selbst genug zu tun. Das Kinderheim blieb für sie alle die Heimat, in die sie immer wieder zurückkehrten, auch als sie bereits in der Berufsausbildung standen. Gislinde wurde Krankenschwester, und Jürgen fühlte sich auf Grund seiner Fähigkeiten zu einem handwerklichen Beruf hingezogen. Er ging bei einem tüchtigen Schreinermeister in die Lehre und wollte später Innenarchitekt werden. Nach wie vor widmete sich Friedemann so oft wie möglich den Geschwistern. Sein dem Vater gegebenes Versprechen blieb ihm eine Verpflichtung.

In dem alten Lehrer fand Friedemann einen väterlichen Freund, der bald die gute Veranlagung seines jugendlichen Kollegen erkannte und ihn förderte, wo er nur konnte. Nachdem die Frau des Lehrers gestorben war, hausten die beiden Männer in schöner Eintracht in dem alten Schulhaus zusammen. Einmal in der Woche kam eine Rentnerin aus dem Dorf, die den Haushalt in Ordnung brachte.

„Sie sollten heiraten", sagte eines Tages der alte Lehrer zu seinem jungen Mitarbeiter. „Haben Sie noch kein nettes Mädchen kennengelernt, das Sie gerne zur Frau nehmen möchten?"

Friedemann hatte nicht sofort geantwortet. Aber im gleichen Augenblick stand das Bild der Tochter seiner Pateneltern vor seinen Augen, Rosmarie Meierhofer. Diese war jedoch erst sechzehn Jahre alt und dachte sicher noch nicht daran, zu heiraten. Zwischen ihm und ihr hatte stets ein gutes, ja geradezu herzliches Verhältnis bestanden, nur war sich Friedemann eher als ihr älterer Bruder vorgekommen. Darum mußte er sich erst mit dem Gedanken vertraut machen, daß Rosmarie vielleicht sein Partner fürs Leben sein könnte.

Als Friedemann das nächstemal zu Besuch im Hause Meierhofer war, sah er die Tochter des Hauses mit ganz anderen Augen. Sie spürte seinen forschenden Blick und entzog ihm bei der Begrüßung errötend die Hand, die er länger als sonst festhielt. Von diesem Augenblick an wußte er, daß er Rosmarie nicht nur wie seine Schwester liebte. An ihrem siebzehnten Geburtstag fand er eine Gelegenheit, sie alleine zu sprechen.

„Ich habe dich sehr lieb, Rosmarie. Könntest du dir vorstellen, einmal meine Frau zu werden?"

Erschrocken antwortete sie ihm: „Aber ich werde doch heute erst siebzehn Jahre alt. Zwar habe ich in der letzten Zeit gemerkt" – wieder errötete sie und wandte ihr Gesicht von ihm ab – „daß du mich mit anderen Augen ansiehst als früher, aber daß du ernsthaft mit solchen Gedanken umgehst, habe ich nicht gewußt."

„Mir ist klar, daß wir jetzt noch nicht an eine Eheschließung denken können, aber darf ich auf dich warten?"

Da lehnte das Mädchen für einen kurzen Augenblick den Kopf an seine Schulter und antwortete: „Ja, Friedemann, ich weiß es nämlich schon lange, daß ich dich liebhabe. Doch sprich bitte noch nicht mit meinen Eltern darüber. Ich glaube, es wird ihnen schwer werden, mich hergeben zu müssen, weil ich ihr einziges Kind bin."

So nüchtern und einfach ging das damals zwischen den beiden vor sich. Es gab keine himmelstürmenden Liebesbeteuerungen, keine Treueschwüre. Das junge Paar war einfach zueinander hingewachsen, und wenn Friedemann jetzt im Buch der Erinnerung blätterte und an die erste Zeit ihrer sich bewußt gewordenen Liebe dachte, da kam es ihm vor, als wäre dieses Geschehen nichts anderes als eine Station seines Weges, den Gott ihn gewiesen hatte.

Rosmarie war knapp neunzehn Jahre alt, als sie in dem alten Schulhaus auf der Schwäbischen Alb als junge Lehrersfrau einzog. Ihren Eltern war es nicht entgangen, was ihr Patensohn gegenüber der Tochter empfand. Sie hätten sich keinen lieberen Schwiegersohn wünschen können und sagten mit Freuden ja, als Friedemann um die Hand ihrer

Tochter bat. Die angehende junge Braut erhielt eine gute Ausbildung auf einer Hauswirtschaftsschule, dazu eine kurze Lehrzeit bei einer Schneiderin und absolvierte einen Kurs in der Krankenpflege.

Der alte Lehrer erlebte noch die Geburt ihres ersten Kindes, des kleinen Thomas. Bis zu seinem letzten Tag wurde er liebevoll betreut von Friedemann und Rosmarie, an denen er wie an eigenen Kindern hing. Obwohl Friedemann noch an einer anderen Schule zu unterrichten vorhatte, um Erfahrungen zu sammeln, bevor er der Nachfolger des alten Mannes wurde, übernahm er die Aufgabe seines Vorgängers gerne, der ein so hervorragendes Beispiel eines guten Pädagogen gegeben hatte. Die ruhige, umsichtige und beherrschte Art des alten Dorfschulmeisters hatten ihn sehr beeindruckt.

Alle vier Kranzbinder-Kinder wurden im Albdorf geboren. Zu den Dorfbewohnern, die ihre Äcker auf der Albhochfläche in mühevoller Arbeit bestellten, hatten die Lehrersleute ein ausgezeichnetes Verhältnis. Der Boden war hier oben schwer und von unzähligen Steinen durchsetzt. Jahr für Jahr fuhren die Bauern auf ihre Felder und füllten Körbe voll Steine, die sie an den Rändern der Äcker zu den sogenannten Steinriegeln anhäuften. Wo kamen die vielen Steine nur her? Wenn der Pflug die Furchen zog, traten immer neue hervor. Das Leben dieser Albbauern war mühevoll, ihre Höfe bis auf einige wenige nicht groß. Die meisten Männer gingen hinab ins Tal, wo sie in den Fabriken der Stadt arbeiteten. Darum lag die Last der Landarbeit vielfach auf den Schultern der Frauen, die darüber früh alterten und oft einen verhärmten Eindruck machten.

Manchmal sah man den Lehrer auf einem der Äcker einer jungen Bäuerin oder deren alten Eltern beim Steinelesen helfen oder im Sommer das Heu wenden. Wie hätte er das Vertrauen dieser Leute gewinnen können, wenn er nicht ihren Alltag mit dessen Nöten kannte? Rosmarie, die junge Frau, machte es sich zur Aufgabe, die Kranken und Wöchnerinnen zu besuchen. Oft bot sie sich an, zu ihren eigenen kleinen Kindern auch noch das eine oder andere Neugeborene von Nachbarn zu sich zu nehmen und darauf zu achten, während die Mutter auf dem Feld arbeitete. Im Winter lehrte die junge Lehrersfrau an einem Wochenabend in der Schulstube die Frauen, für sich und ihre Kinder zu nähen. Sie gab ihnen auch Unterricht in Krankenpflege. Rosmarie war ihrem Wesen nach keine Führernatur. Sie hatte immer gegen ihre Schüchternheit anzukämpfen und wurde gewisse Hemmungen nie ganz los. Friedemann, der längst erkannt hatte, welche Fähigkeiten sie besaß, ermutigte sie immer wieder: „Rosmarie, du hast an diesen Frauen eine Aufgabe zu erfüllen. Ihr Leben besteht vielfach nur aus Arbeit und Sorge. Manche von ihnen hören den ganzen Tag kein gutes Wort, auch nicht von ihren Männern."

Friedemann selbst hätte ebenfalls gerne einen Abend für die Männer des Dorfes eingerichtet, doch stieß er dabei auf Widerstand. „Wenn wir den ganzen Tag in der Fabrik oder auf den Feldern sind, wollen wir abends nicht noch auf der Schulbank sitzen." Der Wunsch, diesen Männern bei ihrer oft eintönigen Arbeit etwas Wertbeständiges zu vermitteln, ließ ihn nach anderen Möglichkeiten sinnen.

„Wenn sie nicht zu uns ins Schulhaus kommen wollen, dann werde ich zu ihnen gehen", sagte Friedemann eines Tages zu seiner Frau. Als sie ihn fragend anblickte, fuhr er fort: „Die meisten von ihnen sitzen mindestens zwei- oder dreimal in der Woche im Wirtshaus. Du weißt, daß mich das noch nie gelockt hat, aber um dieser Männer willen habe ich vor, an einem Wochenabend ebenfalls dorthin zu gehen, um mit ihnen ins Gespräch zu kommen. Wie denkst du darüber, Rosmarie?"

„Das ist gut, aber ich habe noch eine andere Idee!" stimmte sie ihm zu. „Unsere Dorfleute singen doch so gerne. Wie wäre es, wenn du einen Männerchor gründen würdest? Ich glaube, im Gasthaus ‚Zum guten Tropfen' steht ein Klavier."

„Das ist ein blendender Gedanke, Rosmarie. Gleich nächste Woche will ich den Versuch machen."

So kam es, daß es in dem Albdorf bald einen Männerchor gab, dessen Dirigent Friedemann Kranzbinder wurde. Jeder wußte: An dem Abend, an dem er mit den Männern des Dorfes zusammensaß, gab es keine Betrunkenen.

Die Jahre vergingen. Kranzbinders Kinder wurden größer. Thomas bestand die Aufnahmeprüfung in die Oberschule. Mit ihm fuhren einige andere Schüler ins Gymnasium. Zuerst nahm ein Bewohner des Dorfes die fünf in seinem Auto mit in die Stadt. Später wurde ein Omnibus eingesetzt.

Jahre hindurch waren alle acht Klassen der Dorfschule in zwei Räumen unterrichtet worden. Dann gab es einen Erlaß, daß alle Kinder ab der fünften Klasse in die Hauptschule fahren müßten, die in der Stadt war. Eines Tages sagte Friedemann nicht ohne Besorgnis zu seiner Frau: „Du wirst sehen, Rosmarie, es dauert nicht lange, und alle Dorfschulen werden aufgelöst."

So geschah es dann auch. Einsprüche von Lehrern, die Sorge hatten, daß damit nicht nur eine bewährte Tradition zu Ende ging, sondern auch die bisher noch mögliche individuelle Beziehung zwischen Lehrern und Schülern, blieben erfolglos.

Eines Tages wurde auch die Dorfschule geschlossen, an der Friedemann Kranzbinder tätig war. Er bekam eine Anstellung an einer der Hauptschulen unten in der Kreisstadt. Mit wehem Herzen nahm man Abschied von den Dorfbewohnern und dem alten, vertrauten Schulhaus. Wie viele glückliche

Jahre hatte die Familie Kranzbinder dort erlebt! Nun begann ein Neues.

Sowohl Rosmarie als auch Friedemann hatten mit Schwierigkeiten gerechnet. „Doch werden sie zu überwinden sein", versuchte Friedemann seine Frau zu ermutigen, die an der Umstellung schwerer trug als er. Oft schienen es nur geringfügige Kleinigkeiten zu sein, die ihnen den Weg erschweren wollten. Daß sich die neuen Kollegen zuerst einmal abwartend ihm gegenüber verhielten, machte Friedemann nicht viel aus. Einige nannten seine pädagogischen Ansichten veraltet und überholt. Doch Friedemann ging seinen Weg. Er begegnete seinen Kollegen freundlich und verhielt sich stets hilfsbereit und entgegenkommend. Wo es aber galt, für Wahrheit und Gerechtigkeit einzutreten, scheute er sich nicht, seine Meinung zu vertreten. Bald erkannten einige Kollegen die Geradlinigkeit Friedemanns und begannen, ihn zu schätzen. Zu diesen gehörte auch der Schulleiter Friederich.

Die Schüler der Klassen, in denen Herr Kranzbinder unterrichtete, waren über ihn geteilter Meinung. Den Ängstlichen und mit Minderwertigkeitsgefühlen und Hemmungen behafteten Schülern tat seine gütige und geduldige Art wohl. Sie stärkte ihr Vertrauen. Die Großmauligen und von sich selbst Eingenommenen fühlten sich durch seine ruhige Überlegenheit ständig zum Widerspruch gereizt und bereiteten ihm Schwierigkeiten, wo sie nur konnten. Wenn es Friedemann bisher gelungen war, beherrscht und ausgeglichen zu bleiben, dann nicht deshalb, weil es nicht in seiner Art lag, auch einmal aus der Haut zu fahren. Schon mehrmals war es vorgekommen, daß er für einen kurzen Augenblick das Klassenzimmer verlassen hatte, um sich innerlich zur Ruhe zu zwingen und einen Stoßseufzer zum Himmel zu senden: „Hilf mir, o Gott, daß ich dir jetzt keine Unehre bereite, indem ich die Beherrschung verliere!" Wenn er nach solch einem Augenblick das Klassenzimmer wieder betrat, empfanden die Schüler mehr instinktiv als bewußt, daß ihr Lehrer innerlich etwas niedergerungen hatte.

Im Grunde genommen hatte er mit den meisten von ihnen Mitleid. Einige waren Kinder von Alkoholikern, andere kamen aus geschiedenen Ehen. Nur wenige wuchsen in einem normalen, harmonischen Familienleben auf. In den meisten Häusern gab es keinen Zusammenhalt mehr. Die Kinder waren sich selbst überlassen. Saß man am Abend beieinander, dann war es vor dem Fernsehapparat, wo jedes Gespräch verstummte. Was die Kinder vielfach an Sex- und Kriminalfilmen sahen, das trug wahrhaftig nicht zu ihrer Förderung bei.

„Arme Jugend!" sagte Friedemann manchmal zu seiner Frau. „Was für ein verkehrtes Welt- und Lebensbild bekommt sie durch die auf sie einwirkenden Strömungen! Mit welchen falschen Voraussetzungen und Vorstellungen gehen sie ins Leben. Viele nehmen sich vorweg, wozu sie noch nicht reif sind, weder körperlich noch geistig."

„Aber so sind doch nicht alle?" fragte Rosmarie beinahe entsetzt und dachte mit Besorgnis an die Zukunft ihrer eigenen Kinder.

„Nein, Gott sei Dank, nicht alle", antwortete ihr Mann, „aber die anderen haben es nicht leicht, sich dagegen zu wehren und vom Sog nicht mitgerissen zu werden. Unter den Schülern sind immer einige, die sich gegen die Gemeinheit wehren, aber nur wenige können sich durchsetzen und gegen den Strom schwimmen. Manche fürchten, von den übrigen ausgelacht zu werden."

„Du Armer!" erwiderte dann wohl Frau Kranzbinder. „Mit welchen Problemen und Schwierigkeiten mußt du dich täglich abquälen, und dann belasten wir dich noch mit unserem häuslichen Kleinkram und dem Ärger mit Frau Purzel."

„Für dich ist das kein Kleinkram, das ist mir bewußt, Rosmarie. Wenn ich nur einen Ausweg wüßte! Ich weiß, wie das Zusammenleben mit dieser Person an deinen Nerven zerrt, wenn sie dir ihre unbegründeten Reklamationen im Treppenhaus oder aus dem Garten entgegenschleudert, so daß Nachbarn und Vorübergehende es hören müssen."

„Das Schlimme ist, Friedemann, ich habe in letzter Zeit manchmal den Eindruck, daß nicht mehr alle ihre Reklamationen unbegründet sind."

„Wie meinst du das?" fragte Friedemann und blickte seine Frau verwundert an.

„Die Kinder beginnen, sie heimlich zu ärgern. So lange wir hier wohnen, haben sie ihre Schikanen miterlebt, all die unwahren Anschuldigungen, das reizt sie einfach. Heute nachmittag hörte ich ein Gespräch mit an, ohne daß sie es wußten. ‚Dann soll die alte Hexe' – so nennen sie sie heimlich immer noch – ‚auch einmal in Wirklichkeit erleben, wie es ist, wenn wir sie ärgern.' Thomas ging und öffnete das Gartentor, das sonst stets verschlossen ist. Frau Purzel war in den Keller gegangen und hatte den Schlüssel stecken lassen. Diese Zeit nützte Thomas, einen Hund, der vor dem Haus herumlief, in den Garten zu locken. Dem schien es darin zu gefallen. Wie wild raste er auf den Blumenbeeten und zwischen den Beerensträuchern herum. Ich entdeckte es erst zu spät, um es verhüten zu können. Du hättest das Gezeter hören sollen, als Frau Purzel aus dem Keller heraufkam. Die Kinder standen hinter den Gardinen im Kinderzimmer und wollten sich halbtot lachen.

Natürlich ist es nicht recht, was sie getan haben. Ich dachte daran, von ihnen zu verlangen, daß sie sich bei Frau Purzel entschuldigten, aber dann wollte ich doch erst abwarten, bis du nach Hause kommst, und hören, was du darüber denkst."

Friedemann antwortete nicht sogleich. Nach einer Weile

sagte er: „Ich werde nachher mit den Kindern reden und ihnen sagen, daß sie sich bei Frau Purzel zu entschuldigen haben, wenn etwas Ähnliches noch einmal vorkommt. Diesmal wollen wir davon absehen. Wir würden sie damit überfordern. Nachdem sie nun schon so lange miterlebten, wie diese Frau uns alle schikaniert, müssen wir für ihr Verhalten Verständnis haben. Irgendwie reagieren sie den angestauten Ärger und ihre Empörung über diese Ungerechtigkeiten ab."

Als Herr Kranzbinder mit seiner Frau und den Kindern am Abend zusammensaß und sie den Tagesablauf noch einmal an ihren Augen vorüberziehen ließen, kam die Rede auch auf die Sache mit dem Hund.

„Warum habt ihr das eigentlich getan?" fragte der Vater.

„Warum?" wiederholte der Älteste grollend. „Das ist doch ganz klar: weil sie immer so gemein zu uns ist, die alte – die Purzel."

„Du meinst Frau Purzel", korrigierte ihn der Vater in ruhigem Ton und nahm es hin, daß ihm sein Sohn einen entsprechenden Blick zuwarf.

„Wir wollten sie bestrafen!" erklärte nun Anita. „Sie hat schon lange Strafe verdient."

„Ja, bestrafen!" kam das Echo aus dem Mund der beiden Kleinen. Sie begriffen nicht, warum bei dieser doch sehr ernsten Angelegenheit über das Gesicht der Eltern ein kleines Lächeln huschte. Damit war die Hundegeschichte abgetan. Es wurde nicht mehr darüber gesprochen.

Nicht lange danach kam die elfjährige Anita aus der Schule nach Hause und suchte, kaum daß sie die Schultasche in die Garderobe gehängt hatte, ihre Mutter in der Küche auf.

„Mama, ich muß dir etwas ganz Schlimmes erzählen. Du weißt doch, daß ich seit ein paar Tagen eine Freundin habe."

„Ja, heißt sie nicht Karin?"

„Eben, die Karin meine ich. Sie gefällt mir auch jetzt noch

recht gut. Aber stell dir vor, was heute passiert ist. Als ich mit ihr in der großen Pause über den Hof ging, stellten sich uns drei Mädchen in den Weg. Eine von ihnen sagte: ‚So, die Karin hast du dir als Freundin ausgesucht? Da hast du ja einen guten Geschmack, das muß man schon sagen.' Und die andere meinte zynisch: ‚Dann paß nur schön auf dein Geld auf!'

In diesem Augenblick riß sich Karin von mir los und lief mit hochrotem Kopf davon. Ich wußte gar nicht, was ich von der ganzen Sache halten sollte. Da sagte das dritte Mädchen: ‚Was guckste denn so dämlich? Hat dir noch keiner gesagt, daß die Schwester von der Karin in der Schule geklaut hat? Wenn sie nicht schon in der neunten Klasse gewesen wäre, hätte man sie gefeuert. Von ihrem Vater erzählt man sich auch so allerlei.'

Die erste von den dreien sagte lachend: ‚So, nun geh und such mal deine saubere Freundin.'

Ich konnte mich gar nicht mehr um Karin kümmern, denn es läutete gerade zur Beendigung der Pause. In der Klasse war sie aber auch nicht. Erst als die Lehrerin mit dem Unterricht begann, schob Karin sich mit verweintem Gesicht ins Klassenzimmer. Sie bekam einen Verweis für ihr Zu-spät-Kommen. Während der ganzen Stunde hat sie mit gesenktem Kopf dagesessen und sich immer wieder die Augen gewischt. Als der Unterricht zu Ende war, habe ich auf sie im Treppenhaus gewartet, aber sie kam nicht. Ich weiß nicht, auf welchem Weg sie das Schulhaus verlassen hat. Eigentlich hätte sie an mir vorbeikommen müssen."

Frau Kranzbinder hatte sich die Schilderung ruhig angehört. Die Sache schien Anita sehr zu bewegen. „Die arme Karin tut mir leid", sagte nun die Mutter. „Du hattest sie mir doch als ein nettes Mädchen geschildert."

„Das ist sie auch, Mama. Aber soll ich jetzt nicht mehr

mit ihr gehen, wenn doch alle wissen, daß ihre Schwester eine Diebin ist?"

„Das wäre kein Grund, sich von Karin loszusagen. Etwas anderes ist es, wenn sie selbst auf dich einen schlechten Einfluß ausüben würde. Danach sieht es aber nicht aus. Vielleicht hast du an ihr eine Aufgabe zu erfüllen. Sicher leidet sie darunter, daß alle von dem Verfehlen ihrer Schwester wissen und ihre Abneigung gegen sie auf Karin übertragen. Lade sie doch einmal zu uns ein. Ich würde sie gerne kennenlernen."

„Und wenn sich die anderen nun auch von mir zurückziehen, weil ich mit Karin gehe?"

„Laß dich dadurch nicht beeinflussen. Geh deinen Weg unbeirrt. Sicher kommt dann der Tag, an dem Karin durch dich auch wieder in die Klassengemeinschaft aufgenommen wird. Ich glaube, du kannst dazu viel beitragen, Anita."

Am nächsten Tag berichtete Anita der Mutter nach der Schule: „Denk dir, Mama, Karin hat sich heute in der Pause immer versteckt. Während des Unterrichts hat sie nicht ein einziges Mal zu mir herübergeschaut, was sie sonst immer tat. Sie ging mir einfach aus dem Weg. Nach der Schule habe ich sie aber doch erwischt. Ich ging vor ihr aus dem Klassenzimmer und die Treppe hinunter. Als sie dachte, ich sei schon auf dem Heimweg, kam sie nach. Ich hatte mich bei der Turnhalle versteckt und sprang hervor, als sie kam.

‚Warum weichst du mir aus, Karin?' habe ich sie gefragt. ‚Habe ich dir etwas getan?' Sie wollte einfach davonlaufen, aber ich habe sie am Arm festgehalten. Schließlich hat sie gestottert: ‚Du – du hast mir – du hast mir nichts getan. Es ist doch nur wegen – wegen meiner Schwester.' Da habe ich gesagt: ‚Dafür kannst du doch nichts!' Da fing sie an zu weinen: ‚Aber es ist eine Schande, und alle tun, als ob ich's gemacht hätte.'

‚Aber ich tue nicht so‘, habe ich gesagt. ‚Und meine Mutti ladet dich ein, uns zu besuchen.‘

‚Nein, nein‘, sie ist ganz aufgeregt geworden. ‚Ich kann nicht zu euch kommen. Deine Eltern haben davon bestimmt auch schon gehört.‘

‚Das macht doch nichts, Karin‘, habe ich ihr geantwortet. ‚Deswegen werden sie trotzdem nett zu dir sein, denn du bist nicht schuld daran, daß deine Schwester so etwas getan hat.‘ Plötzlich begann sie wieder stärker zu weinen und schluchzte: ‚Das ist doch noch gar nicht alles.‘

Als ich wissen wollte, was sonst noch wäre, hat sie sich immer mehr erregt und gesagt: ‚Darüber kann ich nicht sprechen. Und ich will auch nicht zu dir nach Hause kommen.‘ Dann hat sie sich losgerissen und ist davongesprungen. Weißt du, Mama, sie tut mir so leid!“

„Bewahre dir dieses Empfinden für sie, Anita, und glaube mir: Karin hat dich jetzt erst recht nötig. Ich will mit Vati sprechen, ob wir beide nicht einmal einen Besuch bei der Familie machen. Wie heißt doch die Karin?“

„Goswig, Karin Goswig.“

„Richtig. Karins Bruder ist ja in Vaters Klasse. Dann ist es verständlich, wenn er sich um die Eltern seines Schülers kümmert.“

„O Mutti, was wird Karin sagen, wenn ihr kommt?“

„Ich erzähle es dir.“

Am nächsten Nachmittag war Frau Goswig nicht wenig erstaunt, als ein fremdes Ehepaar an ihrer Haustür läutete. Familie Goswig bewohnte in der Arbeitersiedlung ein Einfamilienhaus, vor dem ein kleiner Garten mit Küchenkräutern lag, in dem aber auch etliche Sträucher und bunte Blumen wuchsen. Schon diesem Gärtchen sah man die ordnende Hand an. Daß vor den Fenstern einfache, jedoch blütenweiße

Vorhänge aufgehängt waren, hatte Frau Kranzbinder sofort entdeckt.

„Meine Name ist Kranzbinder. Ich bin der neue Lehrer Ihres Sohnes", sagte dieser, als Frau Goswig die Tür öffnete. „Dies ist meine Frau. Dürfen wir Sie kurz besuchen?"

Freudig erstaunt bat Frau Goswig sie, näherzutreten, und führte sie in ihr kleines, gut aufgeräumtes Wohnzimmer. Das Leben der Familie schien sich mehr in der Küche als dort abzuspielen.

„Entschuldigen Sie mich bitte einen Augenblick", bat Frau Goswig. „Ich möchte nur meine Nähmaschine abschalten." Nach einem kurzen Augenblick kam sie wieder und hatte ihre Hausschürze abgebunden. Frau Kranzbinders geübtem Blick entging nicht, daß auch ihr Kleid tadellos sauber und von gutem Schnitt war. Frau Goswig setzte sich nun und blickte den Besuch fragend an.

„Sie wundern sich, daß wir zu Ihnen kommen!" begann Herr Kranzbinder. „Unsere Tochter hat uns erzählt, daß sie mit Ihrer Karin befreundet ist."

„Ach, dann ist das wohl Anita? Ganz freudig hat Karin mir berichtet: ‚Denk nur, Mutter, seit einigen Wochen haben wir ein neues Mädchen in der Klasse, und das ist ganz besonders nett zu mir. Sie hat gefragt, ob ich ihre Freundin sein möchte.' Aber als sie vor ein paar Tagen weinend nach Hause kam und sagte: ‚Mutter, mit der Freundschaft ist es schon wieder aus', habe ich gefragt, ob sie sich mit Anita gezankt hätte. Karin schüttelte nur den Kopf. Mehr brachte ich nicht aus ihr heraus. Seitdem ist Karin sehr still, und ich vermute, daß sie oft heimlich weint. Den Grund hat sie mir bisher nicht genannt. Ich frage mich, ob ..." Frau Goswig sprach nicht weiter.

„Was fragen Sie sich?" erbat Herr Kranzbinder in freundlichem Ton Auskunft.

Frau Goswig errötete. Man merkte ihr an, daß es ihr schwerfiel, fortzufahren.

Frau Kranzbinder half ihr. „Sie meinen, Anita hätte etwas von dem Schweren erfahren, was Sie mit Ihrer ältesten Tochter erlebt haben?"

Ganz erstaunt blickte Frau Goswig ihren Besuch an. Dann sagte sie: „Wie lieb Sie sich ausdrücken! Es gibt genügend Leute, die das, was Sie Schweres nennen, mir in herzloser Weise an den Kopf werfen."

Das Gespräch stockte einen Augenblick. Herr und Frau Kranzbinder scheuten sich, diese Frau auszufragen, obwohl sie auf sie einen insgesamt guten Eindruck machte.

Jetzt fuhr Frau Goswig fort: „Ich fürchte, eine der Schulkameradinnen hat in Gegenwart Ihrer Tochter eine lieblose Bemerkung über Karins Schwester gemacht ..."

„Ja, so ist es gewesen", half Frau Kranzbinder ihr, „und daraufhin hat Karin gemeint, unsere Tochter wolle nichts mehr von ihr wissen. Ich habe Anita gebeten, Karin doch einmal zu uns nach Hause zu bringen, aber Karin war dazu nicht zu bewegen."

„Vielen Dank für Ihre Freundlichkeit", erwiderte Frau Goswig. „Meine jüngste Tochter ist sehr feinfühlig. Sie leidet mehr als ihre anderen Geschwister unter dem, was als Last auf uns allen liegt. Auch Doris, die uns solchen Kummer bereitet hat, nimmt die ganze Angelegenheit nicht so schwer. Selbst Felix setzt sich darüber leichter hinweg. Er ist ja Ihr Schüler, Herr Kranzbinder. Manchmal denke ich zwar, er spielt Theater und schämt sich, nach außen hin zu zeigen, wie er im Grunde darunter leidet."

„Sagen Sie Ihrer kleinen Tochter, sie dürfe ruhig zu uns kommen."

„Danke, Frau Kranzbinder!"

Das Ehepaar wollte sich erheben, um den Besuch zu beenden, aber irgendwie hatten beide das Gefühl, Frau Goswig habe noch etwas auf dem Herzen. Sie rang sichtlich darum, ob sie weitersprechen sollte oder nicht. Irgendwie hatte sie vom ersten Augenblick an ein so starkes Vertrauen zu diesen beiden Menschen, daß es ihr geradezu ein Bedürfnis schien, mehr zu sagen.

„Nun werden wir uns wohl verabschieden müssen", meinte Herr Kranzbinder.

Aber Frau Goswig bat: „Bitte, bleiben Sie noch einen Augenblick. Es tut so gut, sich einmal von der Seele reden zu können, was einen bewegt, zumal Sie zu den Menschen gehören, die nicht neugierig fragen. Ich nehme an, Sie haben es ohnehin schon gehört ..."

Wieder schwieg sie eine Weile, dann fuhr sie fort: „Mein Mann ist im Gefängnis."

Herr und Frau Kranzbinder empfanden in diesem Augenblick, wie schwer es ist, in gewissen Situationen das rechte Wort zu finden, ohne abgedroschene Sätze anzuwenden. So schwiegen sie lieber. Ihren teilnahmsvollen Blicken sah Frau Goswig an, wie tief erschüttert sie waren und wie sie mitfühlten.

„Ich weiß nicht, warum ich Ihnen dies erzähle", fuhr Frau Goswig fort. „Ich rede sonst nicht darüber. Wenn man das Bedürfnis hat, jemand sein Herz auszuschütten, stößt man auf viele harte Urteile und Lieblosigkeiten. Die meisten wenden sich überheblich von einem ab. Natürlich ist es auch eine Schande ..."

Frau Goswig blickte eine Weile nachdenklich vor sich hin. Dann fragte sie: „Sind Sie christlich?"

Herr Kranzbinder antwortete: „Wir möchten nicht nur christlich sein, sondern als bewußte Christen leben."

Einen Augenblick schien Frau Goswig über diesen Ausspruch nachzusinnen, dann bestätigte sie das Gehörte: „Ja,

Sie haben recht, christlich sein heißt noch nicht, Christ zu sein – rötlich ist nicht rot und bläulich nicht blau. Vielleicht", wieder senkte sie die Augen, „war das mein Fehler. Ich war nur christlich, sonst hätte ich mich damals anders entschieden ... Darf ich es Ihnen erzählen?"

Herr und Frau Kranzbinder nickten ihr ermutigend zu. „Sprechen Sie nur, wir nehmen uns die Zeit. Vielleicht brauchen Sie solch ein Gespräch."

„Ich bin die Tochter eines Postangestellten. Jahrelang hatte mein Vater nicht nur Briefe, sondern auch Geldsendungen in die Häuser zu tragen. Er war äußerst gewissenhaft und hat sich nie etwas zuschulden kommen lassen. Meine Mutter war eine fromme Frau. Sie hat immer mit uns gebetet, als wir noch klein waren. In unserer Nachbarschaft wohnte ein junger Handwerker, der mich heiraten wollte. Meine Eltern waren dagegen; mein Vater vor allem deshalb, weil der junge Mann trank; meine Mutter, weil er ein gottloser Mensch war, der sich dessen sogar rühmte. Ich aber glaubte, die Frau dieses Mannes werden zu müssen. Ich liebte ihn und war der Überzeugung, stark genug zu sein, um ihn vom Alkohol wegzubringen. Paul war damals noch nicht aus der Kirche ausgetreten und willigte schließlich mir zuliebe in eine christliche Trauung ein. Was sollten meine Eltern tun? Sie erkannten, daß ich mir nicht raten ließ. Noch heute höre ich meinen Vater: ‚So mußt du eben die Folgen deiner Entscheidung tragen.'

Schon im ersten Ehejahr habe ich erkannt, daß die kirchliche Trauung uns nicht vor Unglück bewahren konnte und daß ich selbst ebensowenig imstande war, meinen haltlosen Mann zu retten. Mit jedem Jahr verfiel er mehr dem Alkohol. Er war inzwischen selbständig geworden, machte aber bankrott und mußte es wieder lernen, sich unterzuordnen und als Geselle bei einem anderen Handwerker zu arbeiten, obgleich er Meister war. Aus Scham darüber verfiel er immer mehr der Trunksucht. Er brachte mir nur noch das Allernötigste nach Hause. Oft habe ich mit den Kindern gehungert. Mir blieb nichts anderes übrig, als selbst arbeiten zu gehen.

Nachdem ich einige Zeit in einer Kleiderfabrik tätig gewesen war, erkannte ich, daß es für meine Kinder nicht gut war, wenn sie den ganzen Tag sich selbst überlassen blieben. So kaufte ich eine elektrische Nähmaschine auf Abzahlung und bekam gerade von dieser Fabrik, in der ich gearbeitet hatte, Heimarbeit. Nun kann ich wenigstens zu Hause sein und mich so weit wie möglich um die Kinder kümmern.

Mein Mann vertrank fast sein ganzes Geld. Mit dem, was er mir gab, hätte ich nie auskommen können. Eines Tages entwendete er einem Arbeitskollegen einen größeren Geldbetrag. Weil er ein guter Handwerker war, sah sein Chef von einer Anzeige ab. Wir mußten aber das Geld bis zu einem gewissen Zeitpunkt zurückzahlen. Mit äußerster Sparsamkeit ist es mir gelungen. Unter Tränen habe ich meinen Mann gebeten, nie wieder etwas Ähnliches zu tun. Er solle doch an die Kinder und an unseren Ruf denken, habe ich gesagt. Er versprach es mir hoch und heilig. Bald darauf tat er das gleiche wieder. Da wurde er entlassen, und so ging es mit ihm immer weiter abwärts. Jetzt sitzt er im Gefängnis. Natürlich hat sich dies in unserem ganzen Viertel herumgesprochen. Die Jungen und Mädchen schreien hinter unseren Kindern her: ‚Euer Vater sitzt im Knast!' Karin weigerte sich danach, überhaupt noch auf die Straße zu gehen. Felix hat einige der Jungen verhauen. Ganz schlimm aber wurde es, als unsere Doris in der Schule einem anderen Mädchen ein paar Mark wegnahm. Natürlich war es ein Unrecht, aber nachdem sich die Sache mit meinem Mann herumgesprochen hatte, wurde es viel schwerer bewertet."

„Wie war das bei Doris?" fragte jetzt Herr Kranzbinder. Er hätte gerne die Beweggründe gewußt und herausgefunden, ob es sich dabei um eine Vererbung der Veranlagung ihres Vaters handelte.

Frau Goswig berichtete: „Die Klasse wollte einen Schulausflug machen. Jeder Schüler sollte zehn Mark bringen, denn es ging zum Bodensee. Ich sagte zu Doris: ‚Unmöglich kann ich dir zehn Mark geben. Du weißt, daß ich Vaters Schulden abzahlen muß, und mit dem Geld, das ich verdiene, kommen wir kaum durch. Du mußt leider auf den Ausflug verzichten.' Da wurde unsere Tochter so heftig, wie ich sie noch nie erlebt hatte. Sie schrie: ‚Immer müssen wir verzichten, immer zurückstehen! Nie dürfen wir ins Kino, nie dürfen wir uns Eis kaufen. Ich geh eines Tages auf und davon. Als Kellnerin nimmt man mich schon irgendwo. Dann verdiene ich wenigstens so viel, daß ich mir auch mal was leisten kann.'"

„War Ihre Tochter auch schon vor dieser Affäre so kompliziert?" fragte Herr Kranzbinder.

Frau Goswig erwiderte: „Kompliziert möchte ich nicht sagen. Vielleicht ist sie ihrem Vater am ähnlichsten, aber als kleines Mädchen war sie weitaus zugänglicher."

„Wie alt ist Doris denn?" fragte Frau Kranzbinder.

„Fünfzehn, sie kommt im Sommer aus der Schule. Sie war als Kind sehr lange krank und mußte deshalb eine Klasse wiederholen."

Herr Kranzbinder gab seiner Frau ein Zeichen zum Aufbruch. Bevor sie sich verabschiedeten, sagte er noch: „Frau Goswig, Sie haben uns vorhin gefragt, ob wir christlich sind. Ich habe Ihnen geantwortet, daß es uns wichtig ist, als bewußte Christen zu leben. Daher werden Sie es auch nicht als fromme Redensart auffassen, wenn ich Ihnen sage: Verzweifeln Sie nicht, trotz der schwierigen Lage, in der Sie sich mit

Ihren Kindern befinden. In der Bibel heißt es: ‚Wälze die Last deines Lebens auf den Herrn und ruhe im Vertrauen zu ihm. Er wird handeln.'"

In Frau Goswigs Augen standen Tränen. „Ich danke Ihnen", sagte sie mit bewegter Stimme. „Irgendwie hatte ich das Gefühl, daß ich Ihnen meinen Kummer anvertrauen könnte. Von Ihnen ging etwas Tröstliches und Beruhigendes aus. Ich bin froh, Ihnen mein Herz ausgeschüttet zu haben."

„Wir werden wiederkommen und nach Ihnen schauen", sagte Herr Kranzbinder. Seine Frau fügte hinzu: „Und sollten wir Ihnen irgendwie einmal helfen können, so lassen Sie es uns wissen. Unsere Anita hat nächste Woche Geburtstag. Da darf sie einige Kinder einladen. Sagen Sie Ihrer Karin, wir würden uns freuen, wenn sie auch dabei wäre."

Auf dem Heimweg schwiegen die Eheleute erst einmal eine Weile. Jeder war in Gedanken mit dem Schicksal der Familie Goswig beschäftigt. Dann sagte Frau Kranzbinder zu ihrem Mann: „Wie klein ist doch der Ärger mit unserer Hauswirtin im Vergleich zu der Last, die Frau Goswig trägt."

„Ja", pflichtete er ihr bei. „Mir ist, als hätten wir an ihr eine Aufgabe zu erfüllen. Es wird nicht die letzte dieser Art sein. Siehst du, Rosmarie, als wir von der Alb in die Stadt hinunterzogen, warst du traurig darüber, daß du deinen Dienst an den Frauen niederlegen mußtest. Sie waren dir mit ihren Nöten ans Herz gewachsen. Mir ging es mit den Männern nicht viel anders. Ihr Vertrauen beschenkte und verpflichtete uns. Auch mir tat es leid, daß dies alles nun ein Ende haben sollte. Schließlich hatten wir den Dienst an ihnen als Aufgabe erkannt, die uns von Gott gegeben war. Und dann war das alles plötzlich aus."

„Statt dessen stießen wir im Zusammenleben mit Frau Purzel von Woche zu Woche auf größere Schwierigkeiten. Wenn dies auch nur Geringfügigkeiten sind, verglichen mit dem, was Frau Goswig durchmacht, so trage ich daran wahrscheinlich schwerer, als es nötig ist."

„Weißt du, Rosmarie, es werden uns wahrscheinlich nicht ohne Grund die Augen geöffnet für die Nöte anderer. Wir sollen unsere Schwierigkeiten nicht überbewerten.

Etwas anderes erfüllt mich mit Freude – nämlich, daß Gott auch hier für uns Aufgaben hat. Als wir heirateten, war es unser Anliegen, nicht unseren eigenen Wünschen zu leben, sondern bei allen Aufgaben in Beruf und Familie immer zu erkennen, wer jeweils unser Nächster ist. Heute ist mir erneut klar geworden: Wen Gott einmal zu seinem Dienst gerufen hat, den entläßt er nicht; es sei denn, daß er selbst Gott losläßt."

„Das wäre allerdings das Schlimmste", erwiderte Frau Kranzbinder.

„Mich bewegt seit einigen Tagen das Schicksal einer Kollegin, der Handarbeits- und Hauswirtschaftslehrerin unserer Schule. Aber das kann ich dir heute abend erzählen, wenn die Kinder im Bett sind. Jetzt sind wir ja gleich zu Hause!"

„Mir ist schon wieder bange, was die vier in unserer Abwesenheit angestellt haben."

Und wirklich – kaum hatten sie ihre Haustür aufgeschlossen, da kam die Hausbesitzerin bereits vom ersten Stock herunter und schrie: „Was glauben Sie eigentlich, was ich mir noch weiterhin von Ihren frechen Gören gefallen lasse? Als ich oben meinen Staubsauger anlaufen ließ, haben sie mit einem Besen an die Zimmerdecke geklopft, und einer von ihnen hat im Treppenhaus heraufgeschrien: ‚Ruhe da oben!' Ist das nicht eine Unverschämtheit? Aber sie werden schon in nächster Zeit die Kündigung bekommen!"

Die Eltern hatten den Redeschwall über sich ergehen lassen, doch dann antwortete der Mann: „Wenn es stimmt, was Sie gesagt haben, werden die Kinder sich bei Ihnen entschuldigen, Frau Purzel. Sie wissen genau, daß wir so etwas nicht dulden."

„Entschuldigen?" schrie die aufgebrachte Hauswirtin. „Und das ist alles? Denen gehört eine Tracht Prügel, daß sie nicht mehr sitzen können. Solche unerzogene, mißratene Bande! ‚Wenn es stimmt', sagen Sie. Wollen Sie mich etwa als Lügnerin hinstellen?"

In diesem Augenblick wurde die Wohnungstür geöffnet, aber nur einen Spalt weit. Die beiden Kleinen, William und Berthild, sahen heraus, nachdem sie die Stimmen der Eltern gehört hatten. Sie schienen kein ganz gutes Gewissen zu haben. Die beiden Größeren ließen sich schon gar nicht blicken.

„Ihr werdet alle vier zu Frau Purzel hinaufgehen und euch für eure Ungezogenheit entschuldigen", ordnete der Vater an, als er die Kinder zur Rede gestellt hatte und sich ergab, daß es wirklich so geschehen war, wie die Hauswirtin es geschildert hatte. Aber die Kinder wehrten sich entschieden.

„Das hat ja ganz anders angefangen", verteidigte sich Thomas. „Zuerst haben wir ein bißchen gealbert und in der Wohnung gespielt."

„Verstecken haben wir gespielt", fügte William hinzu, „und es war Klasse."

„Ich hab' im Kleiderschrank gesessen", berichtete Berthild, die Jüngste.

„Man spielt auch nicht in der Wohnung Verstecken", tadelte der Vater. „Das ist ein Spiel für den Garten, auf einem Hof oder im Wald. Das wißt ihr genau. Außerdem kann ich mir denken, daß ihr dabei viel Lärm gemacht habt."

„So schlimm war es nicht."

„Hättet ihr das auch getan, wenn ich zu Hause gewesen wäre?" fragte die Mutter.

„Vielleicht nicht", erwiderten die Kinder nach einigem Zögern.

„Aber die Alte da oben hatte –“

„Bitte, Thomas!“

„Na ja, Frau Purzel hatte bestimmt keinen Grund, mit dem Besen auf ihren Fußboden zu klopfen und dann durchs Treppenhaus zu schreien: ‚Ruhe da unten!‘“

„Dann war doch klar, daß wir sie wieder mal bestrafen mußten“, behauptete Berthild, „als sie selber Krach machte. Damit sie weiß, wie das ist, wenn man durchs Treppenhaus schreit, hat Thomas es genauso wie sie getan und geschrien: ‚Ruhe da oben!‘“

„Nun hört aber endlich auf mit dieser frechen Redensart, daß ihr Frau Purzel strafen oder ihr eine Lehre erteilen müßt“, sagte in sehr bestimmtem Ton Herr Kranzbinder. „Ich will das nie mehr hören! Habt ihr mich verstanden?“

Die Kinder wagten keinen Widerspruch.

Anita begann zu weinen und sagte: „Ich habe sie ja gewarnt und nicht gewollt, daß sie mit dem Besen an die Decke klopften und durchs Haus schrien.“

„Aber in der Wohnung Verstecken gespielt hast du auch, nicht wahr?“

Das Mädchen nickte.

„Ihr habt gehört, was ich angeordnet habe“, fuhr der Vater fort. „Auf der Stelle geht ihr alle vier hinauf und entschuldigt euch.“

„Aber Vati!“ William machte noch einen letzten Versuch: „Damals, als wir den Hund in den Garten ließen zur Strafe . . .“

„Du hast doch gehört, was ich eben gesagt habe!“

William begann zu stottern: „Aber damals hast du gesagt, wir müßten uns entschuldigen, wenn wir wieder einen Hund in den Garten von Frau Purzel lassen würden. Das heute ist doch etwas ganz anderes. Da war doch kein Hund dabei.“

Der Vater verbarg ein kleines Lächeln hinter seiner vorgehaltenen Hand.

„Hund hin, Hund her", erwiderte er. „Wir brauchen keine weiteren Worte zu verlieren. Ihr geht jetzt hinauf zu Frau Purzel und du, Thomas, wirst als der Ältere der Wortführer sein und auch im Namen deiner Geschwister um Entschuldigung bitten. Sage, daß es euch leid tut, sie geärgert zu haben."

Thomas trotzte: „Aber es tut uns doch gar nicht leid."

Der Vater war aufgestanden und hatte unmißverständlich die Tür geöffnet. „Bitte!"

So zog die Büßergruppe, die keinerlei Spur von Reue empfand, die Treppe hinauf, sozusagen in die Höhle des Löwen. Gleich darauf schallte eine keifende Stimme durchs Haus. „Macht, daß ihr aus meiner Wohnung kommt, ihr freches Pack! So eine Unverschämtheit! Verzeihen soll ich euch? Nie im Leben! Verschwindet auf der Stelle, oder ihr kriegt allesamt noch ein paar übergehauen."

Wie verscheuchte Hühner flatterten die vier herunter, die beiden Kleinen laut heulend, Anita mit weit geöffneten Augen und Thomas kochend vor Wut. „Ich hab's ja gleich gewußt. Nie wieder betrete ich diese Wohnung." Er verschwand im Kinderzimmer, um seine Schulaufgaben zu machen. Vorher jedoch warf er die Tür so laut hinter sich zu, daß Frau Purzel es bestimmt nicht überhören konnte.

Etwa zur selben Zeit standen in der psychiatrischen Klinik, die außerhalb der Stadt in einem schönen Waldgelände lag, die meisten Fenster weit offen. Aber alle Fenster waren vergittert. Soweit die Patienten dafür aufnahmefähig waren, konnten sie das Zwitschern der Vögel vernehmen und sich am Duft der vielen Rosen erfreuen, die in dem herrlichen Park blühten.

In einem freundlichen Zweibettzimmer lag eine Frau, etwa fünfzig Jahre alt. Sie hatte ihr Gesicht der Wand zugekehrt und schien keine Vogelstimmen zu vernehmen. Ihre Augen waren geschlossen, obgleich sie nicht schlief. Unentwegt kreisten ihre Gedanken um den einen Punkt: Warum hat man mich nicht sterben lassen? Ob ich den Mut habe, es ein zweites Mal zu tun, weiß ich nicht, aber leben will ich erst recht nicht.

Wiederholt trat eine Schwester an ihr Bett. Sie erhielt keine Antwort auf ihre Fragen. Auch der Stationsarzt kam immer wieder. Ihm ging es nicht anders. Nach einem mißglückten Selbstmordversuch war Frau Spahn aus dem Kreiskrankenhaus in diese Klinik eingeliefert worden. Als sie wieder das Bewußtsein erlangt hatte, verweigerte sie jede Nahrung. Seit zwei Tagen hatte man sie gegen ihren Willen künstlich ernährt. „Niemand hat ein Recht, mich zum Leben zu zwingen!" Das war zunächst alles, was man aus ihr herausbrachte.

Soeben betrat die Stationsschwester das Krankenzimmer, in dem Frau Spahn seit heute morgen alleine lag, weil die Patientin, die mit ihr den Raum geteilt hatte, entlassen worden war. Das Alleinsein war das einzige, was Frau Spahn bisher als wohltuend empfunden hatte. Am liebsten wollte sie keinen Menschen sehen und hören. Wenn sie nur wüßte, wie es weitergehen sollte!

Die Stationsschwester trat an ihr Bett, beugte sich über sie und sagte: „Frau Spahn, Sie haben Besuch."

Wieder erhielt sie keine Antwort. Ist sie apathisch oder nur stur? fragte sich die Schwester. Noch einmal machte sie einen Versuch. „Ihre Tochter ist draußen und bittet dringend, für einige Minuten zu Ihnen kommen zu dürfen."

Zum erstenmal wandte Frau Spahn der Schwester ihr Gesicht zu, aber es war entstellt vor Abwehr und Verneinung.

„Lassen Sie sie unter keinen Umständen herein. Ich will sie nicht sehen!"

Ehe jedoch die Stationsschwester zu den Worten der Patientin Stellung nehmen konnte, hatte eine junge Frau das Zimmer betreten. Sie trug einen Strauß roter Rosen in ihrer Hand und ging damit nun an das Krankenbett.

„Mama, laß mich nur einen Augenblick bei dir bleiben!" bat sie. Aber die Angesprochene geriet in einen so heftigen Erregungszustand, daß die Schwester den Besuch nicht mehr länger im Zimmer lassen konnte. „Ihre Mutter braucht noch völlige Ruhe", erklärte sie und versuchte, die junge Frau zur Tür zu geleiten. „Die Aufregung kann ihr schweren Schaden zufügen."

Aber Ruth Habkorn hatte bereits ihre Rosen auf die Bettdecke der Mutter gelegt und versuchte, ihr mit der Hand über die Wange zu streichen. Doch Frau Spahn schlug die Hand der Tochter zurück und schrie: „Geh, geh! Ich will weder dich noch einen anderen Menschen sehen."

„Kommen Sie!" bat die Schwester jetzt noch einmal eindringlich. „Sie sehen doch, es hat keinen Zweck." Ehe die junge Frau das Zimmer verließ, sah sie noch, wie ihre Mutter die Rosen von der Bettdecke auf den Boden fegte.

„Eigentlich hätte ich Sie gar nicht hineinlassen dürfen", sagte die Schwester. „Versuchen Sie es in ein paar Tagen wieder. Ihre Mutter wird sich bis dahin hoffentlich beruhigt haben."

„Danke, Schwester", erwiderte die junge Frau und wandte sich dem großen Gangfenster zu, vor dem sie eine Weile stehenblieb, damit niemand ihre Tränen sah, die über ihre Wangen liefen.

Wie schön könnte es hier draußen sein! dachte sie, aber wie unendlich traurig ist das alles. Da liegen sie hinter vergitterten Fenstern – und wo man die Gitter entfernt hat, weil sie nach heutigen Erkenntnissen die Patienten nur noch mehr reizen, da sind es Fenster mit einem besonderen Glas, die man mit keinem noch so harten Gegenstand einschlagen kann. Außerdem sind sie fest verschlossen, so daß sich kein Kranker hinunterstürzen oder fliehen kann. Wer von diesen Patienten mag sich wohl an dem schönen, gepflegten Park, an den Rosenhecken, den wehenden Zweigen der Birken oder der schöngewachsenen Trauerweide erfreuen? Selbst der Teich, auf dem sich einige Schwäne in majestätischer Haltung bewegen und auf dem sich ein paar Enten tummeln, ist von einem Eisenzaun umgeben, damit keiner der Insassen sich hier das Leben nehmen kann. Wieviel Leid verbirgt sich hinter den Mauern dieser Häuser, dachte die junge Frau, und was müssen viele von den Patienten durchgestanden haben, bevor sie hierherkamen! Wieviel Hoffnungslosigkeit häuft sich hier an!

Ruth Habkorn wandte sich auch nicht vom Fenster, als sie folgendes Gespräch mithörte: „Bitte, wo kann ich Frau Spahn finden?"

Wieder war es die Stationsschwester, die Antwort gab: „Es tut mir leid, Frau Spahn darf noch keinen Besuch empfangen."

„Ach, das ist aber bedauerlich. Ich bin die Frau ihres Kollegen. Mein Mann ist in derselben Schule tätig, in der auch Frau Spahn unterrichtet."

„Die Patientin hat nicht einmal den Besuch ihrer Tochter ertragen. Ich muß Sie bitten, sie noch einige Tage zu schonen."

„Wollen Sie ihr dann diese Blumen geben, Schwester? Sagen Sie ihr bitte, sie seien von Herrn und Frau Kranzbinder."

„Das will ich gerne tun", erwiderte die Pflegerin. „Ob sie sie annimmt, weiß ich aber nicht. Frau Spahn ist völlig unansprechbar."

„Danke, Schwester!“

Frau Kranzbinder wandte sich zum Gehen, als ihr Blick auf die schlanke Gestalt fiel, die noch immer am Fenster stand und in den Park blickte.

„Entschuldigen Sie“, sprach Frau Kranzbinder die junge Frau an, „sind Sie vielleicht die Tochter von Frau Spahn?“

„Ja“, nickte diese und war bemüht, ihrer Stimme einen festen Klang zu geben. „Frau Spahn ist meine Mutter.“ Sie blickte in ein paar gütige, voller Mitgefühl auf sie gerichtete Augen und wußte im gleichen Moment, daß diese Frau nicht gekommen war, um ihre Neugierde zu befriedigen.

„Haben Sie wohl ein wenig Zeit?“ fragte Frau Kranzbinder. „Wir könnten uns miteinander in den Park setzen, und wenn es Ihnen möglich ist, erzählen Sie mir vielleicht von Ihrer Mutter.“

In der Birkenallee fanden die beiden Frauen eine versteckte Bank, wo sie glaubten, ungestört sprechen zu können. Dort setzten sie sich.

„Bitte, betrachten Sie meine Fragen nicht als Neugierde“, begann Frau Kranzbinder. „Als wir von der Verzweiflungstat Ihrer Mutter hörten, machten wir uns Vorwürfe, daß wir uns nicht früher um sie gekümmert haben. Wenige Tage vorher sagte mein Mann, er sei beunruhigt über seine Kollegin, die ihm einen verstörten, um nicht zu sagen verzweifelten Eindruck machte. Mein Mann und ich meinten, Ihre Mutter sei alleinstehend und aus diesem Grund sehr einsam. Auch schien sie unter der Art, wie ihre Schüler sie behandelten, sehr zu leiden. Sie wissen ja, mit welchen Schwierigkeiten man als Lehrer, besonders bei heranwachsenden Schülern, zu rechnen hat. Erst vor etwa drei Wochen beobachtete mein Mann bei einem Schulausflug, an dem auch Ihre Mutter teilnahm, daß kaum eine der Schülerinnen mit Ihrer Mutter sprach. Ihm fiel allerdings auch auf, daß sie keine Gelegenheit suchte, mit den Mädchen irgendwie ins Gespräch zu kommen. Litt Ihre Mutter wohl unter Depressionen?"

Frau Kranzbinder hatte absichtlich erst selbst gesprochen und dabei zunächst vermieden, Fragen zu stellen. Ihr war nicht entgangen, wie die junge Frau neben ihr um Fassung rang. Auch jetzt hatte sie immer wieder Mühe, die aufsteigenden Tränen zurückzuhalten.

„Sie müssen mir nichts erzählen, wenn es Ihnen zu schwer fällt", sagte Frau Kranzbinder, „aber Sie sollen wissen, daß mein Mann und ich an Ihre Mutter in herzlicher Teilnahme denken. Nachdem ich nun Ihnen begegnet bin, Frau ..., ich sehe an Ihrem Ring, daß Sie verheiratet sind. Bitte, wie ist Ihr Name?"

„Habkorn. Ich bin die Frau des Bäckers in der Hauptstraße."

„Richtig, da habe ich auch schon eingekauft. Jetzt weiß ich auch, warum Sie mir so bekannt vorkamen. Haben Sie im Laden bedient?"

„Ja, vor meiner Heirat war ich dort als Verkäuferin angestellt. Meine Mutter wollte nicht, daß ich diesen Beruf erwählte. Ebensowenig ist sie mit meiner Heirat einverstanden gewesen. Ach Frau Kranzbinder – so ist doch Ihr Name? Ich hörte es vorhin, als Sie sich der Stationsschwester vorstellten –, es ist alles so entsetzlich schwer und könnte doch so schön sein! Ist es hier nicht dasselbe? Da sitzen wir inmitten von Rosenhecken. Die Vögel hüpfen auf den Zweigen. Von der Straße, jenseits der Mauer, hört man fröhliche Kinderstimmen. Die Sonne scheint, und dort drüben liegen hinter vergitterten Fenstern und verschlossenen Türen die Kranken und gehen wie gefangene Tiere in ihren Käfigen auf und ab. Warum ist das so? Ich frage mich oft, wie kann Gott das zulassen?"

„So wie Sie fragen sehr viele Menschen", erwiderte Frau

Kranzbinder. „Obwohl ich an Gott glaube, bin ich nicht imstande, Ihnen darauf eine befriedigende Antwort zu geben. Sie sollten nicht ‚warum' fragen, sondern ‚wozu'. Irgend jemand wird aus all dem Schweren etwas lernen, und wenn nicht die armen Patienten, dann vielleicht Sie und ich!"

Mit großen, fragenden Augen blickte Ruth Habkorn die Frau an ihrer Seite an. Wie kam diese dazu, sich ihrer anzunehmen? Sie strömte eine Herzlichkeit aus, die wohltuend wirkte. Wie gern hätte sie noch eine Weile bei ihr gesessen! Doch sie hatte keine Ruhe mehr.

„Es tut mir leid, daß ich nicht länger bei Ihnen bleiben kann", sagte sie. „Sie sind so freundlich zu mir, aber um drei Uhr wird unser Geschäft wieder geöffnet. Ich möchte meinen Mann nicht warten lassen. Außerdem will ich noch einmal hinaufgehen. Vielleicht kann die Schwester meine Mutter doch noch bewegen, mich zu ihr zu lassen. Ich hätte ihr etwas Wichtiges zu sagen. Nun bin ich schon das dritte Mal hier. Vorher war ich bei ihr im Krankenhaus. Aber dort war sie noch besinnungslos, und hier will sie mich nicht sehen. Heute habe ich ohne abzuwarten ihr Zimmer betreten, aber es war furchtbar ..." Wieder begann die junge Frau zu weinen. „Sie lehnt mich ab, als ob sie mich hasse."

Frau Habkorn erhob sich und reichte Frau Kranzbinder die Hand. „Ich danke Ihnen für das Gespräch. Auf Wiedersehen, Frau Kranzbinder."

„Ich gehe noch ein Stück mit Ihnen", erwiderte Frau Kranzbinder. „Möchten Sie uns nicht in den nächsten Tagen besuchen? Etwa am kommenden Sonntag, nachdem Sie bei Ihrer Mutter waren? Ich kann mir nicht denken, daß sie in ihrer Ablehnung verharrt. Bringen Sie doch Ihren Mann mit. Dann können wir gemeinsam beraten, wie Ihrer Mutter zu helfen ist."

Das Wetter war anders geworden. Nachdem sich in der Nacht ein Gewitter entladen hatte, regnete es in Strömen. Wieder befanden sich die Lehrer der Hauptschule auf dem Heimweg und wieder, wie vor einigen Monaten, war Friedemann Kranzbinder das Gesprächsthema.

„Der geht mir so langsam auf die Nerven", fauchte Herr Bauer unter seinem Schirm hervor.

„Meiner Meinung und Beobachtung nach ging er Ihnen bereits vom ersten Tag an auf die Nerven", lachte Herr Schmidtknecht.

Herr Krambus, seiner Gutmütigkeit wegen bekannt, meinte: „Ich weiß gar nicht, Herr Bauer, was Sie an dem Kollegen auszusetzen haben, ich finde ihn recht sympathisch."

„Na hören Sie mal! Er hat uns doch direkt bevormundet, und nicht nur das, es war ein unmißverständlicher Vorwurf, den er uns im Lehrerzimmer gemacht hat, als wir über Frau Spahn sprachen."

„Ich hatte eher den Eindruck, daß er erschüttert war."

Herr Schmidtknecht machte einen Bogen um die Pfütze auf der Straße und erwiderte: „Na, das waren wir schließlich alle. Was mag sie wohl dazu bewogen haben?"

„Depressive Menschen findet man heute mehr denn je zuvor", stellte Herr Bauer sachlich fest. „Das ist die Hektik unserer Zeit und die von Grund auf veränderte Situation auf allen Gebieten. Wenn ich an meine Klasse denke, könnte ich nicht nur depressiv werden, sondern sogar Tobsuchtsanfälle bekommen. Aber ich ergebe mich weder dem einen noch dem anderen, sondern zähle die Tage bis zu meiner Pensionierung, und dann: Nach mir die Sintflut!"

„Und was hat Sie bei dem Kollegen Kranzbinder so aufgeregt?"

„Das kann ich Ihnen genau sagen: Der hat getan, als seien wir alle miteinander schuld daran, daß die Spahn sich das

Leben nehmen wollte. Ich finde das unverschämt. Meine Entgegnung haben Sie ja gehört."

„Gewiß, Herr Bauer, trotzdem empfand ich die Worte Kranzbinders nicht als eine Unterstellung."

„Wie dann, wenn ich fragen darf?"

„Herr Kranzbinder hat gemeint, daß er zutiefst darüber erschüttert sei, daß eine unserer Kolleginnen in solche Verzweiflung geraten ist, daß sie freiwillig aus dem Leben scheiden wollte. Und daß es eigentlich bezeichnend für unsere Zeit sei, wo jeder so sehr mit sich und seinen eigenen Problemen beschäftigt ist, daß man monatelang mit einem solchen Menschen zusammenarbeitet, ihm täglich begegnet und es überhaupt nicht merkt, daß er am Rande des Abgrunds steht."

„Vielleicht hat sie Liebeskummer gehabt?"

„Na hören Sie mal, die ist doch schon über Fünfzig."

„Alter schützt vor Torheit nicht!"

„Der Kranzbinder würde die Hände ringen, wenn er uns so frivol reden hörte", sagte Herr Krambus. „Und übrigens, Herr Bauer, hat er Ihnen klar und deutlich geantwortet, daß er nicht daran denke, einen von uns zu beschuldigen. Wenn davon überhaupt die Rede sein könne, dann gelte der Vorwurf nur ihm selbst, denn er fühle sich schuldig, weil er sich nicht genügend um Frau Spahn gekümmert habe, obgleich ihm des öfteren aufgefallen sei, daß sie niedergeschlagen und in sich gekehrt war. Er mache sich Vorwürfe, daß er nicht nach ihrem Ergehen gefragt habe. In den meisten aller Selbstmordfälle handle es sich um Menschen, die man in ihrer Not und Verzweiflung allein gelassen habe."

„Na, wenn Sie aus diesen Worten nicht einen Vorwurf für uns alle gehört haben, dann müssen Sie schon recht schwer von Begriff sein."

„Bitte keine Anzüglichkeiten!"

„Meine Herren, die Sache lohnt sich doch gar nicht. Nur

keine Aufregungen", versuchte Herr Schmidtknecht dem sich zuspitzenden Gespräch eine gütliche Wendung zu geben. „Sonst schlägt uns das Mittagessen auf die Galle."

„Ich hasse einfach diese scheinheilige Frömmigkeit!" Herr Bauer war nicht gewillt, sich den Gesprächsfaden abschneiden zu lassen.

Prompt folgte die Verteidigung durch den Kollegen Krambus: „Wenn ich bei einem Menschen je an die Echtheit seiner christlichen Gesinnung geglaubt habe, so bei Herrn Kranzbinder. Aber hier trennen sich unsere Auffassungen. Guten Appetit, meine Herren!"

Auch im Hause des Rektors Friederich wurde der Fall Spahn behandelt. „Hat man Näheres über die Beweggründe gehört?" fragte die Frau, die von den Neuigkeiten lebte, die ihr Mann aus der Schule mit heimbrachte.

„Nein, ich habe heute morgen in der Psychiatrischen Klinik angerufen, aber man hat mir keine Auskunft gegeben."

„Nicht einmal dir als Schulleiter, wo du doch im Grunde genommen ihr Vorgesetzter bist?"

„Das hat doch damit nichts zu tun, Kätchen. Nur den nächsten Verwandten gibt man Auskunft. Aber ich muß dir schon sagen, daß die Worte des Herrn Kranzbinder mir zu schaffen machen. Ich werde sie nicht los und frage mich, ob auch ich etwas an dieser Frau versäumt habe, bevor sie soweit war, daß sie sich das Leben nehmen wollte."

Frau Friederich schlug die Hände über dem Kopf zusammen. „Das fehlt gerade noch, daß du dich mit Selbstvorwürfen plagst. Du, der ständig so viel zu tun hat!"

Herr Friederich machte eine abwehrende Handbewegung. „Kätchen, ich sehe inzwischen manches anders als früher. Wenn man älter wird, beginnt man, mhm – barmherziger zu werden."

„Egon!" Beinahe fassungslos starrte die Frau ihren Mann an. Das hörte sich gerade an, als ob er Todesahnungen hätte! „Fühlst du dich nicht wohl, Egon?"

„Doch, Kätchen, doch, aber ich glaube, ich habe es dem Kollegen Kranzbinder zu verdanken, daß ich beginne, manches anders zu beurteilen. Ich will auf jeden Fall noch heute einen Brief an Frau Spahn schreiben. Denke doch, wie schrecklich es ist, wenn man ungewollt an der Verzweiflungstat eines Mitmenschen schuldig wird. Herr Kranzbinder sagte, oft würde schon ein teilnehmendes Wort einen Menschen vom Abgrund zurückreißen."

Es dauerte eine Weile, ehe Frau Friederich sich wieder gefaßt hatte. Beinahe fremd, jedenfalls sichtlich verändert kam ihr ihr Mann vor. Fast ehrfürchtig verließ sie das Zimmer.

Frau Kranzbinder hatte vor, heute in der Bäckerei Habkorn einzukaufen. Sie mußte dazu zwar einen weiteren Weg zurücklegen, aber ihr ging es darum, die Tochter von Frau Spahn zu treffen. Diese stand, wie erhofft, im Laden und bediente die Kunden. Es schien ein gutgehendes Geschäft zu sein. Die Ladentür stand keinen Augenblick still. Ein Gespräch zu führen, war unmöglich. Frau Habkorns Augen leuchteten auf, als sie Frau Kranzbinder zwischen den wartenden Kunden entdeckte. Halblaut flüsterte sie ihr zu, während sie sie bediente: „Ich war heute kurz bei meiner Mutter. Es ging ihr etwas besser."

„Wie schön!" antwortete die Kundin. „Ich bin hierher gekommen, um Sie und Ihren Mann für heute abend zu uns einzuladen. Wäre es Ihnen möglich, zu kommen?"

Ruth Habkorn überlegte einen Augenblick, dann sagte sie: „Mein Mann muß zu einer Sitzung der Bäckerinnung. Aber er könnte mich vorher zu Ihnen bringen und mich nach der Sitzung wieder abholen."

„Gut so! Wir erwarten Sie und freuen uns auf Ihren Besuch."

Als Frau Habkorn die Wohnung der Familie Kranzbinder betrat, bot sich ihr ein schönes Bild. Die vier Kinder saßen mit den Eltern im Erker des Wohnzimmers zusammen. Die Mutter hatte der jungen Frau die Tür geöffnet und sie eintreten lassen, als diese gerade noch den begeisterten Ausruf der Kinder hörte: „Prima, prima, Vati! Das ist eine tolle Idee!"

„Um diese Zeit sind unsere Kinder sonst schon im Bett", erklärte Frau Kranzbinder ihrem Besuch.

„Du wolltest sagen, die beiden Kleinen", korrigierte Thomas die Mutter. Er wünschte, nicht mehr zu den Kleinen gerechnet zu werden, und beanspruchte, bereits als Halberwachsener zu gelten.

Frau Kranzbinder ging freundlich auf sein Anliegen ein. „Du hast recht, Thomas. Ihr beiden Großen dürft ja immer eine Stunde länger aufbleiben. Wir hielten soeben einen Familienrat", fügte sie erklärend hinzu.

Herr Kranzbinder hatte sich erhoben und Frau Habkorn herzlich begrüßt. „Wir haben über unsere Ferienpläne gesprochen", ergänzte er die angefangene Erklärung seiner Frau. „Aber bitte, setzen Sie sich doch!"

Frau Habkorn begrüßte nun auch die Kinder und ging interessiert auf das Thema des Familienrats ein. „Wohin soll die Ferienreise denn gehen?"

„In die Schweiz, an einen See und in die Berge, die auch im Sommer noch Schnee haben, weil sie so hoch sind."

Berthild hatte die freudige Nachricht herausgesprudelt.

Anita fügte hinzu: „Aber Thomas würde lieber ans Meer fahren, wegen des Schwimmens und weil man dort am Strand Burgen bauen kann."

„Und wegen der Schiffahrten“, ließ sich nun auch der Jüngste hören.

„Aber in der Schweiz ist es billiger für uns.“

„Da gibt es einen Familien – Vati, wie heißt der Verein?“

„Schweizerischer Familienherbergsverein.“

„Da dürfen auch Deutsche hin.“

„Und wir können ein kleines Häuschen mieten.“

„Wo niemand über uns wohnt und auf den Fußboden klopfen kann, wenn wir einmal ein bißchen zu viel Lärm machen.“

Alle Kinder redeten in ihrer Begeisterung durcheinander. Herr Kranzbinder aber hielt es an der Zeit, dem Gespräch ein Ende zu bereiten, schon weil er fürchtete, daß keines seiner vier einen Hehl aus seiner Abneigung gegenüber Frau Purzel machen würde, nachdem dieses Thema bereits angeschnitten war.

„Ich denke, wir gehen nun miteinander ins Nebenzimmer an die Orgel und singen unserem Besuch ein Abendlied vor.“

„Oh, Sie haben eine Hausorgel?“

„Ja“, verriet Anita lachend, „Mutti sagt, es sei Vatis zweite Geliebte. Die erste ist natürlich sie.“

„Aber Anita!“ verwies Frau Kranzbinder jetzt ihre Tochter. „Was bist du für eine kleine Plaudertasche.“

„Das stimmt aber, Mutti, das hast du doch selbst gesagt.“

Herr Kranzbinder saß bereits an der Orgel, die Kinder umringten ihn. Die beiden Frauen nahmen in den zwei Sesseln Platz. Gleich darauf stimmten alle, bis auf Thomas, das Abendlied an. Thomas hatte bereits seinen Stimmbruch entdeckt, ein Beweis dafür, daß er kein Kind mehr war. „Der kann noch gut singen“, behaupteten seine Geschwister, „der will nur nicht, weil er meint, wir denken dann, er sei schon ein Mann.“

Frau Habkorn blickte bewegt auf dieses Familienidyll. Ob die Kinder ahnten, wie gut es ihnen ging?

Als die Mutter dafür gesorgt hatte, daß die Kinder rasch ins Bett kamen, saßen die drei Erwachsenen in ernstem Gespräch beieinander. Thomas und Anita erhielten die Erlaubnis, noch eine halbe Stunde zu lesen.

„Nachdem meine Frau nicht zu Ihrer Mutter gelassen wurde, haben wir ihr einen Brief geschrieben", begann Herr Kranzbinder. „Morgen aber wollen wir trotzdem noch einmal versuchen, zu ihr zu kommen. Hat Ihre Mutter schon lange mit Depressionen zu tun?"

Ruth Habkorn antwortete nicht gleich. Man sah es ihr direkt an, wie ihre Gedanken weite Wege zurücklegten. Ihr eben noch so aufgehelltes Gesicht umschattete sich.

„Mit Depressionen?" nahm Ruth nun das Gespräch auf, „das könnte ich nicht sagen, aber ich kann mich nicht erinnern, je eine frohe Mutter gehabt zu haben. Als ich Sie vorhin mit Ihren Kindern so wunderschön singen hörte, da dachte ich mit Wehmut an meine Kinderzeit. Wie wäre ich glücklich gewesen, hätte ich in einer solchen Familie aufwachsen dürfen! Mein Vater war eine Frohnatur. Aber er verstummte mit der Zeit neben meiner Mutter. Außer mit meinem Mann habe ich noch mit keinem Menschen darüber gesprochen, aber ich glaube, Ihnen kann ich es sagen. Und vielleicht können Sie mir sogar einen Rat geben."

„Wenn wir Ihnen helfen können, wollen wir es gerne tun", sagte Herr Kranzbinder.

„Ich glaube, meine Mutter wurde nie ganz damit fertig, daß mein Vater nur ein kleiner Angestellter und kein Akademiker ist. Sie war schon fünfunddreißig Jahre alt, als sie heirateten. Mein Vater ist drei Jahre jünger als sie. Was er verdiente, hätte bestimmt für uns zum Leben gereicht. Aber meine Mutter, die nur vor und nach meiner Geburt ihre berufliche Tätigkeit unterbrach, verglich sich immer mit anderen Familien und stellte dementsprechende Ansprüche. Da sie ebenfalls verdiente, konnten meine Eltern sich mit den Jahren eine schöne Wohnungseinrichtung anschaffen. Wir hätten so glücklich sein können, aber meine Mutter war nie zufrieden und auch nie von Herzen froh. Das Schlimmste aber bedeutete für mich, daß sie dauernd meinem Vater Vorwürfe machte. Er war ihr nicht klug genug, und er leistete zu wenig. Er wußte sich ihrer Meinung nach in Gesellschaft nicht zu benehmen, er hatte keine Aufstiegsmöglichkeiten, kurz – es schien überhaupt nichts vorhanden zu sein, was ihn aus dem Durchschnitt hervorhob und was ihm hätte Anerkennung einbringen können."

Die junge Frau schwieg einen Augenblick. Auf ihrem Gesicht zeichnete sich ein gequälter Ausdruck ab. Nach einer Weile fuhr sie fort: „Als Kind litt ich bereits unter den Zerwürfnissen der Eltern, ohne ihre Ursache zu verstehen. Später, als ich zur Schule ging und heranwuchs, wurden mir manche Zusammenhänge klar, und ich war tiefunglücklich. Einmal, das weiß ich noch, antwortete mein Vater auf Vorwürfe, die meine Mutter ihm wieder einmal gemacht hatte: ‚Du hast gewußt, bevor wir heirateten, daß ich nur ein Angestellter bin. Du hast ebenso gewußt, daß ich aus einfachen Verhältnissen stamme. Aber ich meine, mich nie so unmöglich benommen zu haben, daß du dich meiner hättest schämen müssen.' Ein anderes Mal hörte ich meinen Vater sagen: ‚Mein Einkommen würde ausreichen, um uns drei gut zu ernähren. Du bist einfach mit deinen Nerven herunter, weil die Arbeit in der Schule und der Umgang mit den jungen Menschen für dich zuviel ist. Schon oft habe ich dich gebeten, nicht länger zu unterrichten; aber alles, was ich sage, schlägst du in den Wind.'

Vater blieb völlig ruhig und gelassen. Nur einmal, als

meine Mutter wieder an ihm herumkritisiert hatte, geriet er in solche Wut, daß er sie anschrie: ‚Warum hast du mich denn überhaupt geheiratet? Ich glaube fast, es war nichts anderes als Torschlußpanik. Immerhin warst du schon über dreißig Jahre alt und hast befürchtet, keinen Mann mehr zu bekommen.'

Ich sehe noch meine Mutter vor mir. Kreideweiß war sie geworden. Sie sprang vom Stuhl hoch und keuchte: ‚Das wagst du mir zu sagen, du, der du ...' Und dann sank sie auf den Stuhl zurück, schlug die Hände vor ihr Gesicht und weinte bitterlich. Das war das einzige Mal, daß ich meine Mutter habe weinen sehen. Auch mein Vater war sehr erschrocken. Er ging einige Schritte auf sie zu und bat: ‚Verzeih mir! So habe ich es nicht gemeint. Aber du hast mich derart gereizt, daß ich mich nicht mehr beherrschen konnte.'

Meine Mutter übersah die ausgestreckte Hand meines Vaters und verließ wortlos und weinend das Zimmer.

Von da an wurde es immer unerträglicher. Die Eltern sprachen nur noch das Allernötigste miteinander. Ich wuchs als einziges Kind in dieser unfreundlichen Atmosphäre auf und wäre recht glücklich gewesen, wenn sie wieder zueinander gefunden hätten, denn ich liebte beide. Mein Vater, der keine so derbe Natur war wie meine Mutter, brachte mir mehr Zärtlichkeit entgegen als sie. Vor Mutter hatte ich mehr Furcht, als daß ich sie liebte, und doch sehnte ich mich nach Herzlichkeit und Güte von ihr. Unser Haushalt war stets in bester Ordnung. Alles war mustergültig, aber ich vermißte die Wärme. In dieser kalten Atmosphäre lebte ich dahin und entwickelte mich nicht zu dem frohen Kind, das ich meiner Veranlagung nach hätte sein können. Ich glich in meinem Wesen mehr dem Vater.

Die Schule bereitete mir keine Schwierigkeiten. Als aber die Zeit zur Aufnahmeprüfung für die Oberschule kam, ließ ich in meinen Leistungen derart nach, daß nicht nur meine Mutter entsetzt, sondern auch meine Lehrer enttäuscht waren. Nur ich selbst kannte die wahre Ursache. Ich hatte mir in den Kopf gesetzt, keine andere als die Hauptschule zu besuchen. Meine Mutter hatte gehofft, daß auch ich einmal Lehrerin werden würde. Auf diese Weise brachte ich ihr Trotz und offenen Widerstand entgegen. Ich weigerte mich einfach, die Aufnahmeprüfung zu machen. Auch nicht durch Bitten und gütliches Zureden meiner Mutter ließ ich mich dazu beeinflussen, wenigstens die mittlere Reife anzustreben. Auch mein Vater hatte einige Male versucht, mich umzustimmen. Er ging sogar so weit, mir zu sagen: ‚Du siehst doch, welche Vorhaltungen man mir gemacht hat, weil ich keine höhere Schule besucht und studiert habe. Verbaue dir doch nicht selbst den Weg für deine Zukunft.' Ich aber blieb unzugänglich und antwortete meinem Vater zu dessen Verwunderung: ‚Gerade deshalb!'

Wie hätte ich ihm erklären können, welche Auswirkungen Mutters dauernde Vorhaltungen ihm gegenüber auf mein empfindsames Kinderherz gehabt hatten. Nein, reden konnte ich darüber nicht, aber ich hatte mir vorgenommen, zu beweisen, daß ich meinen Weg finden und etwas leisten würde, ohne eine höhere Schule besucht zu haben. Ich handelte aus Trotz meiner Mutter gegenüber und als Verbündete meines Vaters. Es war geradezu eine Psychose, in die ich geraten war."

Frau Habkorn blickte auf ihre Armbanduhr. „Oh, ich halte Sie sicher viel zu lange auf, und wer weiß, ob es Sie überhaupt interessiert, was ich Ihnen erzähle."

„Sie halten uns nicht auf", erwiderte Herr Kranzbinder freundlich.

„Außerdem wollte Ihr Mann Sie doch bei uns abholen", sagte Frau Kranzbinder, „und er ist noch nicht hier."

„Das kann unter Umständen spät werden. Ich habe ihm ohnehin gesagt, wenn er bis um 22 Uhr nicht bei Ihnen sei, würde ich mich allein auf den Weg machen."

„Auf keinen Fall lassen wir Sie alleine gehen. Dann begleiten wir Sie nach Hause."

„Wie ging es dann weiter?" fragte Herr Kranzbinder vorsichtig.

„Ich blieb tatsächlich bei meinem Entschluß und besuchte bis zu meiner Entlassung die Hauptschule. So lange war mein Vater bei meiner Mutter geblieben. Dann trennte er sich von ihr. Ich aber suchte mir eine Lehrstelle als Verkäuferin und fand sie in dem Geschäft meines Schwiegervaters, der inzwischen gestorben ist. Meine Mutter sprach nun auch mit mir nur noch das Allernötigste. So lebten wir mißmutig nebeneinander her. Sie behauptete, Vater habe eine andere Frau, mit der er zusammen sei. Aber so war es nicht. Vielmehr war er an der Freudlosigkeit unseres Familienlebens gescheitert und ertrug das Zusammenleben mit meiner Mutter nicht mehr. Nach wie vor sorgt er finanziell für sie, obgleich sie selbst genügend verdient und nicht auf sein Geld angewiesen ist. Mein Vater ist zu seiner alten Mutter gezogen, deren ältester Sohn er ist. Sie versuchte, ihn umzustimmen und ihm zuzureden, zu meiner Mutter zurückzukehren. Aber er weigerte sich, dies zu tun und sagte: ‚Ich gehe an ihrer Lieblosigkeit zugrunde.'

Ich versuchte, meine Mutter davon zu überzeugen, daß Vater ihr nicht untreu geworden war, daß wirklich keine andere Frau für ihn existiere. Aber sie glaubte mir nicht und ist noch heute der Überzeugung, daß sie eine Nebenbuhlerin hat. Dabei bestand die Ehe meiner Eltern schon seit Jahren eigentlich nicht mehr. Nachdem ich selbst verheiratet war, hat mein Vater einmal ganz offen mit mir darüber gesprochen. ‚Seit langem hatte sich deine Mutter mir entzogen', sagte er. ‚Es gab zwischen uns weder eine geistige noch eine körperliche Verbindung.'

Ich besuche meinen Vater regelmäßig, denn ich hänge an ihm. Das Verhältnis zu meiner Mutter wurde immer kühler, und als der Sohn meines Chefs mich fragte, ob ich seine Frau werden würde, sagte ich mit Freuden ja, einmal, weil ich ihn liebte, zum anderen hatte ich in seinem Elternhaus ein harmonisches Familienleben kennengelernt, nach dem ich mich immer gesehnt hatte. Ich wollte meine Mutter an meinem Glück teilnehmen lassen, stieß jedoch auf solchen Widerstand, daß ich es aufgab, mit ihr darüber zu reden. Sie hatte sich geradezu in die Idee verbissen, daß ich nicht standesgemäß heiraten würde. Es tut mir leid, daß ich dies aussprechen muß, aber meine Mutter lebte von jeher in einer erschreckenden Überheblichkeit, einem Dünkel, der mir und meinem Vater das Zusammenleben mit ihr unerträglich machte. Ich kann keinem Menschen sagen, wie sehr ich darunter litt, denn ich liebte meine Mutter trotz allem, und ich liebe sie noch heute. Ihr Ehrgeiz ist sicher krankhaft."

Ruth Habkorn blickte das Ehepaar Kranzbinder fast entschuldigend an und fuhr fort: „Wenn ich Ihnen das alles sage, so denken Sie bitte nicht, ich wolle meine Mutter schlecht machen. Ich hätte nie daran gedacht, Ihnen dies alles so offen zu erzählen, wenn ich nicht den Eindruck hätte, daß Sie aufrichtig um sie besorgt sind."

„Hat Ihre Mutter Ihre Hochzeit miterlebt und somit auch Ihren Mann und dessen Familie kennengelernt?" fragte Herr Kranzbinder.

„Nein, sie lehnte es entschieden ab. Ich bekam auch keinen Pfennig zur Aussteuer von ihr. Das hat alles mein Vater übernommen. Er war selbstverständlich bei meiner Hochzeit dabei und kommt nach wie vor zu uns. Ich bin sehr glücklich verheiratet. Mein Mann ist ein Gemütsmensch, ein fleißiger und gewissenhafter Bäckermeister. Er trinkt und raucht nicht. Auch nach meiner Eheschließung habe ich regelmäßig meine Mutter aufgesucht, aber kam jedesmal unglücklich von diesen Besuchen zurück. Nie hat sie gefragt, wie es mir ginge und ob ich mich in meinen neuen Lebensverhältnissen zurechtgefunden hätte. Brachte ich ihr ein Geschenk mit, etwa zum Geburtstag oder zu Weihnachten, dann lehnte sie es ab: ‚Ich will nichts aus dem Hause dieses Mannes.'

Dabei merkte ich, daß sie immer unglücklicher wurde. Als ich vor einem Vierteljahr wußte, daß ich ein Kind bekommen würde, wagte ich nicht, es ihr zu sagen, aus Furcht, sie könnte wieder einen ihrer Erregungsanfälle bekommen, und irgendwie – Sie mögen dies seltsam finden – wollte ich mein Kind, das ich unter dem Herzen trage, davor bewahren.

Nachdem aber meine Mutter das Schreckliche getan hat, habe ich heute doch gewagt, ihr zu sagen, wie es um mich steht. Und denken Sie, was ich nicht für möglich gehalten hatte, geschah: Sie hat mich angehört, als ich sie fast bangen Herzens fragte: ‚Mutter, willst du dich nicht mit uns freuen? Ich erwarte ein Kind, und dieses Kleine wird eine liebevolle Großmama nötig haben.'"

„Wie hat Ihre Mutter darauf reagiert?" fragte Frau Kranzbinder.

„Sie hat fassungslos zu weinen begonnen. Ich habe Ihnen ja erzählt, daß ich sie nur einmal in meinem Leben weinen sah. Und nun heute dies. Zuerst bin ich zutiefst erschrocken gewesen und habe mich gefragt, ob ich es doch falsch gemacht habe, ihr davon zu sagen. Die Stationsschwester bat mich, die Mutter allein zu lassen, weil sie sich sonst noch mehr errege. Draußen aber sagte sie zu mir: ‚Es ist gut, daß sie weinen kann. Das wirkt unter Umständen befreiend!' Mutter hat kein Wort gesprochen, aber ich meine, ihr Blick, mit dem sie sich von mir verabschiedete, sei nicht mehr so starr gewesen. Ach, wenn ich doch hoffen könnte, daß noch alles gut wird!"

„Das dürfen Sie, Frau Habkorn. Einer ist da, der Ihnen und Ihrer Mutter helfen will."

„Sie meinen Gott?"

„Ja! Wir glauben daran, daß er alle Menschen liebt. Gott will, daß sie in Eintracht zusammenleben; denn nur, wo Eintracht ist, können Friede und Freude sein."

Frau Habkorn blickte vor sich nieder. Dann sagte sie: „Ich bin nicht fromm. Aber schon manchmal habe ich mich danach gesehnt, einen solchen inneren Halt zu haben. Meine Eltern gingen nie zur Kirche, auch wurde bei uns nicht gebetet. Nur zu meiner Konfirmation haben sie die Kirche aufgesucht. Ich höre meine Mutter noch erleichtert sagen, als wir nach Hause kamen: ‚So, nun liegt auch das hinter uns!' Damit war unter diese für sie fast peinliche Angelegenheit ein Schlußstrich gezogen."

„Aussegnung anstatt Einsegnung!" stellte Herr Kranzbinder fest. „Sie sind tief zu bedauern, Frau Habkorn, und wir wünschen Ihnen von Herzen, daß Sie erleben können, wie ganz anders sich das Leben gestaltet, wenn man Verbindung mit Gott hat."

„Das heißt nicht, daß man als Christ keine Probleme zu bewältigen hätte und keine Enttäuschungen kennen würde", fügte seine Frau hinzu, „aber man sieht die Geschehnisse aus einer anderen Sicht und weiß, daß denen, die Gott lieben, alle Dinge zum Besten dienen."

Frau Habkorn stand erschrocken auf, nachdem sie aufs neue einen Blick auf die Uhr geworfen hatte. „Du liebe Zeit, es ist ja bald Mitternacht, die Zeit ging so rasch vorbei. Jetzt muß ich aber nach Hause."

„Wir hätten Ihnen gerne noch eine Erfrischung angeboten. Vor lauter Zuhören haben auch wir die Zeit völlig vergessen.

Jetzt reiche ich Ihnen aber noch ein Glas Traubensaft", sagte Frau Kranzbinder.

„Danke! Ich möchte jetzt doch lieber gehen. Sonst sorgt sich mein Mann."

In diesem Augenblick klingelte die Hausglocke.

„Das wird Kurt sein."

So war es auch.

Herr Kranzbinder führte den jungen, sympathischen Menschen herein.

Zuerst begrüßte Herr Habkorn die Hausfrau, dann Ruth und sagte: „Es gehört sich ja nicht, daß man zu solch später Stunde einen Besuch macht, besonders, wenn man zum erstenmal in ein Haus kommt, aber da ich meine Frau daheim nicht antraf, machte ich mich gleich auf den Weg. Wie gut, daß du noch hier bist, Ruth! Ich hätte dich um diese Zeit nicht gern alleine auf der Straße gewußt."

„Ihre Sorge wäre unbegründet gewesen, Herr Habkorn", erwiderte Friedemann. „Wir waren soeben im Begriff, Ihre Frau nach Hause zu begleiten. Aber nun setzen Sie sich doch noch ein Weilchen zu uns. Meine Frau ist schon gegangen, um Traubensaft zu holen. Ich hoffe nicht, daß Sie enttäuscht sind, wenn es keinen Wein gibt. Wir haben grundsätzlich keinen Alkohol im Haus."

„So, sind Sie Abstinenzler?"

„Ich für meinen Teil habe nichts gegen ein Gläschen Wein. Es ist auch noch nicht lange her, daß wir uns entschlossen haben, keinen Alkohol mehr zu trinken. Aber nachdem wir gerade in letzter Zeit wieder mit so viel Elend konfrontiert wurden, das durch Alkohol verursacht wurde, haben wir uns entschlossen, keinen mehr zu trinken. Damit wollen wir denen helfen, denen er zur Sucht werden kann. Aber bitte, setzen wir uns doch!"

Herr Habkorn sah sich in dem gemütlichen Zimmer um.

„Hier muß man sich ja wohlfühlen!“ sagte er. „Kein Wunder, daß du nicht nach Hause gegangen bist, Ruth.“

Diese faßte seine Hand und antwortete: „Ich bin nicht so lange hier geblieben, weil es mir so gut gefällt, das natürlich auch, aber ich habe mir einmal die ganze Last von der Seele reden können. Keine Ladenglocke ertönte, und keine Kundschaft wollte etwas von mir. Herr und Frau Kranzbinder waren so gute Zuhörer. Es ist mir um vieles leichter geworden.“

Liebevoll blickte Herr Habkorn seine junge Frau an und sagte zu Friedemann Kranzbinder und dessen Frau, die soeben wieder das Zimmer betrat: „Meine Frau hat in den letzten Tagen und Nächten viel geweint. Die Sorge um ihre Mutter ließ sie nicht zur Ruhe kommen.“

„Dafür haben wir Verständnis“, sagte Frau Kranzbinder. „Aber das heutige Erlebnis läßt doch hoffen, daß es eine Wendung zum Guten gibt.“

Friedemann, der um der jungen Frau willen nicht unbedingt wollte, daß das Gespräch wieder um Frau Spahn ging, lenkte ab und sagte: „Ich möchte noch einmal auf die Nöte zu sprechen kommen, die wir in letzter Zeit durch Alkoholgenuß kennengelernt haben. Meine Frau und ich besuchten die Mutter eines meiner Schüler, eine nette, fleißige Frau, deren Mann im Gefängnis sitzt, weil er der Trunkenheit verfallen war und auf unredliche Weise versucht hatte, zu Geld zu kommen. Noch schlimmer scheint mir aber der andere Fall. Denken Sie, vor kurzem kam einer meiner dreizehnjährigen Schüler betrunken in die Klasse. Er randalierte und führte sich völlig unmöglich auf, natürlich zum großen Gaudi seiner Mitschüler. Unser Rektor, ein sehr einsichtiger Mann, erlaubte dem Jungen, in der Turnhalle auf einer Matte seinen Rausch auszuschlafen. Wir wagten es nicht, ihn in dem Zustand allein auf die Straße zu lassen, und wollten auch keinen seiner Klassenkameraden mit ihm nach Hause schicken. Dieser hätte vielleicht Einblick in das häusliche Elend bekommen, was aber nicht unbedingt den Schülern bekannt werden muß. Ich selbst brachte den Jungen später nach Hause. Was ich dort antraf, überstieg alle meine Befürchtungen. In einer menschenunwürdigen Wohnung saß eine verwahrloste Frau am Tisch und stierte mit glasigen Augen in einen Becher. Vor ihr stand eine leere Schnapsflasche. Ein kleineres Kind krabbelte kaum bekleidet auf dem Fußboden herum und fischte sich mit seinen Händen irgend etwas Eßbares aus einer Katzenschüssel, die am Boden stand. In einer Ecke des Zimmers schrie ein ganz kleines Mädchen fürchterlich in seinem Wagen. Ich meldete meine Beobachtungen dem Jugendamt und erfuhr, daß außerdem noch zwei Kinder zu der Familie gehören, die beide in einer Schwachsinnigenanstalt untergebracht sind. Auch der Familienvater soll dem Trunk verfallen sein."

„Dann ist es ja kein Wunder, daß auch der Junge betrunken zur Schule kam", stellte Herr Habkorn fest.

Seine Frau fügte hinzu: „Wie schrecklich! Was geschieht nun mit dem Jungen und mit den kleinen Kindern?"

„Ich habe beantragt, daß den Eltern das Sorgerecht entzogen wird und die Kinder in ein gutes Kinderheim kommen."

„Sie sind ja der reinste Fürsorger, Herr Kranzbinder!" meinte Herr Habkorn.

„Das Wissen um die Not anderer verpflichtet", erwiderte der Angesprochene. „So wird man von alleine zu einer Art Fürsorger." In der Erkenntnis, daß hier eine klare Stellungnahme angebracht sei, fügte er hinzu: „Die Liebe Christi dringt uns, das zu tun."

Daraufhin wußte Herr Habkorn nichts zu erwidern und erhob sich verlegen. „Wir müssen gehen. Ich muß morgen schon um vier Uhr aufstehen und habe ohnehin nur noch eine kurze Nacht vor mir."

„Wir würden uns freuen, wenn Sie uns wieder besuchen würden", sagte Frau Kranzbinder. „Morgen will ich noch einmal zu Ihrer Mutter gehen. Vielleicht läßt sie mich zu sich."

Als das junge Paar Arm in Arm unter dem klaren Sternenhimmel nach Hause ging, sagte Ruth: „Das sind zwei wunderbare Menschen, ich habe mich bei ihnen ganz wie zu Hause gefühlt."

„Sie scheinen fromm zu sein!"

Ruth blickte ihren Mann von der Seite fragend an. „Meinst du das jetzt ironisch?"

„Nein, gewiß nicht. Aber mir ist diese Art fremd. Das, was Herr Kranzbinder von der Liebe Christi sagte – ich könnte so etwas nicht aussprechen. Mir wäre es peinlich."

„Aber bei Kranzbinders kommt mir das ganz natürlich vor. Ich habe den Eindruck, sie leben ihren Glauben."

Eine Weile gingen sie schweigend weiter, beide im Nachdenken versunken. Plötzlich blieb Ruth stehen, sah ihrem Mann in die Augen und fragte: „Hättest du etwas dagegen, wenn ich mit unserem Kind beten würde? Als ich heute Kranzbinders an der Orgel mit ihren Kindern singen und sie später über ihre innere Einstellung reden hörte, bekam ich nach einem solchen Leben Sehnsucht. Die Mutter meines Vaters ist auch eine gläubige Frau."

„Ob ich etwas dagegen hätte?" fragte der angehende junge Vater und gab seiner Frau auf der nächtlichen Straße einen Kuß. „Wer soll denn sonst mit seinem Kind beten, wenn nicht die Mutter? Ich werde dich daran nie hindern."

„Vielleicht betest du sogar mit?" sagte Ruth und drückte glücklich den Arm ihres Mannes.

Anfang August sollten die großen Ferien beginnen. Die Kranzbinder-Kinder zählten schon die Tage und berichteten in der Schule und bei den Freunden und Bekannten von dem Ereignis, das ihnen bevorstand: die Reise in die Schweiz. Indessen hatten einige ihrer Schulkameraden weit mehr vorzuweisen.

„In die Schweiz? Das ist doch gar nichts. Wir reisen mit unseren Eltern nach Spanien!"

„Wir haben einen Bungalow am Meer gemietet!"

„Wir verbringen unsere Ferien auf Sizilien!"

Als die beiden größeren Kranzbinder-Kinder beim Mittagessen davon erzählten, erwiderte die Mutter, zu ihrem Mann gewandt: „Ist dies nicht auch ein Fluch unserer Zeit, daß der Wohlstand als etwas Selbstverständliches angesehen wird? Da gibt es kaum noch Höhepunkte, selbst die Kinder werden immer anspruchsvoller. Was gibt es wohl, wenn das alles einmal ein Ende hat?"

„Wir fahren aber doch auch in die Schweiz", meinte Thomas, dessen Widerspruchsgeist sich bemerkbar machte. Er schien Lust zu haben, die Mutter zu einem Streitgespräch herauszufordern, aber sie antwortete ruhig: „Du hast recht, Thomas. Mir ist auch schon der Gedanke gekommen, ob wir uns diese Reise mit gutem Gewissen leisten können."

„Aber Mutti!" Die Augen der Kinder waren erschrocken auf die Mutter gerichtet, als befürchteten sie, sie könne die so begehrte Ferienreise zunichte machen.

„Beruhigt euch", erwiderte die Mutter lächelnd, „Vati und ich haben uns wohl überlegt, ob diese große Ausgabe mit unserem Geldbeutel zu vereinbaren ist. Wir denken, daß es möglich sein wird."

„Das wäre ja noch schöner", begehrte Thomas erneut auf, „wenn ihr jetzt alle Pläne wieder umwerfen würdet!"

Nun schaltete sich Herr Kranzbinder in das Gespräch ein:

„Hör mal, mein Junge: Ganz so selbstverständlich darfst du es nun auch wieder nicht nehmen. Gesetzt den Fall, Mutti oder eins von euch würde ernstlich krank oder es käme sonst etwas Unvorhergesehenes dazwischen, so müßten wir uns eben damit abfinden und auf die Ferienreise verzichten. Aber hoffen wir, daß alles klappt. Im übrigen glaube ich nicht, daß so viele in deiner Klasse Spanien- oder Sizilienreisen unternehmen. Bei manchen ist es gewiß nichts anderes als Angeberei."

„Da irrst du dich gewaltig, Vater. Die meisten meiner Schulkameraden kommen aus reichen Familien. Du würdest dich wundern, wenn du sehen könntest, wieviel sie monatlich an Taschengeld bekommen. Dagegen bin ich der reinste Gartenzwerg."

„Dann sei du nur bereit, zwergenhaft zu sein. Ich finde, daß es gar nicht gut ist, wenn ein Kind sich alle möglichen und unmöglichen Wünsche erfüllen kann. Außerdem hat es noch niemand geschadet, wenn er sparsam mit seinem Geld umzugehen wußte und es eingeteilt hat. Ich fürchte, wir werden nicht immer so üppig leben können, wie das heute in vielen Familien üblich ist."

„Leben wir vielleicht üppig?"

Der Vater sah seinen Ältesten lächelnd an: „Hör mal, Thomas, was ist heute in dich gefahren? Du bist ein ewiger Besserwisser. Freu dich doch auf die Ferien in der Schweiz und ..."

„Mir kommt da gerade ein Gedanke", schaltete sich die Mutter ein. „Wie wäre es denn, wenn wir ein Kind mitnehmen würden, das nirgendwo hinreisen kann? Es gibt bestimmt noch genug Kinder, deren Eltern sich keinen Urlaub leisten können. Wie du sagtest, Friedemann, sind in dem Ferienhaus genug Zimmer vorhanden. Wie wäre es zum Beispiel, wenn wir Karin Goswig mitnehmen würden? Was meint ihr, wie gut diesem bleichen Kind ein Aufenthalt in den Schweizer Bergen täte!"

Anita war vom Stuhl aufgesprungen und umarmte die Mutter stürmisch: „Ja, Mama, ja, laß uns Karin mitnehmen!"

„Wieso Karin?" begehrte Thomas auf. „Dann kann ich genauso gut meinen Freund Erich einladen."

„Der hat das doch nicht nötig. Dessen Vater ist Fabrikant, aber Karin ..."

„Nun streitet euch doch nicht deswegen", ermahnte die Mutter ihre beiden Ältesten. „Vati hat dazu ja noch gar nicht Stellung genommen."

„Dein Vorschlag ist nicht schlecht", meinte dieser. „Geteilte Freude ist doppelte Freude. Warum sollten wir uns nicht ein wenig einschränken, um einem bedürftigen Kind eine Urlaubsfahrt zu ermöglichen? Was denkst du, Rosmarie, wie wäre es, wenn wir anstelle der Karin ihre größere Schwester Doris mitnehmen würden?"

„Die Doris?" schrie Thomas voller Entrüstung, „das ist doch die, die gestohlen hat. Die willst du mitnehmen?"

„Thomas!" Herr Kranzbinders Stimme nahm einen energischen Ton an. „Erstens habe ich nicht dich, sondern Mutti gefragt, und zweitens ist es keine Art, in dieser Weise von Doris zu reden, wenn sie mal einen Fehler gemacht hat. Den darf man ihr nicht dauernd vorwerfen. Hast du vielleicht noch nie etwas Unrechtes getan?"

„Jedenfalls habe ich noch keinem Schulkameraden Geld gestohlen."

„Aber heimlich an die Bonbondose bist du gegangen."

Thomas warf seiner kleineren Schwester Berthild einen wütenden Blick zu. „Warte nur, wenn ich dich nachher alleine erwische!"

Der Vater beendete die Mahlzeit mit den Worten: „Es ist Zeit, daß jeder von uns an seine Pflichten geht. Bis zu den

Ferien sind es ja noch einige Wochen. Mutti und ich werden es uns durch den Kopf gehen lassen, wen wir mitnehmen. Ich erwarte von euch, daß ihr vorerst zu niemandem von unserem Vorhaben sprecht, sonst wäre die Enttäuschung zu groß, wenn daraus nichts würde."

Es kam in der Tat etwas dazwischen, etwas, woran niemand gedacht hätte.

Karin Goswig hatte ihre Scheu überwunden und war zu Anitas Geburtstag gekommen. Bei der Gelegenheit konnte Frau Kranzbinder sie beobachten. Karin war ein scheues, aber liebenswertes Kind. Man merkte, daß die Mutter sich Mühe gab, ihre Kinder recht zu erziehen. Anita hatte außer Karin noch drei andere Schulkameradinnen einladen dürfen. Daß es dabei nicht ganz lautlos zuging, war nicht zu vermeiden gewesen, besonders als die Kinder ums Haus herumsprangen und sich versteckten. Das genügte, um Frau Purzel wieder in Aufregung zu versetzen.

Frau Kranzbinder lud eines Tages auch Doris Goswig zu sich ein. Sie ging ihr im Haushalt ein wenig zur Hand und besorgte auch einige Einkäufe. Frau Kranzbinder hatte dem Mädchen ihr Vertrauen beweisen wollen, indem sie ihm den Geldbeutel gab und sagte: „Nimm heraus, was es kostet. Ich weiß nicht genau, wieviel Geld drin ist, aber du wirst es schon recht machen." Doris war hochrot geworden. Frau Kranzbinder hatte wohl gemerkt, wie ihr Vertrauen auf das Mädchen gewirkt hatte.

Als Doris gegen Abend wieder nach Hause gegangen war, hatte Frau Purzel wie wild an der Korridortür geklingelt.

„Also, das kann ich Ihnen sagen", hatte sie Frau Kranzbinder, die ihr öffnete, angeschrien, „etwas Derartiges dulde ich nicht in meinem Haus. Jeder weiß, daß der Vater von diesen Kindern im Gefängnis sitzt, und die Tochter soll auch nicht ehrlich sein. Und so was holen Sie zu sich? Wer weiß, was dieses junge Ding uns aus dem Haus trägt! Also, wenn so etwas noch einmal vorkommt, dann ist es endgültig mit meiner Geduld zu Ende."

Sie hatte so laut lamentiert, daß Herr Kranzbinder, der gerade beim Korrigieren der Hefte saß, herauskam und sehr beherrscht sagte: „Wollen Sie nicht hereinkommen, Frau Purzel? Wir können hier besser weitersprechen."

„Nein, ich betrete Ihre Wohnung nicht! Lassen Sie sich von Ihrer Frau sagen, was ich von Ihnen fordere."

„Das ist völlig unnötig. Ich hatte keine Mühe, Sie im hintersten Zimmer zu verstehen. Und nun gestatten Sie mir, daß ich Ihnen sage: Sie sind nicht im Recht, Frau Purzel, wenn Sie ..."

„Was bin ich? Nicht im Recht? In meinem eigenen Hause?" unterbrach die Angesprochene Herrn Kranzbinder wutentbrannt.

„Bitte, lassen Sie mich ausreden. Sie haben kein Recht, uns darüber Vorschriften zu machen, wen wir zu uns einladen, solange unser Besuch sich nicht ungebührlich aufführt. Daß es bei Kindern nicht immer ganz leise zugeht, das wissen Sie. Es war Ihnen auch bekannt, daß wir vier Kinder mitbringen würden, bevor wir einzogen, und Sie müssen längst bemerkt haben, wie besorgt wir sind, daß sie nicht stören. Wenn Sie nun schon wissen, daß Herr Goswig im Gefängnis sitzt, dann muß ich Ihnen sagen, daß wir uns solchen Leuten erst recht verpflichtet fühlen. Es tut mir leid, Frau Purzel, wenn ich Sie daran erinnern muß, aber Sie und wir sitzen des öfteren am Sonntag in der gleichen Kirche. Es kann Ihnen nicht entgangen sein, daß unser Pfarrer erst kürzlich über das Wort Jesu gepredigt hat: ‚Was ihr getan habt einem dieser Geringsten, das habt ihr mir getan.'"

Frau Purzel hatte verschiedentlich versucht, ihren Mieter

zu unterbrechen, aber sie war nicht zu Wort gekommen. Jetzt schrie sie laut: „Das ist die Höhe! Das schlägt dem Faß den Boden aus! Sie wagen es, mir vorzuhalten, daß ich zur Kirche gehe? Sie – Sie –"

„Nicht vorhalten, nur daran erinnern wollte ich Sie, daß es für uns, Frau Purzel, die wir uns Christen nennen, gewisse Forderungen gibt, die wir nicht übersehen dürfen. Aber ich muß jetzt wieder an meine Arbeit. Guten Abend, Frau Purzel!"

Bestürzt hatte Frau Kranzbinder vor der Küchentür gestanden. So hatte sie ihren Mann selten sprechen hören. Den Kindern war der Wortwechsel auch nicht entgangen. Erschrocken blickten sie den Vater an. Nur Thomas fühlte sich gedrungen, triumphierend hinzuzufügen: „Der Alten hast du aber endlich mal die Meinung gesagt. Bravo, Vater!"

Dieser aber fuhr ihn an: „Schweig, Thomas! Ich benötige deine Kommentare nicht."

Nachher tat es Herrn Kranzbinder leid, daß er zu seinem Sohn so heftig gewesen war. Als dieser ihm wie üblich vor dem Zubettgehen eine gute Nacht wünschen wollte, zog er den Jungen einen Augenblick an sich und sagte: „Thomas, ich war vorhin sehr verärgert. Das tut mir leid, aber du mußt es lernen, nicht bei allem, was dich nicht unbedingt betrifft, mitzureden. Damit bist du deinen Geschwistern als der Älteste kein gutes Vorbild."

„Na, wenn uns das nicht alle betrifft, dann weiß ich nicht ...", maulte der Junge.

Aber irgendwie bewegte es ihn doch, daß der Vater sich entschuldigt und wie ein Freund mit ihm gesprochen hatte. Das schien dem Jungen der rechte Augenblick zu sein, in dem er sagen konnte, was er schon lange auf dem Herzen hatte.

„Vati", begann er. „Ich war vorhin richtig stolz auf dich,

daß du der Pur –, ich meine, der Frau Purzel endlich mal die Meinung gesagt hast. Sei mir nicht böse, wenn ich dir sage, daß ich mich schon oft darüber geärgert habe, daß du – daß du ...", er suchte nach Worten.

„Du meinst, daß ich gewöhnlich den Weg des geringsten Widerstandes gehe. Das wolltest du doch sagen, nicht wahr?"

„Ja, so ähnlich. Andere Väter hätten schon längst mit der Faust auf den Tisch geschlagen oder der Alten die Tür vor der Nase zugeschmettert, daß die Bude nur so gewackelt hätte."

„Hältst du das für angebracht und für erfolgreich?"

„Ich will einfach nicht, daß einer denkt, mein Vater hätte keinen Mut und er sei ..."

„Sprich nur weiter, Thomas! Ich nehme es dir nicht übel."

„Ja, ich will nicht, daß man dich für einen Schwächling hält."

Lächelnd blickte Herr Kranzbinder seinen Ältesten an.

„Ich verstehe dich sehr gut. Du willst nicht, daß man deinen Vater als einen ansieht, der keinen Mut hat. Das finde ich prima. Komm, Thomas, setz' dich noch einen Augenblick zu mir. Du bist mit deinen dreizehn Jahren ja kein kleiner Junge mehr. Wir können ruhig schon von Mann zu Mann miteinander reden."

Thomas errötete. War das des Vaters Ernst, oder sollte er diese Worte als Scherz auffassen?

Herr Kranzbinder aber fuhr fort: „Was meinst du, was ist schwerer – loszudonnern und sein Recht zu fordern – oder sich zu beherrschen und in Ruhe seine Meinung zu sagen?"

Weil Thomas nicht gleich antwortete, fuhr er fort: „Ich habe dir bisher nicht erzählt, daß ich als Junge in deinem Alter beinahe einmal ein großes Unglück verursacht hätte. Ich habe damals aus Wut einem Kameraden ein Messer ins Gesicht geschleudert, weil er über meine Mutter gemeine Bemerkungen gemacht hatte. Um ein Haar hätte ich den Jungen ins Auge getroffen. Es war in dem Kinderheim, in dem ich mit meinen Geschwistern mehrere Jahre zubrachte. Erst nachher ist mir klar geworden, was ich damit angerichtet hätte. An diese Geschichte muß ich immer denken, wenn mich mein Jähzorn, der in mir steckt, überrumpeln will.

Später habe ich mit einem Kollegen noch etwas viel Schlimmeres erlebt. Es war noch zu der Zeit, als es gesetzlich erlaubt war, Kinder in der Schule körperlich zu züchtigen. Ein vierzehnjähriger Schüler begegnete seinem Lehrer so unverschämt, daß dieser ihm höchst verärgert einen Schlag ins Gesicht gab. Er wollte damit auch den anderen Jungen seiner Klasse eine Lehre erteilen. Der Schlag war so heftig, daß der Schüler taumelte und zu Boden stürzte. Am nächsten Tag kam er nicht zur Schule. Er lag mit heftigen Kopfschmerzen im Bett. Drei Tage später war er tot.

Kannst du dir vorstellen, Thomas, was das für den Lehrer bedeutete? Natürlich gab es eine Gerichtsverhandlung, in der mein Kollege schuldig gesprochen wurde. Aber nicht alleine diese beiden Erlebnisse, die ich dir erzählt habe, sind die Ursache, daß ich mich bewußt darin übe, mich zu beherrschen. Du kennst die Seligpreisungen, Thomas. Da sagt Jesus: ‚Selig sind die Sanftmütigen, denn sie werden das Erdreich besitzen!'"

„Die Sanftmütigen?" fragte der Junge ungläubig. „Die Wirklichkeit sieht doch anders aus, Vati. Nicht die Sanftmütigen, sondern die Gewalttätigen besitzen das Erdreich. Du hast schon manchmal das Wort ‚Ellbogenpolitik' gebraucht. So ist es doch auch in der Schule. Die Stärksten und Rücksichtslosen sind vorne dran und setzen sich durch. Ebenso ist es in der Politik!"

„Scheinbar, Thomas, aber in Wirklichkeit ist es anders. Sanftmut erfordert höchste Kräfte, und seinen Zorn zu dämpfen, ist viel schwerer, als sich gehen zu lassen. Außerdem richtet man viel mehr aus, wenn man sich darin übt, die Forderungen Jesu zu erfüllen."

„Aber die anderen betrachten einen dann als Feigling", meinte Thomas.

„Das ist nicht weiter schlimm. Mit Feigheit hat das nichts zu tun. Sich selbst zu bekriegen ist der schwerste Krieg; sich selbst zu besiegen ist der größte Sieg! Ich will dir zum Schluß noch ein Wort weitergeben, das die Heimleiterin mir damals sagte, als ich so unbeherrscht dem Jungen das Messer entgegengeschleudert hatte. Es wird mir unvergeßlich bleiben: ‚Sein Recht behaupten ist noch längst nicht, recht tun oder gar recht haben.' Sie bat mich, meinen Jähzorn zu beherrschen, und schloß ihr Gespräch mit den Worten: ‚Friedemann, es gibt eine innere Überlegenheit, nämlich die Kraft, zu schweigen, wo man aufbegehren möchte, oder in Ruhe und Selbstbeherrschung zu antworten.' Ich denke, Thomas, jetzt verstehst du besser, warum ich manchmal anders reagiere, als du es erwartest. Nun aber, meine ich, ist es Zeit, daß du zu Bett gehst. Es war ein langes Gespräch."

„Aber ein gutes. Danke, Vati!"

„Schlaf gut, mein Junge!"

Wenige Tage später fand wieder ein bedeutungsvolles Gespräch statt, diesmal zwischen den Eheleuten Friedemann und Rosmarie Kranzbinder. Der Lehrer hätte am liebsten unverzüglich nach der Schule seine Frau beiseite genommen und ihr gesagt, was ihn bewegte, aber er mußte sich gedulden, denn erst mußten sich die Eltern Zeit für die Kinder nehmen. Jedes von ihnen hatte das Bedürfnis, seine Erlebnisse loszuwerden. Oft redeten alle vier auf einmal: „Stell dir vor, Vati! Denk nur, Mutti!"

Manchmal mußte direkt eine Reihenfolge festgelegt werden: „Eins nach dem andern. Heute darf William zuerst berichten, was er im Kindergarten erlebt hat."

„Danach bin ich dran."

„Aber erzähle bitte nicht so langatmig!" forderte Thomas, der als der Älteste gewöhnlich die meiste Zeit beanspruchte.

Die Eltern waren sich einig, daß man die Kinder ernst nehmen mußte, ebenso ihre Erlebnisse und Erfahrungen. Wie schnell kam die Zeit, in der sie aus dem Haus gingen und Vater und Mutter sich danach sehnten, an ihren kleinen und großen Erlebnissen teilnehmen zu dürfen.

Endlich war das Abendlied gesungen, und als auch das letzte Kind im Bett lag, bat Friedemann seine Frau: „So, und nun hole bitte nicht den Flickkorb oder dein Strickzeug herbei. Ich habe dir nämlich etwas Wichtiges zu sagen."

„Du machst mich neugierig. Hat es in der Schule wieder etwas gegeben?"

„Nein, du wirst staunen. Komm, setz dich zu mir!"

Es war ein milder Sommerabend. Erst vor wenigen Augenblicken hatte sich die Sonne hinter die Hügelkette zurückgezogen. Eine milde Dämmerung breitete sich aus. Nur hin und wieder vernahm man das müde Zirpen eines schlaftrunkenen Vogels. Die geschäftigen Laute des Arbeitstages waren verstummt. Einzelne Wolkensegel glitten über den abendlichen Himmel. Irgendwo in der Nachbarschaft hörte man ein Flötenspiel.

Erwartungsvoll blickte Frau Kranzbinder ihren Mann an.

„Was würdest du sagen, Rosmarie, wenn wir eine Eigentumswohnung kauften?"

„Eine Eigentumswohnung? Friedemann, wie kommst du darauf?"

„Daß ich mich schon lange mit dem Gedanken trage, ob es keine Möglichkeit gibt, einen Wohnungswechsel vorzunehmen, ist dir ja kein Geheimnis. Ich kann und will dir die

Ärgernisse mit Frau Purzel auf die Dauer nicht zumuten. Ohne daß ich dir davon etwas sagte, habe ich hin und wieder nachgefragt und mich nach einer anderen Mietwohnung umgeschaut. Überall, wo ich mich erkundigte, hieß es: ‚Vier Kinder? Nein, das kommt nicht in Frage.' Schließlich kam mir der Gedanke, ob es nicht das beste sei, eine Eigentumswohnung zu kaufen."

„Aber Friedemann, so viel Geld haben wir doch gar nicht!"

„Ich weiß und verstehe deine Argumente. Aber auch da habe ich vorgesorgt. Ich stieß vor einigen Tagen nicht zufällig – wir glauben ja nicht an den Zufall – auf eine Annonce in der Zeitung. In ihr wurden im Lärchental – du weißt, die Birkenallee führt dorthin – einige Wohnungen in den Terrassenhäusern angeboten. Am liebsten hätte ich es dir gleich gesagt und wäre mit dir hinausgefahren, um sie zu besichtigen. Aber ich sagte mir, warum soll ich dir Hoffnung machen, wenn wir unter Umständen doch nicht die Mittel haben würden, eine Eigentumswohnung zu kaufen. Außerdem wußte ich nicht, ob sie uns in dieser Lage zusagen würde. So fuhr ich letzte Woche mit dem Autobus hin. Rosmarie, es ist wie ein Märchen! Eine Fünfzimmerwohnung mit Küche, Bad und Terrasse! Fünf Minuten vom Wald entfernt!"

„Friedemann, mir schwindelt! Das ist ja alles wie im Traum!"

„Auch das andere habe ich genau überlegt: Wenn wir alle Ersparnisse zusammenlegen und das Angebot meiner Schwester annehmen, dazu das Fehlende von der Kreissparkasse als Darlehen bekämen, dann würde es klappen. Rosmarie, stell dir vor, eine Eigentumswohnung ohne den Ärger mit einer Hausbesitzerin – ganz nahe beim Wald und –"

Frau Kranzbinder legte ihre Hand liebevoll auf den Mund ihres Mannes. „Friedemann, du bist bei aller Nüchternheit ein Schwärmer. Mir verschlägt es den Atem, und ich kann es mir nicht vorstellen, daß wir ein solches Glück haben sollten."

„Und du, meine Allerliebste, bist und bleibst nun einmal eine Schwarzseherin. Warum sollte es nicht Wirklichkeit werden? Vor allem müssen wir rasch handeln. Für die drei Eigentumswohnungen, die ausgeschrieben sind, gibt es außer uns noch andere Interessenten. Du mußt also unbedingt morgen mit mir die Wohnung besichtigen."

Frau Kranzbinder hätte so gerne die Freude ihres Mannes geteilt, aber ihre zögernde und beinahe ängstliche Art sah meistens zuerst die Schwierigkeiten. Friedemann stellte sich das alles so einfach vor. Natürlich wäre es unbegreiflich schön, aber ...

So zog sich das Gespräch bis in die späte Nacht hin. Selbst als sie zu Bett gegangen waren, wurde es fortgesetzt. Friedemann zeigte seiner Frau alle Vorzüge dieser Eigentumswohnung auf, und Rosmarie äußerte ihre Bedenken. Schließlich beendete ihr Mann das Gespräch mit den Worten: „Auf Gottes Wegen ist jeder Schritt ein Akt des Glaubens. Doch bin ich fest davon überzeugt, daß Gott die Wege ebnen wird, wenn unser Plan in seinem Willen liegt. Das läßt mich ruhig sein."

„Ja", erwiderte Rosmarie überzeugt, „wenn es nach seinem Willen ist."

Gleich darauf war ihr Mann tief und fest eingeschlafen.

Seine gleichmäßigen ruhigen Atemzüge waren ihr ein Beweis dafür, daß er sich nicht mit all den Gegenargumenten und sorgenvollen Erwägungen abquälte, wie sie es tat. Immer wieder bewunderte sie sein starkes Gottvertrauen und seinen geradezu kindlichen Glauben. Sie selbst lag noch lange wach, versuchte sich die Erfüllung der Wünsche ihres Mannes vorzustellen, wollte sich ebenfalls darüber freuen und vermochte doch nicht, ihrer Art zuwider zu reagieren. Noch sah sie nur Hindernisse und Schwierigkeiten. Aber konnte Gott sie nicht beseitigen?

Am nächsten Tag machten sich Herr und Frau Kranzbinder auf den Weg. Es war selbstverständlich, daß man den Kindern davon noch nichts gesagt hatte. Wenn sie diese Eigentumswohnung wirklich kaufen sollten, was bei Friedemann so gut wie feststand, mußte man auf die Ferienreise verzichten. Das würde bei den Kindern große Enttäuschung hervorrufen. Also beschloß man, über die ganze Angelegenheit erst dann zu sprechen, wenn die Sache perfekt war.

Als Rosmarie die Eigentumswohnung in dem Terrassenhaus sah, konnte sie die Begeisterung ihres Mannes verstehen, obgleich der moderne Bau des Hauses sie zuerst einmal befremdete. Sie fand den Sichtbeton kalt und unpersönlich. Die Wohnung selbst gefiel ihr vom ersten Augenblick an. Helle, große Räume, viel Sonne und aus jedem Fenster ein Ausblick ins Grüne. Die große Terrasse ersetzte ein weiteres Zimmer. Wie würden die Kinder sich hier wohlfühlen! Sinnend stand sie vor dem großen Fenster des gedachten Wohnzimmers, vor dem sie bereits eine Reihe blühender Zimmerpflanzen sah.

Sie konnte es kaum fassen: der nahe Wald, die Birkenallee, die vom Küchenfenster aus zu sehen war, ein großer Kinderspielplatz mit Sandkästen und Rutschbahnen, Kletterbalken und Turngeräten, außerdem ein Blockhaus und ein Planschbecken.

„Rosmarie, du bist so schweigsam?" Friedemann, der mit dem Metermaß bereits die Zimmer durchschritt und in großen Zügen Zeichnungen für die Aufstellung der Möbel gemacht hatte, war zu seiner Frau getreten. Er legte den Arm um sie und blickte ihr in die Augen. „Aber du weinst ja?" fragte er erschrocken. „Möchtest du vielleicht doch lieber bei Frau Purzel bleiben?"

Rosmarie schüttelte heftig mit dem Kopf. „Nein, nein, Friedemann, es ist nur zu schön, um wahr zu sein."

Er zog sie an sich. „Du mußt in unserer Wohnung mehr gelitten haben, als ich dachte. Aber das hat nun bald ein Ende. Du bist also damit einverstanden, daß wir hierherziehen?"

„Wenn du meinst, daß wir es finanziell schaffen, dann mit Freuden, aber du kennst ja meine Art. Hab Verständnis dafür, daß ich mich nicht so laut und stürmisch freuen kann wie du. Im übrigen ist mir heute nacht noch ein Gedanke gekommen: Meine Eltern haben mir schon vor längerer Zeit angeboten, daß sie uns helfen würden, wenn wir einmal eine größere Ausgabe haben sollten. Du weißt, Friedemann, ich mache nicht gern Schulden."

„Ich teile deine Meinung, Rosmarie, aber wenn uns eine so günstige Gelegenheit geboten wird, wäre es meines Erachtens direkt ein Unrecht, wenn wir nicht zugreifen würden."

„Du weißt, daß ich mich deinen Wünschen füge."

„Aber ich möchte die Gewißheit haben, daß du es freudigen Herzens tust."

„Ja, Friedemann, ja! Bist du nun zufrieden?"

Er konnte nicht anders, er mußte sie aufs neue in seine Arme nehmen. „Du, Liebste, bald hört der Ärger mit unserer Hauswirtin auf."

„Wir werden ja noch nicht gleich einziehen können. Nächster Kündigungstermin ist erst der 1. Oktober. Jetzt haben wir Ende Juli."

„Wenn es klappt, und ich zweifle keinen Augenblick daran, ziehen wir hier bis Mitte Oktober ein, auch wenn wir dann für einige Wochen umsonst Miete bezahlen."

„Du wirst vor lauter Freude übermütig, Friedemann. Jetzt müssen wir sehr sparen und uns einschränken!"

„Laß mich nur machen, Rosmarie. Ich gebe zusätzlich noch ein paar Nachhilfestunden. Das wird wenigstens eine kleine Hilfe sein."

Frau Spahn war wieder zu Hause. Trotzdem wagte sie noch nicht, mit dem Unterricht zu beginnen. Wenn sie vor sich selbst ehrlich war, mußte sie zugeben, daß sie sich vor dem Neuanfang fürchtete. Natürlich hatte sich ihr Selbstmordversuch herumgesprochen. Sie fürchtete die Reaktion ihrer Schülerinnen, ebenso die erste Begegnung mit den Kollegen, die durch betonte Freundlichkeit Teilnahme beweisen oder sich von ihr distanzieren würden. Frau Spahn kam sich wie eine Gezeichnete vor. Zu ihrer eigenen Verwunderung dachte sie: Gut, daß Herr Kranzbinder da ist. Zwar hatte sie keine klare Vorstellung davon, wie er ihr den Neuanfang erleichtern könnte, aber der Gedanke an ihn brachte ihr in der Tat Beruhigung. Verwundert stellte sie fest, daß ihre Ansicht sich geändert hatte. War sie beim Erwachen aus ihrer Besinnungslosigkeit nur von einem Gedanken erfüllt gewesen: Warum hat man mich nicht sterben lassen?, so dachte sie jetzt: Wie gut, daß ich noch da bin! Sie versuchte, sich darüber Rechenschaft zu geben, wer oder was diese Sinnesänderung bewirkt hatte. Da meinte sie ihre Tochter Ruth zu hören: „Mutter, ich erwarte ein Kind, und dieses Kleine wird eine liebevolle Großmutter nötig haben!"

Seltsam, sie hatte doch damit rechnen müssen, daß sich in der jungen Familie Nachwuchs einstellen würde! Aber ihre Ablehnung gegenüber der Eheschließung ihrer Tochter war so groß gewesen, daß sie völlig verkrampft keinen noch so natürlichen Erwägungen Raum gegeben hatte. Ruths Mann kannte sie noch gar nicht. Nun wollten heute beide miteinander nach Geschäftsschluß zu ihr kommen. Frau Spahn befand sich in einem seltsamen inneren Zwiespalt. Auf der einen Seite kam sie sich inkonsequent vor, weil sie alle ihre bisherigen Grundsätze umgeworfen hatte und nun doch bereit war, diesen fremden Mann zu empfangen, andererseits freute sie sich auf die beiden jungen Leute. Sie stand in der Tat vor einem Rätsel. Plötzlich huschte ein spärliches Lächeln über ihr Gesicht, auf dem seit Jahren niemand eine noch so kleine Spur von Heiterkeit bemerkt hatte. Das Kind, ihr noch ungeborenes Enkelchen, mußte die Wandlung bewirkt haben. Sie, Frau Spahn, war auf dem Weg, Großmutter zu werden, und schließlich war der fremde Mann, den sie bisher strikt nicht sehen wollte, der Vater dieses Kindes. War es denkbar, daß ein so kleines Wesen, das noch nicht einmal in diese Welt eingetreten war, solch geheimnisvolle Kräfte besaß?

Aber war nicht noch ein anderes Erlebnis schuld an ihrer Veränderung? Sie entnahm ihrer Handtasche einen Brief. Als man ihr dieses Schreiben gebracht hatte, wollte sie es erst ungelesen beiseite legen. Aber mit jedem Tag hatte sie wieder mehr zu sich selbst zurückgefunden, und damit war auch die Angst vor dem Kommenden stärker geworden. Man hatte sie nicht sterben lassen, obgleich ihr das Leben zuwider gewesen war und sie keinen anderen Ausweg gesehen hatte, als es einfach von sich zu werfen. Nun aber hatte die ärztliche Kunst sie gerettet, nein, gezwungen, ihr verhaßtes und sinnloses Dasein weiterzuführen. Wenn sie nur gewußt hätte, wie es weitergehen sollte! In einer Stunde völliger Ausweglosigkeit hatte sie dann nach diesem Brief gegriffen. Sie las ihn nun aufs neue:

Liebe Frau Spahn!

Meine Frau wollte Sie gerne besuchen, wurde aber nicht zu Ihnen gelassen. Ich hoffe nun, daß unser Brief Sie erreicht. Er soll Ihnen nichts weiter sagen, als daß wir in Herzlichkeit Ihrer gedenken. Ich glaube Sie bereits so gut zu kennen, daß ich weiß: Sie lehnen jedes Mitleid ab und wünschen auch nicht, daß irgend jemand sich in Ihre persönlichen Angelegenheiten mischt. Wir haben es auch nicht vor, aber wir machen uns Gedanken darüber, wie wir Ihnen beistehen können. Wenn ein Mensch den Entschluß faßt, freiwillig aus dem Leben zu gehen, muß er Schweres durchgemacht haben. Dieses Wissen um die Not eines anderen verpflichtet uns, meine Frau und mich, weil wir bemüht sind, als Christen nach dem Wort zu leben: Einer trage des andern Last, so werdet ihr das Gesetz Christi erfüllen.

Wir wissen nicht, liebe Frau Spahn, wie Sie zu Christus stehen. Uns ist er die Kraft zum Leben. Sie sollen wissen, daß wir täglich für Sie beten, seit wir von Ihrer Verzweiflungstat wissen. Das ist im Augenblick das einzige, was wir für Sie tun können. Wenn Sie erlauben, wird meine Frau Sie in den nächsten Tagen wieder besuchen. Wir hoffen, daß sie dann zu Ihnen gelassen wird. Sobald es Ihnen besser geht, möchte ich sie begleiten. Gottes Nähe richte Sie auf. Dies wünschen Ihnen mit besten Grüßen

Ihr Kollege Friedemann Kranzbinder und Frau.

Während Frau Spahn in ihrer gepflegten Wohnung hin- und herging, um alles für ihren Besuch vorzubereiten, erlebte sie gedanklich noch einmal die Begegnung mit Herrn und Frau Kranzbinder. Zuerst war die Frau ihres Kollegen alleine gekommen. Sie hatte nur ein buntes Sträußchen auf ihre Bettdecke gelegt. „Blumen gehören nun einmal ins Krankenzimmer“, hatte sie in herzlichem Ton gesagt. Als sie, Frau Spahn, darauf geantwortet hatte, daß sie ja eigentlich nicht krank sei, hatte Frau Kranzbinder ohne jeden frommen Unterton gesagt: „Auch die Seele kann krank sein, und das ist oft schlimmer als ein körperliches Leiden.“

Frau Spahn hatte sich über sich selbst gewundert, daß sie dieser Frau, die sie zum erstenmal sah, antwortete: „Ja, Sie haben recht. Schon seit Jahren kenne ich keine Freude.“

„Sie werden wieder lernen, sich zu freuen", hatte Frau Kranzbinder darauf geantwortet und dann das Thema gewechselt.

„Ich habe Ihre Tochter kennengelernt, als ich Sie zum erstenmal besuchen wollte und von der Schwester abgewiesen wurde. Später haben wir sie einmal zu uns eingeladen und dabei auch Ihren Schwiegersohn, Herrn Habkorn, kennengelernt. Ein sehr sympathischer junger Mann!"

Frau Spahn hatte gespürt, wie in ihr Abwehr aufstieg. Schließlich hatte sie diese Frau nicht nach ihrer Meinung über ihren Schwiegersohn gefragt. Aber Frau Kranzbinder war so natürlich und liebenswürdig gewesen und hatte ihrer Handtasche ein Päckchen entnommen. „Hier habe ich Ihnen etwas weiße Babywolle mitgebracht. Ihre Tochter hat uns erzählt, daß sie ein Baby erwartet, und ich nehme an, daß es Ihnen hier in der Klinik Freude bereiten wird, für Ihr Enkelkind etwas zu stricken: ein Jäckchen oder ein Mützchen. Was rede ich da? Sie als Handarbeitslehrerin können das ja viel besser als ich."

Wieder hatte Frau Spahn sich über sich selbst gewundert. Sie hatte das Geschenk nicht zurückgewiesen, sondern die weiche Wolle fast zärtlich durch ihre Finger gleiten lassen.

Als Frau Kranzbinder nach einigen Tagen mit ihrem Mann wieder in die Klinik kam, hatte sie das Babyjäckchen schon beinahe fertig gestrickt und zeigte es ihnen freudig-verlegen.

Daß ihr Kollege, Herr Kranzbinder, persönlich zu ihr gekommen war, freute sie besonders.

Herr Friederich, der Schulleiter, hatte ihr zwar einen freundlichen Brief geschrieben, aber aufgesucht hatte sie sonst niemand, und das war ihr auch recht gewesen. Ganz anders dieser Besuch.

Herr Kranzbinder plauderte ein wenig aus der Schule, von einigen lustigen Episoden, die er mit Kindern erlebt hatte.

Es sollte sie wohl aufheitern. Nach etwa zwanzig Minuten war das Ehepaar Kranzbinder wieder gegangen.

Diesmal lag auf ihrer Bettdecke ein Büchlein mit dem Titel: „Leg deine Nerven in Gottes Hand" von Dr. Lechler. Zuerst hatte sie es achtlos auf ihren Nachttisch gelegt. Gewiß war es ein frommer Schmarren. Davon hielt sie nichts. Aber dann hatte sie sich wieder an den Brief von Herrn Kranzbinder erinnert, aus dem deutlich hervorging, daß er und seine Frau bemüht waren, als Christen zu leben und die Last anderer irgendwie zu der eigenen zu machen. Als ob man das so ohne weiteres könnte! Seltsam, Ablehnung und Bejahung dieser beiden, die sich um sie kümmerten, hatten damals in ihr gestritten. Ja, es waren sympathische, liebenswürdige Menschen, aber wenn sie sich einbildeten, daß es ihnen gelingen würde, sie mit ihrem Christsein zu beeinflussen, dann irrten sie sich gewaltig.

Frau Spahn ging durchs Zimmer. So, diese Blumen machten sich gut auf dem Eßtisch. Wahrscheinlich würde der Schwiegersohn – wahrhaftig, jetzt nannte sie ihn bereits so – sich wundern über ihre gute und geschmackvolle Wohnungseinrichtung. Frau Spahn faltete sorgfältig die Papierservietten mit der hübschen blauen Borte. Dann errötete sie, weil sie sich schämte: Sie wußte nicht einmal, was für eine Wohnungseinrichtung ihre Tochter hatte und in welchen Verhältnissen sie lebte. Und nun war bereits ein Kind unterwegs. Es benötigt eine liebevolle Großmutter, hatte Ruth gesagt. War sie überhaupt bereit, dem kleinen Wesen eine solche zu sein? Sie freute sich auf das Kind. Ob es ein Mädchen oder ein Junge sein würde? Ob ihr Mann es wohl schon wußte? Das winzige Lächeln, das auf ihrem Gesicht stand, erstarb bereits wieder. Natürlich, der hatte es bestimmt vor ihr gewußt, denn er verkehrte ja im Hause der Tochter. War das Eifersucht, die in ihr aufstieg? O du liebe Zeit, sie vergaß ja ganz, daß sie einen Kuchen im Backofen hatte! Das wäre noch schöner, wenn der Hauswirtschaftslehrerin ein Kuchen verbrennen würde! Zum Glück war nichts passiert.

So einen Rührkuchen hatten Ruth, aber auch ihr Vater immer gerne gegessen. Was fiel ihr nur ein, sich heute mit solchen Gedanken zu befassen? Sie wollte mit ihrem Mann nichts mehr zu tun haben, selbst wenn er nun Großvater werden würde.

Aber das Ehepaar Kranzbinder konnte sie einmal zu einem netten Kaffeestündchen einladen. Rührend hatten sich die beiden Menschen um sie gekümmert. Die Nachbarn würden allerdings die Hälse recken: ein Besuch bei ihr, die sie in strenger Zurückgezogenheit lebte, bedeutete bestimmt eine Sensation. Aber sie mußte sich doch revanchieren. Wenn Kranzbinders nicht fromm wären, würden sie ihr noch sympathischer sein. Ja, sie war froh, daß Herr Kranzbinder an derselben Schule unterrichtete wie sie. Der Gedanke daran beruhigte sie wirklich, denn irgendwie stieg in ihr immer wieder ein gewisses Unbehagen auf, wenn sie daran dachte, daß nächste Woche wieder ihr Dienst begann.

Frau Goswig ließ durch Karin fragen, ob sie an einem der nächsten Nachmittage einen Besuch machen dürfe. Sie habe ein Anliegen, das sie gerne mit Frau Kranzbinder besprechen möchte. Selbstverständlich bekam sie eine Zusage, und so saßen die beiden Frauen eines Tages beieinander. Frau Kranzbinder hatte einen guten Kaffee gebrüht. Vom Sonntag war noch Kuchen da, der im Gefrierschrank frisch gehalten worden war. Die Kinder hatten den Auftrag bekommen, nicht zu stören.

Frau Kranzbinder war nach ihrem ersten Besuch bei Frau Goswig noch ein zweites Mal dort gewesen, weil sie es als ihre Aufgabe ansah, sich um die Frau zu kümmern, die so mancherlei Lasten zu tragen hatte. Sie freute sich über ihr Vertrauen und ermutigte sie, sich vom Herzen zu reden, was sie bewegte.

„Ich wollte nicht, daß eins meiner Kinder unser Gespräch hört, darum habe ich gebeten, zu Ihnen kommen zu dürfen", begann Frau Goswig. „Es geht um Doris. Sie kommt ja jetzt aus der Schule. Am liebsten würde sie Kinderkrankenschwester werden. Sie hat kleine Kinder sehr gerne. Aber ich fürchte, sie wird nicht zur Ausbildung zugelassen, weil sie nur die Hauptschule besucht hat. Außerdem müßte sie ja mindestens siebzehn Jahre alt sein. Ich habe versucht, ihr das klarzumachen, aber sie ist jetzt oft in einer merkwürdigen Verfassung. Jeden, der ihr widerspricht, sieht sie als ihren persönlichen Gegner an."

„Ich kenne das von unserem Ältesten", erwiderte Frau Kranzbinder. „Das darf man nicht so tragisch nehmen. In der Pubertätszeit sind die meisten Kinder schwierig. Das gibt sich wieder. Aber wie denken Sie sich nun Doris' weiteren Weg?"

„Ich meine, sie sollte mindestens ein Jahr lang in einen guten Haushalt gehen, um dort zu lernen, was eine Hausfrau wissen muß. Darauf hat auch meine Mutter großen Wert gelegt."

„Das ist mir schon bei meinem ersten Besuch bei Ihnen aufgefallen. Trotz Ihrer Näharbeit, die doch viel Zeit erfordert, und der Betreuung Ihrer Kinder macht Ihr Haushalt einen mustergültigen Eindruck."

Frau Goswig errötete bei diesem Lob. „Danke, Frau Kranzbinder. Ich habe nun Doris vorgeschlagen, daß wir uns nach einer Familie mit Kindern umsehen, in der die Hausfrau vielleicht über eine Hilfe froh wäre. Doris ist nicht ungeschickt. Sie hat, wie ihre Geschwister, von klein auf mithelfen müssen."

„Und was meint sie zu Ihrem Vorschlag?"

„Zuerst hat sie sich dagegen heftig gewehrt. In einem Haushalt verdiene sie nicht genug, und sie denke nicht daran, anderen Leuten den Dreck zu putzen und sich schikanieren zu lassen. Dann gehe sie lieber in die Fabrik. Dort bekäme sie genügend Geld, um sich auch einmal etwas leisten zu können. Sie wissen ja, Frau Kranzbinder, daß Doris es von unseren Kindern am wenigsten verträgt, verzichten und zurückstehen zu müssen. Doch ich bin strikt dagegen, daß meine Tochter gleich nach der Schulentlassung in eine Fabrik geht. Natürlich gibt es unter den Arbeitern auch anständige Leute, andererseits kommt sie dort aber auch mit solchen zusammen, deren Einfluß ihr schaden würde. Weil ich Doris' Veranlagung kenne, will ich das verhüten. Ich sorge mich ohnehin in letzter Zeit wieder sehr um sie. Kommt sie doch vor einigen Wochen aus der Schule nach Hause und sagt: ‚Mutter, ich habe jetzt auch einen Freund wie alle meine Schulkameradinnen.' Ich wollte zuerst aufbegehren, erkannte dann aber, daß ich damit wahrscheinlich nur das Gegenteil erreichen würde, und ließ mir von ihr erzählen, was das für ein Junge sei. Bin ich vielleicht erschrocken! Er wohnt in unserer Nachbarschaft, ist vor zwei Jahren aus der Schule gekommen, hat schon ein paarmal die Lehrstelle gewechselt und besitzt keinen guten Ruf."

„Das tut mir leid für Sie, Frau Goswig", erwiderte Frau Kranzbinder. „Es ist ja so, daß das Gerede von Freundschaft unter den jungen Leuten vielfach nicht ernst zu nehmen ist. Manchmal steckt jedoch mehr dahinter. Wenn sie nun sagen, daß dieser Junge einen üblen Ruf hat, kann sich das für Ihre Tochter böse auswirken. Was könnte ich in dieser Angelegenheit tun?"

„Ich wage kaum, mein Ansinnen vorzubringen, Frau Kranzbinder: Mir ist der Gedanke gekommen, ob Doris nach ihrer Schulentlassung als Haushaltshilfe zu Ihnen kommen könnte."

Die Angesprochene erschrak.

Frau Goswig fuhr fort: „Ich habe Doris gefragt, wie sie sich dazu stellen würde, wenn sie bei Ihnen ein Haushaltsjahr machen könnte. Darauf hat sie gesagt, das wäre zu überlegen. Bei Ihnen würde sie wenigstens nicht als Mensch zweiter Klasse behandelt werden."

Erwartungsvoll blickte Frau Goswig Frau Kranzbinder an. Dieser war nun klar, daß sie ganz behutsam vorgehen mußte, um sie nicht zu enttäuschen oder gar zu verletzen. Eine Zusage aber vermochte sie mit dem besten Willen nicht zu geben. So begann sie vorsichtig: „Frau Goswig, Ihr Vertrauen ehrt mich. Aber ich fürchte, die Sache ist nicht ganz so einfach. Unsere Wohnung ist nicht groß. Wir haben kein Zimmer, in dem Doris schlafen könnte."

„An diese Möglichkeit habe ich bereits gedacht. Das wäre schließlich auch nicht nötig. Meine Tochter könnte doch morgens zu Ihnen gehen und am Abend nach Hause kommen."

„Und dann, Frau Goswig, sind wir finanziell nicht so gut gestellt, daß wir ihr einen solchen Lohn zahlen könnten, wie sie ihn in einem anderen Hause bekommen würde."

Auch das schien für Doris' Mutter kein Hinderungsgrund zu sein. Sie erwiderte: „Frau Kranzbinder, so sehr ich auch einteilen und sparen muß, kommt es mir bei meiner Tochter nicht in erster Linie auf den Lohn an, sondern darauf, daß sie einen Platz in einem guten Hause bekommt."

Da saß sie nun vor Frau Kranzbinder, die kleine, schmale, verhärmte und von der Arbeit gezeichnete Frau, die ihre Hoffnung in dieses Haus getragen hatte, deren Anliegen es war, ihre Kinder trotz kümmerlicher Verhältnisse recht zu erziehen, so daß aus ihnen einmal brauchbare Menschen würden. Frau Kranzbinder spürte, wie eine neue Verpflichtung auf sie gelegt wurde. Sie sah in die bittenden Augen dieser Frau. Nein, es war ihr unmöglich, eine Absage zu geben. So erwiderte sie: „Frau Goswig, ich muß zuerst mit meinem Mann darüber reden. Wir stehen voraussichtlich vor großen Veränderungen. Vielleicht bekommen wir eine andere Wohnung. Aber gerade das ist auch mit vermehrten Geldausgaben verbunden. Ich verstehe jedoch Ihre Sorge um Doris, und mein Mann und ich sehen es als Lebensgrundsatz an, dort zu helfen, wo Not ist. Lassen Sie uns ein paar Tage Zeit. Wir wollen alles gut überlegen, und wenn wir eine Möglichkeit sehen, Ihnen dadurch zu helfen, wollen wir Doris zu uns nehmen."

Frau Goswig erhob sich. „Vielen, vielen Dank, Frau Kranzbinder! Ich wußte, daß ich bei Ihnen Verständnis finde. Wenn es Ihnen nur gelingen würde, Doris die Sache mit ihrer Freundschaft auszureden. Auf Sie hört sie vielleicht eher als auf mich."

„Ob mir dies gelingt, weiß ich nicht, aber falls Doris wirklich zu uns kommt, werde ich natürlich den Versuch machen, ihr zu erklären, wie negativ sich die Freundschaft mit einem leichtfertigen Menschen auf sie auswirken kann."

Voller Hoffnung und Dankbarkeit verabschiedete sich Frau Goswig. Frau Kranzbinder aber vermochte den Seufzer, der aus ihrem Innern emporstieg, nicht zu unterdrücken.

Als sie Gelegenheit hatte, allein mit ihrem Mann darüber zu reden, antwortete dieser nicht gleich. Er sah die Aufgabe an Doris, aber auch die Schwierigkeiten, die sich daraus ergaben. So antwortete er seiner Frau: „Rosmarie, ich habe dich unlängst daran erinnert, daß es immer unser Grundsatz war, solange wir verheiratet sind, nicht zu übersehen, was Gott von uns fordert, besonders wenn es um einen Dienst an anderen Menschen geht. Das Vertrauen von Frau Goswig verpflichtet uns. Wieviel Schweres hat diese Frau durchgemacht! Nun sucht sie bei uns Hilfe. Ihr würde wenig nützen, wenn wir jetzt sagten: ‚Vertrauen Sie auf Gott, er wird schon eine Tür für Ihre Tochter öffnen!'

Es würde ihr gehen wie dem Volk Israel in Ägypten, dem Mose die Hilfe Gottes verheißt. Die Bibel berichtet dazu: ‚Mose sagte das den Kindern Israel; aber sie hörten nicht auf ihn vor Kleinmut und harter Arbeit' (2. Mose 6, 9).

Ähnlich steht es auch um Frau Goswig. Wir müssen ihr praktische Hilfe leisten. Außerdem wünsche ich dir schon lange eine Hilfe im Haushalt. Lassen wir Doris also zu uns kommen, vorerst tagsüber, und wenn wir dann unsere Eigentumswohnung haben, kann sie auch bei uns wohnen. Etwas mehr macht mir der Gedanke an diese Freundschaft Sorgen. Der Junge ist der Bruder eines Schülers von mir. Sie sehen nicht nur ungepflegt aus, sie machen auch einen verdorbenen Eindruck."

„O weh! An solch einen Jungen gerät Doris!"

„Menschlich ist das zu verstehen: Es muß gar nicht sein, daß der Bursche Doris besonders gefällt, aber er macht ihr den Hof, und sie, die wegen ihrer Unehrlichkeit und der Verfehlungen ihres Vaters in der Schule von vielen abgelehnt und bewußt übersehen wird, fühlt sich auf einmal bestätigt und anerkannt. So greift sie mit beiden Händen zu, und man muß froh sein, wenn nichts Schlimmeres passiert. Ob es uns gelingen wird, sie dem Einfluß dieses jungen Mannes zu entziehen, vermag ich nicht zu sagen. Nehmen wir sie, wenn sie aus der Schule entlassen ist, in unsere Familie auf."

„Nun dauert es nicht mehr lange bis zu den großen Ferien!" Es verging kaum ein Tag, an dem nicht eines der Kinder mit dieser Feststellung am Familientisch saß. Eines Mittags kam Anita, die Elfjährige, nach Hause und sagte: „Vati, jetzt mußt du mir unbedingt Näheres über unseren Ferienort in der Schweiz sagen. Wir müssen nämlich einen Aufsatz über unsere Urlaubspläne schreiben."

Frau Kranzbinder warf ihrem Mann einen vielsagenden Blick zu. Jetzt ging es nicht mehr an, ihr Vorhaben den Kindern länger zu verschweigen. Außerdem waren die Vorbesprechungen zum Kauf der Eigentumswohnung so weit gediehen, daß es nur noch des Kaufvertrags bedurfte. Auch Frau Kranzbinders anfängliche Bedenken hatten einer freudigen Erwartung weichen müssen, die sie erfüllte, wenn sie sich vorstellte, daß sie in absehbarer Zeit eine große sonnige Wohnung nahe am Wald haben würden und der ewige Ärger mit der Hauswirtin ein Ende hatte. Zwar seufzte sie heimlich, wenn sie an den Umzug und die damit verbundene Arbeit dachte, aber die Freude war doch stärker. Es hatte ihr direkt gefehlt, daß sie es bisher den Kindern nicht sagen konnte. Nun, da man so nahe vor der Vollendung des Plans stand, brauchte man die Sache nicht länger zu verheimlichen.

„Ich meine, wir sollten es jetzt den Kindern sagen und sie an unserer Freude teilnehmen lassen", sagte Frau Kranzbinder.

Neugierig und erwartungsvoll blickten die vier von der Mutter zum Vater und wieder zur Mutter. „Ihr habt ein Geheimnis!" stellten sie fest. „Schon ein paar Tage seht ihr ganz besonders froh aus. Sagt es uns!"

Es traf sich, daß es wieder einmal Mittwoch und darum ein schulfreier Nachmittag war. So schlug der Vater kurzerhand vor: „Wir machen eine Fahrt ins Blaue. Unterwegs werdet ihr dann die Neuigkeit erfahren und besichtigen."

„Erfahren und besichtigen?" Das wurde ja immer geheimnisvoller.

Schließlich standen sie vor dem modernen Terrassenbau. „Und hier werden wir wohnen?" fragte Anita fast ungläubig.

„Diese schöne Wohnung soll unser Eigentum sein?" Auch Thomas vermochte es nicht zu fassen. „Aber Vati, die kostet doch bestimmt eine ganze Menge Geld. Woher haben wir das?"

„Du bist ein verständiger Junge, Thomas, und ich freue mich, daß du dir Gedanken darüber machst, wie und ob wir dies überhaupt bezahlen können."

Frau Kranzbinder nickte ihrem Mann zustimmend zu. Jetzt war der günstigste Augenblick, den Kindern zu erklären, daß deshalb aus der Schweiz-Reise nichts werden könne.

„Hier sollst du dein Zimmer haben, Thomas", begann Friedemann Kranzbinder in kluger Weise, seinen Sohn auf das Kommende vorzubereiten.

„Prima, Vati, das gefällt mir!"

„Und wir?" wollten die beiden Mädchen wissen. „Ihr bekommt das Zimmer daneben, und das kleine Stübchen ist für William gedacht."

„Für mich ganz allein?" jubelte der Kleine und umarmte die Mutter stürmisch. Nun wollten alle wissen, wie lange es noch dauere, bis sie einziehen könnten. Wie schade, mindestens noch ein Vierteljahr sollten sie warten.

„Ihr seht, die Handwerker haben noch einiges zu tun, auch muß der Vertrag erst unterschrieben werden. Eines aber, Kinder, muß euch klar sein. In diesem Fall müssen wir auf die Reise in die Schweiz verzichten."

„Waas?" Allgemeines Entsetzen, besonders bei den beiden ältesten Kindern. „Aber Vati, das kann doch nicht dein Ernst sein!"

Thomas äußerte sich, wie erwartet, am heftigsten. „Das ist ja allerhand! Zuerst versprecht ihr uns –"

Der Vater schnitt ihm nicht unfreundlich, aber doch bestimmt das Wort ab. „Daß ihr enttäuscht sein würdet, war uns klar, aber gerade du hast dir darüber Gedanken gemacht, wie wir das viele Geld aufbringen würden, Thomas. Jetzt solltest du als unser Ältester doch verständig genug sein, uns unterstützen und begreifen, daß beides eben nicht geht. Wir können nicht eine Wohnung kaufen und gleichzeitig eine Ferienreise machen, die bei aller Sparsamkeit doch über tausend Mark kostet."

Da bereits die Handwerker auf das Gespräch aufmerksam wurden, schlug die Mutter vor, an diesem schönen Sommernachmittag noch ein Stück hinüber in den Wald zu gehen und dort weiter miteinander zu sprechen.

Daß aus der geplanten Schweiz-Reise nichts werden würde, war für die Kinder ein gewaltiger Wermutstropfen. Aber immerhin, der Aufenthalt in der Schweiz hätte nur vier Wochen gedauert, während die Wohnung ihnen immer gehören würde. Die Mädchen vermochten den Vorteil zu erkennen, Thomas aber schloß sich nur widerwillig den anderen an. Mit langem Gesicht trottete er hinter den Eltern und Geschwistern her. Die Aussicht auf die neue Wohnung schien für ihn keinen Reiz mehr zu haben. Anita blieb ein wenig zurück und gesellte sich zu ihm, bemüht, ihn aufzuheitern. „Denke doch, Thomas, was für ein schönes Zimmer du bekommst."

„Ach, hör auf! Es ist allerhand von Vati, uns –"

„Kommt, bleibt nicht zurück", rief in diesem Augenblick die Mutter. „In einer Stunde fährt der Autobus."

Als sie auf einer Waldwiese lagerten und die Mutter ihrer großen Tasche einige Süßigkeiten entnommen und verteilt hatte, fragte Anita den Vater: „Aber was soll ich nun in meinem Aufsatz schreiben? Unsere Ferienpläne sind doch jetzt ins Wasser gefallen!"

„Jetzt kommt die zweite Überraschung", kündete die Mutter geheimnisvoll an.

„Schöne Überraschungen!" begehrte Thomas auf.

Ohne auf seinen trotzigen Einwand zu achten, berichtete Herr Kranzbinder: „Noch bevor wir an die Möglichkeit unserer Schweiz-Reise dachten, haben Mutti und ich nach einem Weg gesucht, für euch Kinder einen Platz zu finden, an dem ihr spielen und euch tummeln könnt, ohne Frau Purzel immer zu stören. Wir kamen auf die Idee, einen Schrebergarten zu pachten, in dem wir außer Blumen auch etwas Gemüse und einige Beerensträucher pflanzen können. Ein Rasenplatz zum Spielen für euch sollte auch dabei sein. Als wir dann planten, in die Schweiz zu fahren, sahen wir davon ab. Wir wollten darauf später noch einmal zurückkommen."

„Schrebergärten haben nur arme Leute!" behauptete grollend Thomas.

„Das stimmt nicht. Es gibt viele und darunter auch gutgestellte Leute, die aus Liebhaberei einen solchen Kleingarten besitzen. Nun haben wir auf wunderbare Weise einen solchen Garten bekommen und ihn bereits gepachtet. Dort werden wir unsere Ferien verbringen."

Verständlicherweise folgte dieser Eröffnung keine Begeisterungswelle. Thomas erlaubte sich sogar die halblaute Bemerkung: „Auf solche Ferien kann ich verzichten. Hätte ich das gewußt ..."

Der Vater ging mit keinem Wort darauf ein. Schließlich war die Enttäuschung seines Ältesten begreiflich. Er wandte sich an seine Tochter. „Anita, weißt du, was du in deinem Aufsatz schreibst? Wir verbringen in diesem Jahr unseren Urlaub in Schreberg-Arten."

„Auf was für einem Berg?" Die achtjährige Berthild kam nicht ganz mit. „Du sagtest doch in einem Garten?"

Der Vater nahm ein Blatt Papier aus seiner Brieftasche und schrieb den Kindern das Wort Schrebergarten anders auf. „Seht, so meine ich es. Deine Lehrerin, Anita, versteht sicher Spaß, und du selbst läßt dir etwas Humorvolles und

Nettes einfallen. Du schilderst, wie wir uns den Aufenthalt an diesem Ferienort vorstellen."

„Darf ich dann auch schreiben, daß unsere Reise in die Schweiz ins Wasser fiel, weil wir eine Eigentumswohnung kaufen?"

„Nein, das wollen wir lieber noch nicht an die große Glocke hängen. Nun aber, Kinder, wird es Zeit, daß wir aufbrechen, sonst müssen wir den weiten Weg nach Hause noch zu Fuß machen."

Am darauffolgenden Sonntag saß die ganze Familie im Gottesdienst. Er gehörte zum Leben wie essen und trinken, arbeiten und schlafen und war so selbstverständlich, daß ihn niemand in Frage stellte. Neuerdings begann Thomas sich darüber unmutig zu äußern.

„Muß man eigentlich jeden Sonntag zur Kirche? Was der Pfarrer da sagt, habe ich schon hundertmal gehört. Es beginnt mich langsam anzuöden."

„Ob man muß, fragst du, Thomas", hatte der Vater geantwortet. „Es ist dir doch auch keine Frage, ob Essen und Trinken, Schlafen und Lernen zu deinem Leben gehören."

„Das ist doch etwas anderes."

„O nein, mein Junge. Ich sehe hier Parallelen. Wenn du aufhörst zu essen, wirst du krank. Wenn du nicht mehr schläfst, bist du leistungsunfähig. Wenn du nicht lernst, nicht arbeitest, wirst du lebensuntüchtig und bringst es zu nichts. So wie dein äußerer Mensch bestimmte Forderungen an dich stellt und die Gesundheit deines Körpers von der Einhaltung verschiedener Bedingungen abhängig ist, verlangt auch dein innerer Mensch Nahrung, um nicht zu verkümmern. Wir als Eltern tragen so lange die Verantwortung für euch, bis ihr selbst in der Lage seid, Entscheidungen zu treffen, und wißt, was für euch lebenswichtig ist."

„Die Kirche ist für mich nicht lebensnotwendig", begehrte Thomas auf.

„Die Kirche vielleicht nicht, wenn du damit den Ort oder eine Organisation meinst, aber Gott ist für dich lebensnotwendig. Zwar gibt es viele Menschen, die scheinbar ohne ihn fertig werden. Es ist sogar möglich, sein ganzes Leben ohne Gott auszukommen. Aber vergiß nicht, Thomas, mit dem Tod ist es nicht aus, und was danach kommt, kannst du in der Bibel lesen."

„Aber was ist mit denen, die nie etwas von Gott hören und keine Bibel haben?"

„Du denkst an die Heiden?"

„Ja, oder an solche, die nicht in einem christlichen Haus aufwachsen und nichts von Gott wissen. In meiner Klasse sind Jungen, deren Eltern aus der Kirche ausgetreten sind, die nie mit ihren Kindern in einen Gottesdienst gehen. Auch das sind tüchtige Menschen. Sie haben Erfolg und werden geachtet."

„Thomas, Gott wird jeden Menschen einmal nach seiner Erkenntnis beurteilen. Einer, der nie etwas von dem lebendigen Gott gehört und nie erfahren hat, daß Jesus für ihn gestorben ist, den wird Gott gewiß ganz anders einstufen als den, dem das Evangelium bekannt ist. Er weiß, daß er sich zu entscheiden hat, für oder gegen Christus."

„Aber ich kann doch auch Christ sein, ohne jeden Sonntag in die Kirche zu laufen."

„Als Christ braucht man die Unterweisung durch die Heilige Schrift in der Predigt und auch die Gemeinschaft der Gläubigen."

Obgleich Vater und Mutter sich bei diesem Gespräch bemühten, in freundlicher Weise auf ihren Sohn einzugehen, aus dem weniger eigene Überzeugung als Opposition sprach, blieb dieser unzugänglich. „Aber ihr könnt mich doch nicht zwingen, jeden Sonntag mit euch zum Gottesdienst zu gehen."

„Wir haben noch nie einen Zwang auf euch Kinder ausgeübt. Wir nahmen aber als selbstverständlich an, ihr glaubt uns, daß wir für euch das Beste wollen. Wir werden auch weiterhin keinen Zwang auf euch ausüben."

„Aber ihr erwartet doch, daß wir jeden Sonntag mit euch gehen. Im Grunde genommen ist das auch ein Zwang."

„Aber Thomas!" Frau Kranzbinder sah ihren Ältesten besorgt an. „Was ist nur in dich gefahren? Du hast doch früher unseren gemeinsamen Kirchgang nicht als Zwang empfunden und bist selbstverständlich mitgekommen."

„Und ich meine", fügte ihr Mann hinzu, „solange du von uns abhängig bist, wäre es nicht mehr als recht, wenn du dich auch weiterhin in die Ordnungen des Hauses einfügen würdest. Willst du denn kein Christ sein, Thomas?"

„Das habe ich nicht behauptet. Bis zu meiner Konfirmation gehe ich noch mit euch. Was ich nachher tue, das müßt ihr mir überlassen. Schließlich hat ja jeder das Recht, nach seiner Überzeugung zu leben."

Wenn das Gespräch nicht so ernster Natur gewesen wäre, hätte Herr Kranzbinder jetzt gelächelt. Aber er unterdrückte es. Seine Überzeugung? Thomas war bisher nichts anderes als ein vom Wind hin und her geworfenes Blatt. Er wechselte seine Meinung von Tag zu Tag. Aber durch eine solche Zeit mußte wohl jeder junge Mensch gehen.

„Was wirst du tun, Friedemann, wenn er sich strikt weigert, mit uns zur Kirche zu gehen? Wirst du ihn zwingen?" fragte Rosmarie ihren Mann nach diesem Gespräch.

„Es wäre sinnlos, ihn zu zwingen. Solange wir noch einen gläubigen Pfarrer haben, der das ganze Evangelium verkündet, werde ich Thomas immer wieder neu bitten, mit uns zu gehen. Er muß wissen, daß es uns nicht gleichgültig ist, ob er unter den Einfluß des Wortes Gottes kommt oder nicht. Ob er unseren Erfahrungen vertraut und sich unseren Lebensstil zu eigen macht, ist seine Sache. Ihn gewaltsam zur Kirche mitnehmen können wir nicht."

„Und ich meine, er benötigt in dieser Zeit des inneren Aufruhrs unsere Liebe und Geduld ganz besonders."

„Du hast recht, Rosmarie, er braucht uns mehr als je zuvor. Diese Zeiten der Auflehnung und des scheinbaren Lossagens sind wohl auch für uns Eltern eine Probezeit, in der wir reifer werden sollen. Daß dies nicht immer leicht sein wird, ist mir schon heute bewußt."

Dieses Gespräch hatte nach dem Gottesdienst stattgefunden. Es war ein schwüler Sommertag. Die Eltern zogen vor, sich nach dem Essen im kühlen Zimmer aufzuhalten, während die Kinder in den Wald gehen wollten.

„Gut, aber kommt nicht zu spät zurück. Wir wollen frühzeitig zu Abend essen, um danach, wenn es kühler geworden ist, noch einen gemeinsamen Spaziergang zu machen", sagte die Mutter. „Hier ist eine Umhängetasche, die könnt ihr abwechselnd tragen. Da habe ich euch Kuchen und in der Thermosflasche kühles Getränk eingepackt. Ihr werdet bei dieser Hitze Durst bekommen."

„Au fein! Reicht es, wenn wir um fünf zurück sind? Wir wollen nämlich eine Wanderung machen." Thomas hing sich bereitwillig die Tragetasche über die Schulter.

„Du meinst um siebzehn Uhr", korrigierte ihn Anita.

„Halt doch deinen Mund!"

„Kinder, fangt bloß nicht wieder an zu streiten", ermahnte die Mutter. „Thomas, ich muß mich in jeder Beziehung auf dich verlassen können. Wohin wollt ihr denn gehen?"

„Das weiß ich noch nicht genau."

„Nun gut, paß aber auf die Kleinen auf."

Frau Kranzbinder nahm ein Buch und setzte sich zu ihrem Mann, der im Wohnzimmer auf der Couch lag.

„Hast du gesehen, daß Frau Spahn heute morgen in der Kirche war?" fragte er.

„Nein, wirklich? Das ist ja erfreulich. Soviel ich weiß, besuchte sie nie einen Gottesdienst."

„Ja, sie saß mit ihrer Tochter nur wenige Reihen hinter uns."

„Mit Ruth Habkorn? Das sehe ich als Antwort auf unsere Gebete an. Frau Spahn lehnte bisher alles Christliche ab und hat auch ihre Tochter entsprechend erzogen. Frau Habkorn erzählte mir, daß ihre Konfirmation eine reine Formsache gewesen sei, die ihre Mutter nur widerwillig mitgemacht habe."

„Wie schön wäre es, wenn das Ehepaar Spahn auch wieder zueinander finden würde!"

„Bei Gott ist kein Ding unmöglich. Was wir für sie tun können, ist, sie in unsere Fürbitte einzuschließen."

„Wenn du damals, als wir Frau Spahn in der Klinik besuchten, so etwas gesagt hättest, Rosmarie, hätte sie es als frommes Gerede abgetan. Wer die Macht des Gebets nicht kennt, empfindet es geradezu peinlich, wenn jemand so spricht."

„Daher habe ich mich auch gehütet, bei meinen Besuchen davon zu reden. Mir lag es daran, sie unsere Hilfsbereitschaft spüren zu lassen. Dafür war sie zugänglich. Aber im Grunde genommen sind die Menschen doch arm, wenn sie keinen Zugang haben zu den Geheimnissen und Kräften der unsichtbaren Welt."

Inzwischen hatten sich die Kinder ein Stück vom Haus entfernt. Plötzlich blieb Thomas stehen. „Jetzt werde ich euch sagen, wohin wir gehen. Wir machen eine Wanderung ins Lärchental."

„Ins Lärchental? Wo ist denn das?"

„Fragt doch nicht so dumm! Da wo unsere Eigentumswohnung liegt, wo die Terrassenhäuser stehen."

„Prima, und was tun wir da?"

„Die Gegend auskundschaften und auf den Spielplatz gehen."

„Aber Thomas, die Eltern haben es uns doch verboten, solange wir dort nicht wohnen."

„Sie wissen es ja nicht."

„Und wenn sie es erfahren?"

„Das werden sie nicht, wenn ihr nicht petzt. Hast du gehört, William, wir sagen Vati und Mutti kein Wort, daß wir im Lärchental und auf dem Spielplatz waren."

„Ich sage nichts."

„Gut, und nun schaut mal her: Im Lärchental ist auch ein tolles Schwimmbad. Ich habe heimlich unsere Badehosen eingesteckt. Für Handtücher war in der Tasche kein Platz mehr. Aber bei der Hitze trocknen wir auch in der Sonne. – Also, los jetzt! Wir haben mindestens anderthalb Stunden zu Fuß zu gehen."

„Ist das nicht zu weit für William? Und ist es recht, das hinter dem Rücken der Eltern zu tun?"

„Nun mach bloß einen Punkt, Anita. Wenn du Spielverderberin sein willst, kannst du ja gleich wieder nach Hause gehen."

Das wollte die Schwester natürlich nicht, aber ganz wohl war ihr bei der Sache nicht.

Der Weg strengte sehr an. Thomas merkte bald, daß er dem kleinen Bruder reichlich viel zugemutet hatte. Zum Glück hielt an einer Haltestelle ein Autobus, mit dem sie die letzte Wegstrecke fahren konnten. Thomas versprach seinen Geschwistern, daß sie auf dem Rückweg die ganze Strecke mit dem Autobus fahren würden.

Nach einer Ruhepause setzten sich Herr und Frau Kranzbinder auf die Terrasse, die jetzt im Schatten lag. Rosmarie hatte dort sonntäglich den Kaffeetisch gedeckt.

„Eigentlich ist es auch ganz schön", sagte ihr Mann, als sie eine Weile zusammengesessen hatten, „wieder einmal zu zweit zu sein, ganz wie in früheren Jahren."

Rosmarie warf ihm einen liebevollen Blick zu. „Du hast recht, Friedemann, und doch siehst du schon zum drittenmal nach der Uhr und fragst dich, ob die Kinder noch nicht bald zurückkommen."

„Dir entgeht aber auch nichts. Bis um fünf Uhr dauert es allerdings noch eine Weile."

Die Hitze wurde immer unerträglicher. In der Ferne ballten sich Gewitterwolken zusammen. Frau Kranzbinder blickte besorgt zum Himmel. „Thomas wird doch hoffentlich so vernünftig sein und mit den Kindern während des Gewitters nicht im Wald bleiben!"

„Ich glaube schon. Mach dir nicht bereits wieder Sorgen, Rosmarie. Der Junge ist immerhin vierzehn Jahre alt."

Rosmarie trug das Kaffeegeschirr in die Küche, wusch es ab, bereitete das Abendessen vor und kam wieder zurück auf die Terrasse. „Friedemann, es hat eben vom Kirchturm halb sechs geschlagen. Die Kinder sind noch nicht da!"

„William wird müde sein und nicht so schnell laufen können. Sie werden bestimmt bald kommen."

Frau Kranzbinder hatte keine Ruhe. Sie verschwieg ihrem Mann, daß sie eine große Angst erfaßt hatte. Hätte sie die Kinder doch nicht alleine gehen lassen! Das kam sonst kaum einmal vor. Heute war ihr Mann aber so erschöpft gewesen, daß er das Bedürfnis nach Ruhe gehabt hatte. Schließlich waren die Kinder jetzt in einem Alter, in dem man sie auch einmal allein gehen lassen konnte.

Nach einigen Augenblicken kam Frau Kranzbinder ganz

erregt zu ihrem Mann. „Friedemann, ich habe eben im Badezimmer Anitas Plastiktasche für morgen einpacken wollen. Sie hat am Vormittag Schwimmunterricht. Da habe ich gemerkt, daß sämtliche Badeanzüge unserer Kinder fehlen."

„Hast du dich nicht geirrt? Vielleicht liegen sie an einem anderen Platz."

„Aber nein, sie sind immer im Wandschrank. Friedemann, ich habe Angst! Thomas wird doch nicht auf den Gedanken gekommen sein, ins Schwimmbad zu gehen?"

„Aber ich bitte dich, wäre das schlimm? Sie gehen doch auch sonst mit ihrer Klasse oder mit ihren Freunden zum Schwimmen."

„Aber dann ist William nicht dabei. Ich kann mir nicht helfen, irgend etwas ist nicht in Ordnung."

„Hör mal, Liebste", sagte Herr Kranzbinder, stand von seinem Stuhl auf und legte den Arm um die Schultern seiner Frau. „Immer wieder verfällst du in denselben Fehler, nämlich dich um Dinge zu sorgen, die vielleicht noch gar nicht geschehen sind."

In Windeseile hatte sich der Himmel verdunkelt. Drohende Gewitterwolken kündeten ein Unwetter an. Schon blitzte und donnerte es. Eine seltsame Färbung von gelb und grau ließ Hagel und heftigen Regen erwarten. Es prasselte auch schon los. In wenigen Augenblicken war kaum noch ein Mensch auf den Straßen zu sehen. Alles suchte Schutz unter den Dächern und in den Häusern.

Die Kinder waren noch nicht daheim. Friedemann wußte, was in seiner Frau vorging. Auch ihn überkam nun Unruhe. Wo mochten die vier nur stecken?

In diesem Augenblick klingelte das Telefon. Mit weit geöffneten Augen sah Rosmarie ihren Mann an.

„Es ist etwas passiert!" Fast tonlos kam es über ihre Lippen. Ihre Sorge war nicht unbegründet gewesen.

Dann hörte sie Friedemann in den Apparat sprechen: „Im Städtischen Krankenhaus? Und die anderen Kinder? – Ja, wir kommen sofort."

Nun war auch aus seinem Gesicht alle Farbe gewichen. Er wandte sich seiner Frau zu. „Rosmarie, komm, sei tapfer! Es ist in der Tat etwas geschehen."

„Ist eines ertrunken?"

„Nein, sie leben, Gott sei Dank, alle."

„Waren sie im Schwimmbad?"

„Ich weiß es nicht. Komm, wir müssen sofort ins Krankenhaus. Mach dich fertig, ich rufe eine Taxe."

Schweigend fuhren sie in das neue Stadtviertel, wo erst vor einiger Zeit ein modernes, neuzeitlich eingerichtetes Krankenhaus erstellt worden war. Keines sprach ein Wort. Friedemann hielt die Hand seiner Frau ganz fest in der seinen. Er sah, wie sich ihre Lippen tonlos bewegten, und wußte, daß sie betete. Auch er flehte in seinem Herzen: „O Gott, wenn es sein kann, laß das Schlimmste nicht zu. Nimm uns bitte keines unserer Kinder. Steh uns bei und hilf uns, die Last zu tragen, die du uns jetzt auferlegst."

So rasch es gekommen war, so schnell hatte sich das Gewitter auch wieder verzogen. Weder Friedemann noch Rosmarie achteten darauf. Sie hasteten durch die Gänge des Krankenhauses bis zu der Station, in die man sie geschickt hatte und wo sie ihre Kinder finden sollten. Da saßen die beiden Mädchen wie ein Häufchen Unglück im Schwesternzimmer. Eine freundliche Diakonisse war um sie bemüht. Als sie die Eltern erblickten, brachen sie in Weinen aus und waren außerstande, auch nur ein verständliches Wort zu sagen.

„Bitte, Sie möchten sofort zum Chefarzt kommen", erklärte ihnen die Schwester und führte sie aus dem Zimmer. Nur mühsam hatte Rosmarie die Hände Berthilds, die sie umklammerten, lösen können.

„Wartet hier auf uns, wir kommen so bald wie möglich zurück."

„Wo ist Thomas?" hatte Friedemann Anita gefragt. Es war ihm unverständlich, daß der Junge sich nicht bei der Schwester befand. „Oder ist er bei William geblieben?"

„Nein!" Anita hatte schluchzend den Kopf geschüttelt. „Als der Krankenwagen kam, ist er plötzlich verschwunden."

„Verschwunden?" Unbegreiflich, aber jetzt war keine Zeit für Auseinandersetzungen und Erklärungen – der Chefarzt wartete.

Ein älterer freundlicher Herr bot ihnen Platz an. „Sie sind Herr und Frau Kranzbinder? Den Namen und die Adresse konnte ihre älteste Tochter angeben. Sie stand unter einer Schockwirkung und war zu keiner weiteren Auskunft fähig. Wir wissen demnach nicht, wie das Unglück passiert ist."

„Ist er nicht ertrunken?"

Der Arzt sah Frau Kranzbinder verständnislos an. „Ertrunken? Die Kinder waren auf einem Spielplatz, und der Kleine muß von einer hohen Kletterstange gestürzt sein."

Herr Kranzbinder hielt es für angebracht, eine Erklärung abzugeben. „Herr Doktor, wir haben keine Ahnung, was und wo es passiert ist. Unsere Kinder hatten um Erlaubnis gebeten, heute nachmittag in den Wald gehen zu dürfen, und kamen nicht wieder zurück."

Der Arzt warf, ohne unfreundlich sein zu wollen, einen Blick auf seine Uhr, ein Zeichen dafür, daß ihn jedes unnötige Wort nicht interessierte. „Spaziergänger, die in der Nähe waren, hörten das Schreien, eilten auf den Spielplatz und fanden den Kleinen wie tot unter einer Kletterstange liegen. Er muß aus ziemlicher Höhe herabgestürzt sein. Ein in der Nähe wohnender Arzt, der glücklicherweise zu Hause war, wurde herbeigerufen. Er war sich sofort über das Ausmaß des Falles klar. Der Junge ist bis jetzt nicht zu Bewußtsein gekommen. Ob und welche Verletzungen er sich zugezogen hat, ist noch nicht festzustellen. Ich fürchte, er hat sich sein Rückgrat verletzt."

Friedemann sah, wie seine Frau wankte. Jeder Tropfen Blut war aus ihrem Gesicht gewichen. Er legte den Arm um sie und flüsterte ihr zu: „Rosmarie, sei getrost! Gott hat ihn uns gelassen. Er kann das Schlimmste verhüten."

An den Chefarzt gewandt, fragte er: „Ist es sehr ernst, Herr Doktor?"

„Das wissen wir bis jetzt noch nicht."

„Darf ich bei ihm bleiben?" Flehend waren Rosmaries Augen auf den Mann im weißen Kittel gerichtet.

Väterlich legte dieser seine Hand auf ihre Schulter. „Frau Kranzbinder, ich würde Ihnen diesen Wunsch gerne erfüllen, aber Sie werden in den nächsten Tagen noch viel Kraft brauchen. Ihr Kind wird, so wie ich den Fall sehe, in dieser Nacht kaum aus seiner Bewußtlosigkeit erwachen. Ich verstehe, Sie möchten, daß es als erstes seine Mutter sieht, wenn es zu sich kommt. Ich verspreche Ihnen, daß Ihnen sofort telefonisch Bescheid gegeben wird, wenn das Kind erwacht, damit Sie unverzüglich herkommen können. Jetzt werden Sie meines Erachtens bei Ihren beiden anderen Kindern nötiger gebraucht. Sie sitzen ohnehin wie zwei aufgescheuchte Vögel im Schwesternzimmer."

„Wir haben noch einen Sohn, unseren Ältesten", schluchzte Frau Kranzbinder, „und der ist auf unerklärliche Weise nach dem Unglück verschwunden."

„Verschwunden?" Der Arzt nahm die Brille ab und schaute der Mutter voll in die Augen. „Verschwunden?" wiederholte er noch einmal. „Haben Sie eine Erklärung dafür?"

„Nein, eben nicht!" erwiderte Herr Kranzbinder und erhob sich. „Komm, Rosmarie, wir dürfen den Herrn Doktor jetzt nicht länger aufhalten. Ich bin überzeugt, daß sie hier für

William tun, was irgend möglich ist. Das übrige müssen wir Gott überlassen."

Das war eine traurige Heimfahrt. „Ist William tot?" fragte Berthild, und der ganze Jammer sprach aus ihren Augen.

„Nein", erwiderte der Vater. „Er lebt Gott sei Dank noch. Aber es ist nicht sicher, ob er durchkommt."

„Aber man kann doch dafür beten!" Die kleine Tochter ahnte nicht, daß dies das erste Trostwort war, das in das Herz der leidgeprüften Eltern drang.

Zu Hause angekommen, stellte es sich heraus, daß die Hoffnung der Eltern, Thomas könnte inzwischen hierher gekommen sein, nicht in Erfüllung gegangen war. Von ihrem Ältesten fehlte jede Spur.

An das Abendessen dachte natürlich niemand. Im Wohnzimmer hieß Herr Kranzbinder die beiden Mädchen rechts und links neben ihm Platz nehmen, während er seiner Frau einen Sessel heranzog. „So, Anita, nun wirst du uns alles erzählen."

Als das Mädchen keine Antwort gab und nur aufs neue zu weinen begann, sagte Berthild: „Wir dürfen doch nichts sagen."

Erschrocken wechselten die Eltern einen Blick: „Wieso dürft ihr nichts sagen, und wer hat das angeordnet?"

„Thomas."

Nun wurde die Stimme des Vaters nicht nur ernst, sondern energisch: „Jetzt ist es aber genug mit diesem Gerede. Ihr seid beide groß genug, um zu wissen, wie nötig wir alles wissen müssen. Und was soll das heißen: ‚Wir dürfen nichts sagen!' Müssen Vater und Mutter nicht alles wissen? Euer Schweigen könnte die schlimmsten Folgen haben!"

Nun erfuhren die Eltern von den beiden erregten Mädchen den Verlauf des Nachmittags.

„Wir waren noch nicht weit von zu Hause weg, da sagte

Thomas, er habe eine Überraschung. Er wolle mit uns ins Lärchental gehen."

„Aber doch nicht zu Fuß?"

„Doch, für William war es dann aber zu viel. So sind wir die letzte Strecke mit dem Autobus gefahren. Thomas hatte auch heimlich unsere Badeanzüge eingepackt. Im Lärchental ist ein großes, schönes Schwimmbad. Da sind wir dann hingegangen und haben nach dem Baden auf der Liegewiese gegessen und getrunken, was Mutti uns eingepackt hat. Dann sind wir noch einmal ins Wasser, und um halb fünf wollte Thomas mit uns noch auf den Spielplatz."

„Aber Anita, das hatten wir doch ausdrücklich verboten! Die anderen Kinder, die schon länger in dem Viertel wohnen, kennen euch doch nicht. Sie betrachten euch als Eindringlinge, und dann gibt es Streitigkeiten."

„Ich habe Thomas auch gesagt, daß ihr es verboten habt."

Frau Kranzbinder sah ihre älteste Tochter traurig an: „Anita, was nützt es, wenn du die anderen daran erinnerst und doch nicht konsequent bleibst. Du hättest dich weigern sollen, mitzugehen und wenigstens die beiden Kleinen davon abhalten müssen."

„Aber ihr wißt doch, wie Thomas ist", schluchzte das Mädchen. „Gegen ihn kommt man nicht an."

Friedemann bedeutete seiner Frau, jetzt nichts mehr zu sagen. Er drängte: „Weiter, Anita, wie ging es weiter?"

„Thomas sah plötzlich auf die Uhr und rief: ‚In fünf Minuten fährt der Autobus, und wir kommen sowieso schon zu spät nach Hause. Los, William, komm 'runter.' William war, nachdem er geschaukelt und auch die Rutschbahn ausprobiert hatte, auf das hohe Klettergerüst gestiegen, auf dem vorher Thomas gewesen war. Er konnte nicht so schnell herunterkommen, weil er an dem höchsten Balken hing. Thomas wurde sehr ärgerlich und rief: ‚Wegen dir verpassen wir jetzt noch den Bus und kommen über eine Stunde zu spät nach Hause, auch hat es eben gedonnert. Es gibt ein Gewitter.' Ihr wißt ja, wie William sich vor Gewitter fürchtet. Er begann zu weinen und rief: ‚Ich weiß nicht, wie ich hier 'runterkommen soll.' Da fing Thomas an, mit ihm zu schimpfen und kletterte ihm ein Stück entgegen, wahrscheinlich, um ihm zu helfen. Dabei bekam er seine herabhängenden Beine zu fassen. William ließ erschrocken los, und stürzte und fiel mit dem Rücken auf den Boden. Wir dachten, er sei tot. Er sah nämlich schneeweiß aus, hatte seine Augen geschlossen und rührte sich nicht. Vor Schreck fingen wir zu weinen an. Wir wußten nicht, was wir tun sollten. Thomas war ganz verzweifelt.

Leute, die von der Straße auf uns aufmerksam geworden waren, kamen herbeigeeilt und riefen sofort den Arzt, der in der Nachbarschaft wohnt. Er sagte, William müsse unbedingt ins Krankenhaus gebracht werden. Er würde sofort alles in die Wege leiten. Das ging ziemlich schnell. Als der Krankenwagen kam und ich mich nach Thomas umsah, war er nirgends zu sehen. Die Männer vom Roten Kreuz fragten uns, weil wir so weinten, ob wir zu William gehören, und sagten, wir sollten mitfahren. Auch der Arzt ist mit ins Auto gestiegen. Im Krankenhaus mußten wir eure Namen und die Adresse und die Telefonnummer angeben."

Frau Kranzbinder brachte die beiden Mädchen, die mit den Eltern am liebsten die ganze Nacht aufgeblieben wären, zu Bett, wo sich beide in den Schlaf weinten.

Friedemann und Rosmarie aber berieten miteinander, was zu tun sei. An wen mochte der törichte Thomas sich gewandt haben? „Er ist sicher von panischer Angst ergriffen, völlig kopflos geworden und einfach davongelaufen."

„Aber wohin, um alles in der Welt?"

„Er kann nicht weit sein. Gewiß kommt er in den nächsten

Stunden nach Hause, wenn er über alles in Ruhe nachgedacht hat."

„O Friedemann, mögest du recht haben. Aber ich habe schreckliche Angst um den Jungen. Er ist in letzter Zeit so unberechenbar, so aufsässig."

So saßen beide Eltern, aufgewühlt und zutiefst bekümmert in Gedanken an ihre beiden Söhne. Das Warten wurde zur Qual. Sobald auch nur das leiseste Geräusch zu vernehmen war, sprangen sie auf und meinten, es käme jemand, um ihnen eine Nachricht zu überbringen. Die Nacht schwand dahin. Einige Male verließ Friedemann das Haus, um sich zu versichern, ob ihr Ältester nicht etwa herumschliche und sich nur nicht hereingetraue. Einesteils war der Vater über sein Verhalten und den vorsätzlichen Ungehorsam, zu dem er seine Geschwister verleitet hatte, empört, andererseits wußte er, wie der Junge sich jetzt mit Vorwürfen quälte und um das Leben seines Bruders bangte. Ach, wenn der Junge doch heimkommen und zu dem einen nicht noch ein weiteres Leid heraufbeschwören würde!

Als Friedemann in dieser nicht enden wollenden Nacht das Haus verlassen hatte, war es ihm, als ob das Unwetter, das am Nachmittag so plötzlich hereinbrach, ein Symbol gewesen sei für das, was sie jetzt erlebten. Rosmarie stand, als ihr Mann wieder das Zimmer betrat, am Fenster und blickte in die unheimliche Dunkelheit. Ihre Schultern bebten in verhaltenem Weinen. Friedemann trat zu ihr und legte den Arm um sie. Wie wenig vermochte er seine Frau in diesen Augenblicken zu trösten! Jedes Wort schien ihm leer und kraftlos. Da fiel ihm der 23. Psalm ein. Er sagte: „Und ob ich schon wanderte im finstern Tal, fürchte ich kein Unglück, denn du bist bei mir. Dein Stecken und Stab trösten mich."

Aufweinend lehnte sich Rosmarie an ihn: „Friedemann, was haben wir falsch gemacht, daß Gott uns in diese Not führt? Sind wir zu hart oder sind wir zu nachgiebig gewesen? Will Gott uns für irgendwelche Verfehlungen strafen?"

„Liebste, ganz gewiß nicht strafen. Ich bin überzeugt, daß Gott uns etwas zu sagen hat, wenn wir jetzt auch noch nicht verstehen, was es ist. Ich meine, wir hätten Thomas gegenüber getan, was wir in der jeweiligen Situation für richtig hielten. Das schließt nicht aus, daß wir manches falsch gemacht haben, aber dafür können wir uns nur vor Gott beugen und immer wieder bitten: ‚Vergib uns auch die unerkannte Schuld!' Dennoch meine ich, uns ist bisher manches erspart geblieben, was andere Eltern mit ihren Kindern durchmachen müssen, auch solche, die nach bestem Wissen und Gewissen handeln. Vielleicht haben wir aus unserer augenblicklichen Lage nichts anderes zu lernen als das, für sie mehr Verständnis aufzubringen."

Um drei Uhr morgens lag noch immer keine Nachricht vor, weder vom Krankenhaus noch über den Verbleib von Thomas.

„Meinst du nicht, ich sollte bei der Polizei anrufen?" fragte Friedemann seine Frau.

„Ja, tue es, ehe ein weiteres Unglück geschieht."

Als sie noch zögerten, schellte das Telefon. Obgleich sie mit einem Anruf gerechnet hatten, schraken sie doch beide auf, als hätten sie einen Peitschenhieb erhalten. Friedemann meldete sich. Seine Frau hörte an der Hörmuschel mit.

„Hier ist die Polizeiwache. Sind Sie Herr Kranzbinder, Lehrer an der hiesigen Hauptschule?"

„Ja, der bin ich."

„Vermissen Sie eins Ihrer Kinder?"

Friedemann versuchte seiner Stimme Herr zu werden und meinte, den heftigen Schlag des Herzens seiner Frau zu spüren, als er antwortete: „Ja, wir wollten Ihnen soeben die

Meldung durchgeben, daß unser Ältester seit heute nachmittag spurlos verschwunden ist."

„Eine Streife hat ihn aufgegriffen, als er gerade ein Auto an der Einfahrt zur Autobahn anhielt. Wir haben ihn hier. Er macht einen völlig verstörten Eindruck und hat sich lange geweigert, Ihren Namen und Adresse anzugeben. Er sagt, er könne nie mehr nach Hause, er sei schuld am Tod seines kleinen Bruders. Schließlich konnten wir ihn doch überreden, uns seine Personalien anzugeben. Haben Sie ein Auto, oder sollen wir ihn bringen?"

„Wir haben keinen eigenen Wagen, aber ich will versuchen, eine Taxe aufzutreiben."

„Wir bringen ihn."

Weinend lag Frau Kranzbinder in den Armen ihres Mannes, er aber streichelte über ihr Haar. Auch seine Stimme klang bewegt, als er sagte: „Rosmarie, gottlob, wir haben ihn wieder!"

„Nicht wahr, du machst ihm jetzt keine Vorwürfe?"

„Ganz gewiß nicht, ich denke nicht daran. Was er an Angst und Selbstvorwürfen durchgemacht hat, reicht ihm für heute. Später werde ich in aller Ruhe mit ihm reden."

„In Ruhe und Liebe, nicht wahr, Friedemann?"

„Ja, in Ruhe und Liebe."

Dann ging Rosmarie fort, um das Bett ihres Ältesten zu richten. Gott sei Dank, sie hatten ihn wieder. Sie wollte nun auch bezüglich Williams Gott vertrauen.

Fest am Arm hielt der Polizist Thomas, als er ihn nach Hause brachte, gerade als fürchtete er, er könne wieder die Flucht ergreifen. Aber da lag Thomas bereits in den Armen seines Vaters. Sein „Erwachsensein" hinderte ihn nicht daran, das tränennasse Gesicht an dessen Brust zu bergen.

Anitas Lehrerin hatte zusammen mit Herrn Kranzbinder

während der großen Pause auf dem Schulhof Ordnungsdienst. Sie standen auf der obersten Stufe der steinernen Treppe und überblickten den Platz, auf dem die Kinder rannten und schrien, sich stritten oder auch in Gruppen zusammenstanden.

„Wie geht es Ihrem Jüngsten, Herr Kranzbinder?" fragte Fräulein Martin. „Durch Anita habe ich von dem Unfall gehört. Er ist anscheinend von einem Klettergerüst gestürzt?"

„Ja, das stimmt. Wir waren tagelang in großer Sorge um ihn und sind es noch. Achtundvierzig Stunden war William besinnungslos. Dann konnte er einige Tage nicht sprechen und schien auch sein Gedächtnis verloren zu haben."

„Wie schrecklich! Und wie ist es jetzt?"

„Er kann, Gott sei Dank, wieder reden und sich, so viel wir bis jetzt feststellen können, an das Vergangene erinnern. Nur von dem Unglück spricht er kein Wort."

„Hat er sonst noch einen Schaden erlitten?"

„Die Ärzte befürchten Verletzungen an der Wirbelsäule. Er kann sich nicht aufrichten, geschweige denn auf seinen Füßen stehen."

„Ach, das tut mir aber leid! Haben Sie überhaupt den letzten Aufsatz Ihrer Anita gelesen?"

„Nein, ich hatte durch das, was sich in den letzten Tagen bei uns zutrug, keine Zeit, muß aber ehrlich hinzufügen, auch keine Lust dazu. Die Sorge um unseren Jüngsten ließ alles andere verblassen."

„Das begreife ich, aber lesen Sie ihn trotzdem noch."

Am Abend ließ Herr Kranzbinder sich von Anita ihr Aufsatzheft geben und las seiner Frau vor:

Unsere Urlaubspläne

Wir hatten uns alle sehr auf die Schweiz gefreut. Unser Vati hatte uns versprochen, daß wir in die Berge fahren würden. Da sind solche, auf deren Gipfeln der Schnee das ganze Jahr nicht schmilzt. Aber nun sind sie ins Wasser gefallen. Ich meine nicht die Berge, sondern unsere Urlaubspläne; denn Vati braucht das Geld für etwas anderes. Ich darf aber nicht verraten, wofür. Es geht ja auch keinen etwas an. Damit wir aber doch etwas von unseren Ferien haben, machen wir Urlaub in Schreberg-Arten.

Das ist kein Kurort wie etwa Berchtesgaden, wenn es auch so ähnlich klingt. Nur ein einziger schmaler Weg führt mitten durch. Nicht ein Wohnhaus oder eine Gaststätte oder ein Hotel ist dort. Und doch werden wir unsere ganzen Ferientage da verbringen. Aber nur die Tage, denn nachts sind wir zu Hause, weil in Schreberg-Arten nur eine kleine Laube steht, in der keine sechs Betten Platz hätten. Aber ein Rasenplatz ist dort, wo wir Kinder Boccia, Federball und anderes spielen können. Jeder von uns soll auch ein eigenes Gartenbeet bekommen, auf dem er pflanzen darf, was er will. Ich werde Rosen züchten. Die mag ich lieber als Gemüse und Salat. Mein Bruder Thomas will kein Beet. Wenn er eins nehmen muß, pflanzt er lauter Disteln darauf, hat er gesagt, weil er eine Wut hat wegen der Schweiz-Reise, aus der nun nichts wird. Wenn wir Schnecken haben, will er sie alle in Nachbars Garten werfen, damit die sich ärgern.

Jetzt habe ich doch Garten geschrieben und kann es nun ja verraten: Wir verbringen unsere Ferien in einem Schrebergarten, den unser Vati gepachtet hat. Thomas sagt, nur arme Leute hätten Schrebergärten, weil sie sich nichts anderes leisten könnten. Aber Vati meint, das sei nicht wahr. Wir sind nicht arm und auch nicht reich, und daher paßt ein Schrebergarten zu uns. Vati meint, wir sollen es lernen, die kleinen Freuden am

Weg zu sehen. Thomas sagt, er sieht nur Unkraut am Weg. Aber er denkt nicht daran, es auszureißen, auch wenn es so hoch wie ein Baum wird.

Meine Schwester und ich freuen uns auf den Schrebergarten. Vati will auch eine Schaukel aufstellen. Er hat noch andere Überraschungen. Aber richtig freuen können wir uns erst, wenn unser kleiner Bruder wieder gesund ist. Man weiß noch gar nicht, ob er überhaupt wieder laufen lernt. Wenn wir uns das vorstellen, ist es mit unserer Ferienfreude ganz aus. Vor allem unsere Mutti ist immer sehr traurig, manchmal weint sie heimlich. Aber das gehört nicht mehr in unsere Urlaubspläne, und darum mache ich jetzt Schluß.

Während des Lesens war über das Gesicht der Eltern ein kleines Lächeln gehuscht. Wohl bemühten sich Friedemann und Rosmarie um der Kinder willen, die sie bedrückende Sorge um William zu verbergen, aber sie lag wie ein dunkler Schatten über ihnen, der nicht weichen wollte. Nein, zum Lachen war es Kranzbinders in der Tat nicht zumute, aber wenn sie sich vorstellten, daß Thomas sämtliche Schnecken, die in ihrem Schrebergarten auftauchen würden, in den Nachbargarten werfen wollte, dann war ein Schmunzeln nicht zu unterdrücken. Und dann der Gedanke an das Unkraut, das baumhoch am Wege wachsen würde, ohne daß er ihm zu Leibe rückte! „Vielleicht hat Thomas diese Äußerungen getan, bevor das Unglück mit William geschah", meinte Frau Kranzbinder. „Ich denke, es war, als du den Kindern eröffnetest, daß aus der Schweiz-Reise nichts werden könne und sie ihre Ferien statt dessen im Garten zubringen müßten. Mit dieser Enttäuschung wurde er so schnell nicht fertig und mußte darum durch irgendein Ventil den angestauten Ärger loswerden."

„Das mag sein, Rosmarie. Ich bin ihm deswegen keineswegs böse. Auch ihm gehen die Folgen von Williams Sturz nahe. Er scheint darüber wirklich unglücklich zu sein. Trotzdem hat es keine radikale Veränderung seines Wesens bewirkt. Hast du nicht beobachtet, wie mürrisch und unzufrieden er war, als wir am vergangenen Samstag mit den Kindern zum ersten Mal im Garten waren?"

„Vielleicht ist das auch zuviel verlangt. Er hat kein Verhältnis zu diesem kleinen Stückchen Land, weil er in ihm den Grund dafür sieht, daß die Ferienreise ausfiel."

„Das wäre mehr als töricht, denn gerade umgekehrt ist es: Der Schrebergarten sollte ja ein Trostpflaster sein. Nein, Rosmarie, Thomas wird mit seiner inneren Unzufriedenheit nicht fertig, und darum verneint er alles und macht sich selbst unglücklich."

„Du hattest noch keine Zeit, mir Näheres über die Unterredung mit ihm zu sagen. Empfindet er wenigstens Reue über seinen Ungehorsam an jenem Sonntag, der so furchtbare Folgen hatte?"

„Ich glaube schon, aber es fällt ihm schwer, dies zuzugeben. Als ich mit ihm sprach, hat er mir kaum geantwortet. Ich habe dies allerdings auch nicht erwartet. Ihm einen Vorwurf zu machen, hielt ich für unangebracht, denn ich bin überzeugt, er ist, auch wenn er es nicht zeigt, zutiefst betroffen darüber, daß sein kleiner Bruder durch seine Schuld im Krankenhaus liegt und vielleicht zeitlebens ein Krüppel bleibt."

„O Friedemann, sprich so etwas nicht aus. Es wäre schrecklich!"

„Jedenfalls habe ich deutlich gesehen, wie Thomas mit den Tränen kämpfte, als er mit uns bei William war."

„Ich glaube, er benötigt in dieser Zeit unsere Liebe und Geduld noch mehr als vorher, einmal wegen der traurigen

Sache mit William, unter der er, wie du ja auch meinst, bestimmt mehr leidet, als er es zeigt, und zweitens, weil er in den Entwicklungsjahren steht und sich und seine Reaktionen oft selbst nicht begreift."

„Es ist gut, wenn wir uns das immer wieder vor Augen halten. Das wird uns davor bewahren, aufzubegehren und zornig zu werden. Und schließlich, Rosmarie, muß schon der Jugendliche die Lektionen seines Lebens lernen. Davor können wir Eltern unsere Kinder nicht bewahren. Auch die Zeit, in der sie aufwachsen, trägt ihr Teil dazu bei, sie zu formen und zu gestalten. Der Wohlstand, in dem wir leben, wirkt auf unsere heranwachsenden Kinder und jungen Leute keineswegs nur positiv, er hat viele negative Seiten. Die Freizügigkeit, mit der heute etwa öffentlich die Pornographie gezeigt wird, halte ich für gefährlich, wenn ich mir auch darüber klar bin, daß es gerade deswegen notwendig ist, die Kinder zeitig aufzuklären. Doch kommt es immer darauf an, wer es tut, und wie es geschieht.

Auch wir wurden mitgeformt und geprägt durch die Geschehnisse der Zeit, in der wir aufwuchsen. Die unvergeßlichen Kriegserlebnisse, das schreckliche Geschehen auf der Flucht haben uns als Kinder ernster und reifer werden lassen. Keiner kann sich die Zeit aussuchen, in die er hineingeboren wird. Es ist uns nicht möglich, unseren Kindern alle Steine aus dem Weg zu räumen, aber wir haben dafür zu sorgen, daß sie im Elternhaus Geborgenheit und Nestwärme spüren."

„Vor allem müssen wir sie mit unseren Gebeten umgeben, meinst du nicht auch, Friedemann? Das Gebet ist immer noch die größte Macht."

„Ja, so ist es. Man kann nur zutiefst bedauern, daß viele Menschen dazu gar keinen Zugang mehr haben, auch solche, die sich Christen nennen. Ich versuche mir manchmal vorzustellen, wie ganz anders auch unsere pädagogischen Erfolge sein würden, wenn es uns in der Schule gestattet wäre, auf die Kinder aus unserer christlichen Lebenserfahrung heraus einzuwirken. Aber das ist heute nicht mehr erwünscht. Und unser sogenannter Religionsunterricht ist vielfach alles andere als eine Vermittlung biblischer Wahrheiten. Ich bin oft recht niedergeschlagen darüber. Einen Beweis solcher Gesinnung gab mir heute mein Kollege Bauer. Daß er mir nicht zugetan ist, habe ich längst gemerkt, wenngleich ich mir die Ursache seiner offen gezeigten Antipathie nicht erklären kann. Es hat sich natürlich längst herumgesprochen, daß ich Christ bin und daß wir regelmäßig die Gottesdienste besuchen. Vielleicht ist das die Ursache. Soviel ich weiß, ist Herr Bauer Freidenker."

„Und bei welcher Gelegenheit gab er dir einen Beweis seiner Einstellung?"

„Das ganze Kollegium war im Lehrerzimmer versammelt. Nach einer Sitzung ging das Gespräch noch eine Weile hin und her. Wie meistens äußerte sich der eine und der andere wieder darüber, daß es heute fast nicht mehr möglich sei, mit Schülern in einen persönlichen Kontakt zu kommen. Gelänge es bei einzelnen, so sorge die Masse bewußt dafür, daß dieser Kontakt gestört werde. Kollege Bauer reagierte, wie üblich, sauer auf dieses Gespräch und sagte: ‚Darüber lasse ich mir schon längst keine grauen Haare mehr wachsen. Wenn die Bagage nicht spuren will, dann soll sie es eben bleiben lassen. Für mich gibt es nur eins: konsequente Pflichterfüllung. Ich lasse meinen Unterricht ablaufen, wie es mir paßt. Wie die Schüler darauf reagieren und was sie daraus machen, das ist ihre Sache. Ich werde mich hüten, ihretwegen einen Herzinfarkt heraufzubeschwören, so kurz vor meiner Pensionierung.'

Die Kollegen wissen, daß Herr Bauer keinen Widerspruch

erträgt. Und doch überlegte ich mir gerade, daß es nicht recht sei, diese Meinung stillschweigend zu akzeptieren. Da ergriff zu unserer aller Verwunderung Frau Spahn das Wort, die in letzter Zeit viel gelöster ist. ‚So ähnlich wie Sie, Herr Bauer, habe auch ich jahrelang gedacht', sagte sie. ‚Ich hatte mich nur auf meine Arbeit konzentriert und merkte gar nicht, daß ich dadurch an meinen Schülern und an meinen Nächsten vorbeilebte. So konnte es nicht anders kommen, als es kam.'

Im Lehrerzimmer gab es ein großes, erstauntes Schweigen. Einigen war es vielleicht peinlich zu denken, Frau Spahn werde jetzt auf ihre allerpersönlichsten Belange eingehen und so etwas wie eine Beichte ablegen. Aber das tat sie nicht. Sie sagte weiter: ‚Es ist nicht ganz einfach, das zum Ausdruck zu bringen, was ich empfinde. Vielleicht darf ich es mit einem Vers tun, den ich kürzlich irgendwo las:

Daß es mein Herz nur nie vergißt,
daß uns noch Beßres gegeben ist
als Arbeit und Wirken auf Erden –
und das ist: Werden.'

‚Na hören Sie mal, Frau Spahn', erwiderte daraufhin Kollege Bauer. ‚Obgleich in Ihrem Vers kein Wort von Gott zu hören ist, hat er aber einen frommen Unterton. Entschuldigen Sie, das war man bisher doch nicht von Ihnen gewöhnt.'"

„Welch eine Taktlosigkeit!"

„Es geht noch weiter, Rosmarie. Herr Bauer warf einen ironischen Blick auf mich und sagte: ‚Wenn unser Kollege Kranzbinder so etwas äußern würde, wäre es nicht verwunderlich, aber Sie, Frau Spahn?'

Stell dir vor, was weiter geschah. Fast war es mir peinlich. Frau Spahn antwortete ihm: ‚Sie sind auf der richtigen Spur, Herr Bauer. Ich habe Herrn und Frau Kranzbinder viel – ja, ich möchte sagen – eine ganz neue Lebenserkenntnis zu verdanken. Die beiden haben sich meiner in jenen dunklen

Tagen, die hinter mir liegen, liebevoll angenommen und mich besucht, als ich nicht mehr aus noch ein wußte. Durch ihre Haltung habe ich erkennen gelernt, daß es mehr gibt, als nur zu arbeiten, Geld zu verdienen und nach Erfolg zu streben.'

In diesem Augenblick erhob sich Herr Bauer, nahm seinen Hut und wandte sich zur Tür: ‚Das ist mir zu hoch. Da komme ich nicht mehr mit.' Noch ein oder zwei Kollegen schienen seine Meinung zu teilen, aber die anderen waren sichtlich bewegt. Fräulein Martin erhob sich spontan und drückte Frau Spahn die Hand. ‚Das war ein tapferes Wort', sagte sie. ‚Ich danke Ihnen!'

Fast betreten, zumindest nachdenklicher als sonst, gingen wir auseinander. Frau Spahn aber gesellte sich noch zu mir. ‚Ich bin froh', sagte sie, ‚daß ich auf diese Weise einmal Gelegenheit hatte, zu meiner Angelegenheit Stellung zu nehmen, um die bisher alle wie um einen heißen Brei herumgingen. Niemand wollte davon sprechen, um mich nicht zu verletzen, aber alle dachten daran, wenn sie mir begegneten. Ihnen aber, Herr Kranzbinder, möchte ich noch sagen: Meine Tochter und ich haben angefangen, regelmäßig die Gottesdienste zu besuchen. Mir ist, als habe ich Neuland betreten, aber ich bin so froh darüber. Lassen Sie mich Ihnen danken für Ihr glaubwürdiges Christentum und für die Liebe, die mir Ihre Frau entgegengebracht hat, als sie sich meiner immer wieder annahm.'"

„O Friedemann, hat sie das gesagt?"

„Ja, Rosmarie. Es hat mich geradezu beschämt. Was den Kollegen Bauer anbetrifft, so muß ich seine offensichtliche Abneigung mir gegenüber einfach hinnehmen."

„Und besonders nett zu ihm sein, nicht wahr, Friedemann?"

„Ja, ich glaube, das ist für uns Christen der einzige gangbare Weg." –

So oft wie möglich verbrachten Kranzbinders ihre Feierabende und freien Stunden in dem Schrebergarten, in dem es blühte und wuchs, ohne daß sie dazu das Geringste getan hatten. Der Garten gehörte bis dahin nämlich einem alten Mann, einem ehemaligen Landwirt, den Friedemann vor einigen Monaten auf seltsame Weise kennengelernt hatte. Als dieser zum Ordnungsdienst auf dem Schulhof eingesetzt war, hatte er beobachtet, wie ein kleiner Junge aus der ersten Klasse sehnsüchtig nach jemand Ausschau hielt. Nach einer Weile kam ein alter Mann mit vollem, weißen Haar am Stock daher. Als der Kleine ihn erblickte, war er ihm mit einem glücklichen Aufschrei entgegengesprungen und hatte ihn stürmisch umarmt. „Opa, Opa – ich hab' schon gedacht, du kommst heute nicht. Ich hab' so auf dich gewartet!"

Herr Kranzbinder war näher getreten und hatte zu dem Jungen gesagt: „Kleiner Mann, vielleicht weißt du es noch nicht, daß man während der Pause den Schulhof nicht verlassen darf. Sonst sind wir schuld, wenn dir auf der Straße etwas zustößt."

Das Kind griff schutzsuchend nach der Hand des alten Mannes, der statt des Kleinen antwortete: „Herr Lehrer, daran bin ich schuld. Ich hatte Peter versprochen, ihm zur Pause etwas Obst aus meinem Gärtchen zu bringen, und habe mich verspätet. Nun dachte er bestimmt, ich komme nicht mehr, und war dann so froh, mich doch noch zu sehen, daß er die Anordnung, den Schulhof nicht zu verlassen, vergaß. Nicht wahr, Peter, so war es wohl?"

Der Junge nickte beruhigt, weil der Großvater für ihn eintrat. Herr Kranzbinder wechselte noch einige Worte mit dem alten Mann, der inzwischen mit dem Jungen an der Hand den Schulhof betreten hatte, und zog sich dann zurück, um den beiden die Zeit ihres Zusammenseins nicht zu verkürzen. Gleich würde die Glocke das Ende der Pause ankündigen.

Nachdem der Gedanke an einen Schrebergarten ihn Wochen beschäftigt hatte, hatte sich Herr Kranzbinder aufgemacht, um danach Ausschau zu halten. Thomas hätte ihn sicher als sentimental oder romantisch bezeichnet, aber so ein Schrebergarten kam Friedemann wie eine kleine Kostbarkeit vor, die nur solchen Leuten zugänglich war, die sich auch an den kleinen Dingen und verborgenen Schönheiten freuen können. Er erinnerte sich, als Kind ein Buch über Leberecht Hühnchen gelesen zu haben. Er wußte nicht mehr alles, was darin stand, nur daß es um einen Mann ging, der sich den Blick für die kleinen Freuden am Wegesrand des Lebens bewahrt hatte. Immer, wenn Friedemann Kranzbinder an einem Garten vorüberkam, in dem Rosen dufteten und strahlend weiße Lilien wie Kerzen standen, blauer Rittersporn und leuchtend roter Mohn blühten, da war es ihm, als gehe ihm das Herz auf, und dann mußte er an Leberecht Hühnchen denken.

Eines Tages hatte Friedemann im Lärchental nach der Eigentumswohnung gesehen. Auf dem Rückweg ging er durch den Wald. Im Anschluß daran lagen einige Felder. Er liebte das reifende Korn, die wogenden Haferfelder, über die der Wind strich. Zwischen diesen und dem hügeligen Wald lag eine Schrebergartenkolonie. Von der Eigentumswohnung aus war sie in etwa einer Viertelstunde zu erreichen. Eingebettet zwischen dem weitausholenden Mischwald und den reifenden Feldern waren hier zehn bis fünfzehn kleine Gärten, in denen fröhlich geschafft wurde und die alle vom Fleiß und der Freude der Besitzer sprachen. Oben im Albdorf hatten sie hinter dem Schulhaus einen Garten besessen, den er mit Rosmarie gerne bearbeitet hatte. Frau Purzel hätte ihnen ein Stück ihres großen Gartens abtreten können. Als er sich für die Wohnung in ihrem Haus interessierte, hatte sie so getan, als ließe sich darüber reden. Als sie dann aber eingezogen waren, wollte sie sich daran nicht mehr erinnern. Nein, die Kinder würden ihr alles in ihrem Garten zertrampeln. Nun ja, schon längst erwartete man von dieser Frau kein Verständnis oder Entgegenkommen mehr. Aber der Gedanke an einen Garten ließ das Herz des anspruchslosen Lehrers höher schlagen. Als er so ging, fiel sein Blick auf einen alten Mann, der sich mühte, aus einem Beet Unkraut zu jäten. Sein Garten war besonders schön angelegt und gut gepflegt. Als der Weißhaarige sich offenbar mühsam aufrichtete, erkannte ihn Friedemann. Das war doch der Großvater des kleinen Peter, den dieser neulich auf dem Schulhof besucht hatte. Friedemann trat näher und grüßte.

„Sie kennen mich gewiß nicht mehr." Er rief dem Alten jenen Tag ins Gedächtnis; daraufhin konnte auch dieser sich wieder besinnen.

„Ach ja, Sie sind der Lehrer, der so freundlich mit meinem Enkel gesprochen hat. Aber bitte, wollen Sie nicht in den Garten kommen? Sehen Sie, dort unter dem Kirschbaum stehen ein Tisch und eine Bank. Wenn Sie Zeit haben, setzen wir uns ein wenig und unterhalten uns."

So war Friedemann Kranzbinder mit dem alten Mann ins Gespräch gekommen und hatte erfahren, daß dieser viele Jahrzehnte seines Lebens einen stattlichen Bauernhof besessen hatte, diesen aber aus besonderen Umständen nicht mehr bewirtschaftete. Über sein offenes, gutmütiges Gesicht war ein Schatten gehuscht – Friedemann hatte ihn wohl wahrgenommen, den Alten jedoch nicht nach der Ursache gefragt. Martin Schulendorf sei sein Name. Hier hinter den Kornfeldern habe er noch einen Acker gehabt – so erzählte er –, auf dem er sich den kleinen Garten angelegt habe. Nach und nach seien Interessenten zu ihm gekommen und hätten gefragt, ob er ihnen nicht auch ein Stückchen Land verpachten würde, damit sie sich ebenfalls einen Garten anlegen könnten. Seine Frau wäre damals schon sehr leidend gewesen. Ihr habe er keine Gartenarbeit mehr zumuten können. Er selbst sei schon einige Jahre von Arthrose geplagt gewesen. So habe er der Versuchung widerstanden, sich hier ein größeres Stück Land zu bebauen. „Wissen Sie, was ein alter Landwirt ist, der kann es nicht lassen, in der Erde zu wühlen." Seine Altersbeschwerden hätten ihn dann bewogen, das Land aufzuteilen und daraus Schrebergärten zu machen.

„Und ich habe lauter nette Pächter", sagte er. „Kein einziger von ihnen ist ein Quertreiber. Ein fröhliches Wetteifern besteht unter allen, wer den schönsten Salat und die größten Erdbeeren erntet. Schauen Sie sich nur die Blumenpracht in den Gärten an!"

„Ja", bestätigte Herr Kranzbinder seine Aussage, „das ist mir jedes Mal aufgefallen, wenn ich alleine oder mit meiner Familie hier vorbeiging. Seitdem wir uns entschlossen haben, eine Eigentumswohnung zu kaufen, sind wir schon einige Male hier am Wald entlanggegangen und kamen dann auch an den Schrebergärten vorbei. Das hat mich bewogen, dem Gedanken näherzutreten, auch einen Garten zu pachten, zumal wir jetzt auf unsere Ferienreise verzichten müssen."

Herr Schulendorf hatte ihm aufmerksam zugehört. Eine Weile antwortete er nicht, als müsse er über etwas nachdenken. Dann sagte er: „Hier gibt es keinen Schrebergarten mehr, der zu verpachten wäre, und keiner der Pächter denkt daran, seinen Garten aufzugeben. Aber ich bin nun schon achtzig Jahre alt. Das Bücken fällt mir schwer, und ich sorge mich, daß mein Stückchen Garten eines Tages verwahrlost aussehen könnte. Das darf aber nicht sein, denn die anderen haben sich bisher nach mir gerichtet. Und daher", Herr Schulendorf blickte Friedemann längere Zeit prüfend in die Augen, „habe ich schon einige Male den Gedanken erwogen, ob ich meinen Schrebergarten nicht jemand übergeben sollte, der ihn mit derselben Liebe und Sorgfalt pflegen würde wie ich und mir erlaubte, solange meine Beine mich noch tragen, von Zeit zu Zeit hierherzukommen und mich an ihm zu freuen."

Friedemann horchte auf. Das klang ja beinahe wie ein Angebot.

Der alte Mann stellte in der Tat die konkrete Frage: „Hätten Sie Lust, meinen Garten zu übernehmen und mir dabei noch ein kleines Nutzrecht einzuräumen?"

Mit Freuden hatte Friedemann zugesagt. Herr Schulendorf machte einen zuverlässigen, gütigen Eindruck. Es würde kein Risiko bedeuten, wenn Friedemann seine Bitte erfüllte und ihm genehmigte, so oft er wollte, in den Garten zu kommen. So wurden sie sich schon an jenem Nachmittag einig.

Als Herr Kranzbinder sich verabschiedete, begleitete der Alte ihn bis zum Gartentor. Dann deutete er mit der Hand über das wogende Kornfeld. „Sehen Sie dort, ganz hinten, das rote Dach? Dort neben der Pappelallee? Da wohne ich. Es ist ein verhältnismäßig großes Haus mit sechs Zimmern und für mich zu groß, denn meine Tage sind gezählt."

„Aber Ihr Sohn oder Ihre Tochter, jedenfalls die Eltern des kleinen Peter, wohnen doch noch bei Ihnen?"

„Nein. Übrigens ist Peter mein Urenkel. Aber er wohnt mit seinen Eltern nicht bei mir, sondern dort drüben." Er wies mit seinem Stock in eine andere Richtung. „Dort hinter dem Wald liegt der Hof, auf dem ich aufgewachsen bin und viele Jahre der Herr war." Müde und, wie es Friedemann schien, resigniert ließ er den Arm sinken. „Aber das erzähle ich Ihnen vielleicht ein anderes Mal."

So waren Kranzbinders zu ihrem Schrebergarten gekommen. Und der alte Mann war glücklich, in Herrn Kranzbinder einen Pächter gefunden zu haben, der seine Arbeit, seinen Fleiß und alle Mühe, die er in den Garten gesteckt hatte, zu würdigen wußte. Friedemann und seine Familie wünschten, daß sich der alte Mann auch weiterhin in seinem Garten wohlfühlen sollte.

Manchmal sprachen Rosmarie und Friedemann über ihn. „Ist es nicht so, als trage er eine heimliche Last?"

„Hast du auch schon gemerkt, wie er manchmal sinnend am Gartenzaun steht und in die Richtung blickt, wo sein ehemaliger Hof liegt, gerade als warte er auf etwas?"

„Ja, aber ich mag ihn nicht fragen. Als ich ihn hier zum erstenmal in seinem Garten besuchte, hat er gesagt, daß er mit mir darüber ein anderes Mal sprechen würde. Vielleicht vertraut er sich uns eines Tages an, ohne daß wir ihn darum bitten."

„Eins glaube ich sicher, Friedemann, auch hier handelt es sich nicht um einen Zufall. Gott hat uns den alten Mann an den Weg gestellt. Gewiß haben wir an ihm auf der letzten Wegstrecke seines Lebens eine Aufgabe zu erfüllen. Weißt du, worauf ich mich freue? Auf den Tag, an dem wir William aus dem Krankenhaus holen und hierher in den Schrebergarten bringen können. Wie dankbar können wir sein, daß die Ärzte die Hoffnung haben, daß er seine Beine wieder gebrauchen kann."

„Wie lange dauert es noch, bis wir in die neue Wohnung einziehen?" fragte eines Morgens Berthild.

„Heute wird Vater den Kaufvertrag unterschreiben", erwiderte Frau Kranzbinder. „Dann sind wir Eigentümer der Wohnung und dem Umzug ein gutes Stück näher."

„Also dann gehört die Wohnung uns, und keiner darf mehr klopfen und die Treppe herunterschreien, daß wir keinen Krach machen sollen?"

„Nun, Krach werdet ihr auch dort nicht machen dürfen, denn es wohnen noch andere Leute im Haus."

„Aber die haben doch nichts zu sagen, so wie jetzt Frau Purzel, oder?"

„Nein, nicht unbedingt, aber rücksichtsvoll müssen wir trotzdem sein und uns bemühen, niemanden zu stören."

Berthild stieß einen leisen Seufzer aus. Also würde das Leben in der neuen Wohnung auch bestimmten Einschränkungen unterliegen!

Wieviel die Leute im Terrassenhaus zu sagen hatten und welche Macht sie ausüben konnten, erlebte Herr Kranzbinder noch am selben Tag. Völlig niedergeschlagen kam er nach Hause. Zuerst setzte er sich für eine Weile in den Sessel und sprach kein Wort. Prüfend blickte seine Frau ihn an. Das war sie von ihm nicht gewöhnt. Sonst hatte er die Korridortür kaum geschlossen, da ließ er sie auch schon an seinen Erlebnissen teilnehmen. Heute war es aber auch besonders heiß und er deshalb sehr erschöpft.

„Ruhe dich nur aus, bevor du erzählst", sagte sie. „Ich bringe dir gleich eine Zitronenlimonade."

Aber es war weder die Hitze noch der weite Weg, den er zu Fuß zurückgelegt hatte, sondern die niederschmetternde Nachricht, daß die Eigentumswohnung wahrscheinlich nur ein schöner Traum gewesen war. Entgeistert starrte Frau Kranzbinder ihren Mann an: „Was sagst du da, es wird nichts daraus?"

„Komm herein ins Zimmer. Es ist nicht nötig, daß Frau Purzel uns hört. Wir werden wohl noch länger auf ihre Gnade angewiesen sein."

Und dann berichtete Herr Kranzbinder seiner Frau, der Verkaufsleiter der Wohnbaugesellschaft hätte ihm mitgeteilt, daß die Käufer der übrigen Wohnungen sich geweigert hätten, die Verträge zu unterschreiben, wenn eine Familie mit vier Kindern einziehe.

Eine ganze Weile war Frau Kranzbinder nicht imstande,

ihrem Mann zu antworten. Natürlich, der Himmel würde nicht einstürzen, wenn aus diesem Vorhaben nun doch nichts werde, aber Rosmarie merkte in diesen Augenblicken, wie sehr sie sich schon auf die Eigentumswohnung gefreut hatte. Pläne waren bereits geschmiedet worden, und die Schikanen der Frau Purzel, die sich natürlich in keiner Weise geändert hatte, trafen nicht mehr so hart, weil ja die Aussicht auf die neue Wohnung bestand. Und nun dies! Was erst würde das für die Kinder bedeuten! Die Freude auf die Fahrt in die Schweiz war ihnen genommen worden. Schließlich hatten sie bis auf Thomas die Notwendigkeit eingesehen. Frau Kranzbinder stieß einen tiefen Seufzer aus und setzte sich zu ihrem Mann auf die Couch.

„Friedemann, ganz verstehe ich das noch nicht. Du hast doch eine feste Zusage gehabt. Die Finanzierungspläne sind besprochen worden. Es war so, daß wir uns bereits als rechtmäßige Eigentümer dieser Wohnung betrachten konnten. Der Verkaufschef hat dich mit keinem Wort daran zweifeln lassen, daß alles seine Richtigkeit hat. Sind sie nun nicht verpflichtet, uns die Wohnung zu überlassen?"

„Rechtlich, ja", erwiderte Friedemann, „aber noch ist der Vertrag nicht unterschrieben, und selbst, wenn sie sich über die Argumente der anderen Interessenten hinwegsetzen sollten, würden sie es eher darauf ankommen lassen, daß wir vors Gericht gehen, als die anderen sechs Käufer zu verlieren. Dabei wäre noch nicht einmal sicher, daß wir auf unser Recht pochen könnten – wie gesagt, abgeschlossen ist ein Vertrag erst, wenn er von den Beteiligten unterschrieben ist."

„Meinst du nicht, es gibt noch einen Weg, um zu der Wohnung zu kommen? Und wenn wir die anderen Käufer aufsuchen und mit ihnen reden würden?"

Mit einer müden Handbewegung wehrte Friedemann ab. „Rosmarie, davon verspreche ich mir gar nichts. Die anderen sind ja gemeinsam aufgetreten, und wenn ich auch nicht glaube, daß alle auf ihre Wohnungen aus dem genannten Grund verzichten würden, so haben sie doch damit gedroht, und die Wohnbaugesellschaft käme wirklich in eine unangenehme Situation, wenn sie ihre Drohungen wahrmachen sollten. Die Interessenten sind, bis auf ein kinderloses, berufstätiges Ehepaar, das eine der Dachwohnungen kaufen will, alles ältere Leute, deren Kinder bereits erwachsen sind. Sie wollen bewußt der Unruhe der Stadt entfliehen und ins Lärchental ziehen. So niederschmetternd es für uns ist, ein wenig Verständnis sollten wir dafür auch haben."

„Obwohl ich gleich zögernd oder skeptisch war, muß ich doch zugeben, daß diese Absage mir wie ein Schlag ins Gesicht ist. Wie erst werden die Kinder darauf reagieren?"

Friedemann ging auf den letzten Einwand nicht ein, sondern fuhr fort: „Selbst wenn wir uns auf die mündliche Zusage und alle vorausgegangenen Besprechungen berufen und vor Gericht gehen und vielleicht recht bekommen würden, müßten wir dann nicht mit den gleichen Schwierigkeiten rechnen wie hier im Hause mit Frau Purzel, weil die anderen Mieter über uns verärgert wären? Wir kämen vom Regen in die Traufe."

Dagegen wußte auch Frau Kranzbinder nichts mehr einzuwenden. Friedemann hatte recht. Wenn sie die Kinder mehr als bisher zur Ruhe ermahnen und ihnen alles, was die geringste Unruhe verursachte, verbieten mußte, dann war es sicher besser, hier zu bleiben, bis sich eine andere Gelegenheit zum Wohnungswechsel bieten würde. Nur: ob sich jemals ... Wie gut, daß sie noch nicht gekündigt hatten! Sollte Frau Purzel ihre oft ausgesprochene Drohung wirklich wahrmachen, mußte man es eben darauf ankommen lassen. Sie konnte eine sechsköpfige Familie nicht einfach auf die Straße setzen. Daß ihr gegenseitiges Verhältnis sich ändern würde, war kaum zu erwarten. Sie mußten bereit sein, noch mehr Rücksicht zu üben und alles, was auch nur annähernd Grund zum Ärger liefern konnte, zu vermeiden. Die Kinder waren damit allerdings manchmal überfordert.

Am Abend saß Frau Kranzbinder mit ihren Kindern beim Nachtessen. „Wir wollen uns bemühen, recht leise zu sein", sagte sie. „Vati liegt mit einer heftigen Migräne im Bett."

„Was ist Migräne?" wollte Berthild wissen.

„Das sind unerträgliche Kopfschmerzen, so daß jedes Geräusch weh tut und jeder Lichtstrahl Übelkeit verursacht. Früher hat Vater das öfter gehabt, so daß er sich immer wieder erbrechen mußte. Ich war froh, daß er jahrelang davon verschont geblieben ist. Aber heute ist er einen weiten Weg durch die glühende Hitze gegangen und hat vor allem eine große Aufregung gehabt."

„Wo? In der Schule?"

„Nein", Frau Kranzbinder zögerte einen Augenblick, aber dann entschloß sie sich, den Kindern zu sagen, was sie doch einmal wissen mußten. Vielleicht war es besser, daß dem Vater jede Auseinandersetzung mit ihnen erspart blieb. So begann sie: „Kinder, ihr müßt jetzt alle sehr vernünftig sein, denn wir bekommen die Eigentumswohnung nun doch nicht."

Das genügte schon, um einen Tumult auszulösen. Zuerst hatten diese Worte sprachloses Entsetzen, dann ein empörtes Durcheinanderreden ausgelöst. Bei Berthild rann ein Tränenstrom, bei Thomas war es ein Wutausbruch. „So eine Gemeinheit, so eine Gemeinheit! Und das läßt sich Vati gefallen? Da sieht man wieder, wie er ist! Er hat keinen Mut, sich durchzusetzen!"

„Thomas!" Die Stimme der Mutter wurde so scharf, wie die Kinder es noch ganz selten gehört hatten.

Aber der Junge war außer sich. „Immer gibt er nach, alles läßt er sich gefallen. Jetzt müssen wir noch länger bei der alten Giftnudel bleiben, nur weil Vati zu feige ist, sich durchzusetzen!"

In diesem Augenblick versetzte Rosmarie ihrem Ältesten eine gehörige Ohrfeige. Das hatten die Geschwister noch nie erlebt. Wenn sie als kleinere Kinder gestraft worden waren, dann hatte der Vater ihnen ganz selten einmal einen Klaps geben müssen. Frau Kranzbinder erschrak vor sich selbst. Hatte sie nicht doch zu heftig reagiert? Thomas aber war bereits aufgesprungen, so daß der Stuhl polternd zu Boden kippte, und hatte das Zimmer verlassen. Die Tür schmetterte er hinter sich zu, daß es im ganzen Haus dröhnte.

Zutiefst erschrocken blickten die beiden Mädchen die Mutter an und wagten kein Wort zu sagen. Erst als Rosmarie aufstand und das Tablett nahm, um den Tisch abzuräumen, sagte Berthild mit einem tiefen Seufzer: „Jetzt bleibt nur noch eins, an dem wir uns freuen können: der Schrebergarten."

Am anderen Tag sprach Rosmarie mit ihrem Mann über den Vorfall. Er sah noch ziemlich schlecht aus, aber die Migräne hatte sich verzogen, so daß er schon wieder zur Schule gehen konnte. Beim Mittagessen waren die Kinder trotz ihrer lebhaften Art sehr still. Thomas sprach kein Wort, war aber auch nicht aufsässig. Friedemann blickte von einem zum anderen. „Was ist mit euch los?" wandte er sich fragend an sie.

Rosmarie erklärte ihm: „Ich habe ihnen gestern abend gesagt, daß wir die Eigentumswohnung nicht bekommen." Prüfend wanderte sein Blick von einem zum anderen. Niemand antwortete.

Endlich wiederholte Berthild ihre Feststellung vom gestrigen Abend: „Wenigstens der Schrebergarten bleibt uns."

Als die Kinder am Abend ihre Zimmer aufgesucht hatten und die Eltern noch einen kurzen Weg durch die naheliegenden Anlagen machten, begann Rosmarie noch einmal davon zu sprechen. „Auch ich brauchte eine gewisse Zeit, um mit meiner Enttäuschung fertig zu werden." Dann erzählte sie, daß sie sich habe dazu hinreißen lassen, Thomas zu schlagen. „Als er dann im Bett lag, bin ich noch einmal zu ihm gegangen", berichtete sie, „und habe mich für ein Weilchen zu ihm gesetzt. Erst schien er trotzig und unzugänglich zu sein. Als ich ihm dann aber sagte, daß es mir leid tue, ihn so heftig und unbeherrscht gestraft zu haben und daß auch er verstehen müsse, daß ich es nicht dulden könne, wenn er so über seinen Vater rede, da brummte er, halb der Wand zugekehrt: ‚Daß du mir so eine Saftige verpassen würdest, hätte ich nicht gedacht, aber ich weiß auch, daß ich sie verdient habe, denn ich hätte das nicht sagen dürfen.'"

„Das hat er gesagt?" verwunderte sich Friedemann. „Ich beginne doch, daran zu glauben, daß der Unfall von William ihm zu Herzen gegangen ist. Darum sollten wir uns über jeden kleinen Versuch freuen, den er macht, um sich selbst zu überwinden. Was nun die Enttäuschung anbelangt, hat auch dies sicher einen Sinn, den wir jetzt noch nicht verstehen. Denen, die Gott lieben, müssen alle Dinge zum Besten dienen."

Rosmarie mußte lächeln, denn genau dasselbe hatte sie auch gedacht. Beide waren felsenfest davon überzeugt, daß auch eine solche Fügung nicht zufällig geschah.

„Wenn wir nach Hause kommen", sagte sie zu ihrem Mann, „will ich dir einige Verse zeigen, die ich heute in einem Buch fand, als ich mir einige Augenblicke zur Stille nahm."

„Noch ein Bibelwort kam mir heute in den Sinn", nahm Friedemann den Gedankengang wieder auf. „Ich meine, es steht in der Chronik. Ein König hatte einen Verlust erlitten und erhielt von einem Mann Gottes zur Antwort: ‚Der Herr hat noch mehr, als er dir geben kann, denn dies.' Wenn nun der Traum von der Eigentumswohnung nicht in Erfüllung geht, so wollen wir Gott zutrauen, daß er uns zu seiner Zeit etwas Passendes zuweisen wird."

Rosmarie blickte ihren Mann froh an. „Wie gut, daß du dich nie mit unnötigen Sorgen herumquälst. Ich beneide dich um deine Frohnatur, vor allem aber um dein Gottvertrauen."

Zu Hause angekommen, lasen sie gemeinsam ein Gedicht von Werner Bergengruen, von dem Rosmarie gesprochen hatte:

Die himmlische Rechenkunst

Was dem Herzen sich verwehrte,
laß es schwinden unbewegt.
Allenthalben das Entbehrte
wird dir heimlich zugelegt.

Liebt doch Gott die leeren Hände,
und der Mangel ist Gewinn.
Immerdar enthüllt das Ende
sich als strahlender Beginn.

Jeder Schmerz entläßt dich reicher,
preise die geweihte Not,
und aus nie geleertem Speicher
nährt sich das geheime Brot.

Friedemann und Rosmarie Kranzbinder hatten keine Zeit, sich lange mit eigenen Problemen abzugeben. Immer wieder wurden sie mit Schicksalsschlägen und ungelösten Fragen anderer Menschen konfrontiert, die an sie herantraten, weil man merkte, daß die beiden Menschen wirklich von dem verborgenen Brot lebten. Der Dienst am Nächsten bewahrte Kranzbinders davor, sich selbst und ihre alltäglichen Erlebnisse zu wichtig zu nehmen. So vermochten sie auch die Wohnungsangelegenheit als erledigt zu betrachten, nachdem sie sich klar geworden waren, daß es Schlimmeres gab, obwohl die Enttäuschung einige Tage in ihnen nachklang und vor allem die Kinder beschäftigte. Das zeigte sich besonders dann, wenn Frau Purzel wieder einmal, wie Thomas sagte, ihren Koller bekam.

Aber auch das wurde nichtig vor der Sorge, wie es mit William weitergehen sollte. Nur ganz, ganz langsam machte die Genesung Fortschritte. Wenigstens konnte er jetzt im Bett sitzen, aber jedes Stehen verursachte ihm größte Rükkenschmerzen. Wie gerne hätten die Geschwister ihn mit in den Garten genommen, ihr kleines „Paradies", wie Anita diesen kleinen Flecken Erde nannte, das in einer unvorstellbaren Farbenpracht erblühte und von dem Mutti bereits allerlei Nützliches für den Küchentisch hatte heimtragen können.

Thomas hatte seine Schwester verspottet: „Du scheinst vom Paradies ärmliche Vorstellungen zu haben!"

„Darum sage ich ja auch ‚kleines Paradies'", gab sie zurück. „Im übrigen ist es mir ganz schnuppe, ob dir dieser Name für den Schrebergarten gefällt oder nicht. Ich bin jedenfalls froh, daß wir ihn haben. Opa Schulendorf hat mir auch erlaubt, einige Klassenkameraden mitzubringen, wenn wir unser Sommerfest mit Lampions und Würstchen braten und eine Menge anderer Überraschungen steigen lassen."

„Aber ohne mich! Aus dem kindischen Alter bin ich heraus."

„Was meinst du, wie gerne William dabei wäre!"

Darauf sagte Thomas kein Wort mehr. Nur ungern ließ er sich daran erinnern.

Kochend vor Empörung stand Frau Purzel wieder einmal vor Kranzbinders: „Ich habe Ihnen schon einmal gesagt, daß ich nicht dulde, daß ein solch übelbeleumdetes Mädchen in mein Haus kommt. Nun beobachte ich, daß Sie dieses verkommene Subjekt schon seit einigen Tagen bei sich im Haushalt haben. Ich verbiete Ihnen dies mit allem Nachdruck."

Auch heute gelang es Herrn Kranzbinder nicht, die aufgeregte Frau in seine Wohnung zu bringen. Wieder spielte sich die Unterredung im Treppenhaus ab. Bewußt gelassen antwortete Friedemann: „Frau Purzel, Doris Goswig ist die Haushaltshilfe meiner Frau. Sie ist jetzt aus der Schule entlassen und noch zu jung, um als Schwesternhelferin in einem Krankenhaus zu lernen."

„Das interessiert mich überhaupt nicht!" schrie die Hauswirtin. „Ich wünsche nicht, daß dieses Mädchen, das einen stadtbekannten schlechten Ruf hat, mein Haus betritt."

„Darf ich Sie in aller Höflichkeit darauf aufmerksam machen, daß wir in unsere Wohnung nehmen können, wen wir wollen, sofern der Betreffende, das habe ich Ihnen schon einmal gesagt, sich ordentlich verhält, also kein öffentliches Ärgernis erregt."

„So, meinen Sie? Das wird sich bald herausstellen. Noch heute gehe ich zum Rechtsanwalt und orientiere mich. Dann lasse ich auch gleich die Kündigung aufsetzen. Geradezu lächerlich, daß ich in meinem eigenen Haus kein Recht mehr haben soll." Sie drehte Herrn und Frau Kranzbinder den Rücken zu und rauschte ab.

Als Rosmarie die Küche betrat, in der Doris Goswig gerade arbeitete, war das Mädchen in Tränen aufgelöst. Schluchzend sagte sie: „Alles habe ich mit angehört. Nun werden Sie mich wegschicken. Ich habe es kommen sehen. Aber was soll dann aus mir werden?"

„Aber Doris, von Wegschicken ist doch überhaupt nicht

die Rede. Du hast dich in diesen Tagen schon so nett zurechtgefunden und verrichtest deine Arbeit pünktlich und gewissenhaft, daß wir gar nicht daran denken, dich wegzuschicken. Sage nur deiner Mutter, daß man es dir anmerkt, wie gut du von ihr angeleitet worden bist. Was Frau Purzel anbelangt, so darf man sie samt ihrem Poltern und Schimpfen und ihren Drohungen nicht so ernst nehmen. Sie hat uns schon verschiedentlich kündigen wollen. Es blieb aber seither auch dabei. Sei du trotzdem immer höflich und freundlich zu ihr, wenn du ihr begegnest, und alles andere überlasse uns. Wir schicken dich deshalb bestimmt nicht fort."

Es war merkwürdig, Doris beruhigte sich nicht. Gewissenhaft verrichtete sie zwar ihre Arbeit, aber sie konnte nicht aufhören zu weinen. Alles Zureden und jeglicher Versuch, sie zu beruhigen, schlug fehl. Schließlich kam Frau Kranzbinder auf den Gedanken, daß Doris vielleicht noch einen anderen Kummer hatte. Die Kinder und Herr Kranzbinder waren zum Nachmittags-Schulunterricht gegangen. So blieben sie allein zu Hause, und Rosmarie nahm sich Zeit für das Mädchen.

„Komm", sagte sie in ihrer warmherzigen, mütterlichen Art. „Wir gehen zusammen in den Garten. Da sind wir heute nachmittag ganz ungestört. Bei der Hitze wird Herr Schulendorf erst gegen Abend kommen. Nimm den Korb und fülle die Thermosflasche mit Saft. Den Kuchen vom Sonntag nehmen wir auch mit und machen uns einen freien Nachmittag. Du aber erzählst mir dort draußen, was dich so quält. Ich habe den Eindruck, als wäre daran nicht nur Frau Purzel schuld."

Als sie dann im Garten beieinander saßen, wollte Doris nichts essen.

„Nun sage mir, was dich bekümmert", begann Frau Kranzbinder das Gespräch.

„Ich habe Angst, daß Sie mich doch fortschicken", schluchzte das Mädchen aufs neue.

„Aber Doris, wenn ich dir doch gesagt habe, daß du bei uns bleiben darfst, dann mußt du es mir schon glauben, daß es unser Ernst ist."

Flehentlich waren die Augen des Mädchens auf Frau Kranzbinder gerichtet, als sie nun kaum hörbar gestand: „Ich erwarte ein Kind!"

Zuerst glaubte Rosmarie, nicht richtig gehört zu haben. Das Mädchen, das da mit tränenüberströmtem Gesicht vor ihr saß, war ja selbst noch ein Kind, gerade erst aus der Schule entlassen.

Auch als sie noch einmal fragte, bekam sie die gleiche Antwort: „Ich weiß es genau, ich erwarte ein Kind."

Frau Kranzbinder benötigte einige Augenblicke, um sich zu fassen. Und dann war ihr klar: Unter keinen Umständen durfte sie das Mädchen jetzt im Stich lassen. Es war in seiner Verzweiflung durchaus fähig, etwas Törichtes zu tun.

„Weiß es deine Mutter?"

„Nein, ich habe schreckliche Angst, es ihr zu sagen, wo sie sowieso so viel am Hals hat."

Mit großen Augen blickte Frau Kranzbinder das Mädchen an. „Doris, daran hättest du früher denken müssen."

„Ich weiß, aber der Heini ließ mir keine Ruhe. Er sagte, er hätte mich lieb und das würde dazugehören. Wenn ich ihn auch lieben würde, könne es gar nicht sein, daß ich das nicht auch wolle. Er glaube mir nicht, daß ich ihn liebe, wenn ich mich so blöd anstelle. Ich mochte ihn, weil er mich nicht auslachte wie die anderen. Sein Vater war auch schon im Knast, und sein ältester Bruder saß mal im Jugendgefängnis. Darum hat er mich nicht verspottet. Ich gehe ja schon viel länger mit ihm, als Mutter weiß. Sie hat es nie haben wollen. Wenn sie jetzt erfährt, was mit mir los ist, wird sie überschnappen.

Wenn mein Vater entlassen wird und mein Kind sieht, schlägt er mich tot."

„Das glaube ich nicht, Doris, aber ich muß schon sagen, ich bin schockiert. Was sagt denn Heini dazu?"

„Das ist es ja gerade, Frau Kranzbinder, der will nichts mehr von mir wissen. Erst hat er gesagt, ich solle es abtreiben lassen. Seine Mutter wisse einen Arzt, der das mache. Das koste ein paar hundert Mark. Woher soll ich die nehmen? Und wenn ich es mir genau überlege, ist mir klar, daß ich das auch nicht darf. Das wäre reiner Mord!"

„Im wievielten Monat bist du denn?"

„Es ist jetzt ein Vierteljahr her. Die Mutter von Siglinde hat es genau nachgerechnet."

„O Doris, was hast du getan! Und im Dezember wirst du sechzehn!"

„Das schlimmste ist, daß Heini mich nicht mehr anschaut. Ich habe gedacht, vielleicht heiratet er mich, wenn ich ein Kind von ihm habe. Ich hätte ihn geheiratet, damit das Kleine wenigstens ein Elternhaus hat. Nun ist er so gemein und behauptet, niemand sei so dumm wie ich. Ich hätte besser aufpassen müssen. Aber wer hat mich denn überredet?" Doris konnte vor Weinen nicht mehr weitersprechen.

Frau Kranzbinder saß recht hilflos da. Wie konnte sie ihr in dieser verfahrenen Angelegenheit helfen?

Als Doris sich wieder beruhigt hatte, meinte sie: „Ich bin nur froh, daß es außer meiner Freundin und deren Mutter niemand erfahren hat, solange ich noch zur Schule ging. Die hätten mich gleich 'rausgeworfen. Auch meine Mutter hat bis jetzt noch nichts gemerkt."

„Aber das kannst du doch nicht mehr lange verheimlichen! Eines Tages erfährt sie es doch."

„Ja, sie hat auch schon gesagt: ‚Doris, du solltest nicht so viel essen, du wirst sonst zu dick.' O Frau Kranzbinder, ich habe so schreckliche Angst! Ich weiß nicht mehr, was ich tun soll."

Rosmarie konnte den Ärger, der in ihr hochstieg, fast nicht bremsen. Trotzdem empfand sie auch viel Mitleid. Wie hatte das Mädchen nur so töricht handeln und den verführerischen Reden seines Freundes glauben können! Weil sie meinten, ihnen ginge etwas Wesentliches verloren, wenn sie warteten, nahmen diese jungen Menschen sich vorweg, wozu sie weder geistig noch körperlich reif waren. Sie hatten weder eine Berufsausbildung noch eine finanzielle Sicherheit, um eine Familie gründen zu können. Vor allem war es nicht jene echte Liebe, die auch Geduld kennt und dazu befähigt, gemeinsam Lasten zu tragen.

Zweifellos hatte Doris durch die Nöte ihrer Familie innerlich gedarbt. Frau Goswig, die seit Jahr und Tag über ihre Kräfte oft bis in die Nächte hinein gearbeitet hatte, um die Existenz ihrer Familie zu sichern, hatte keine Zeit gehabt, sich darüber Gedanken zu machen, ob gerade Doris sich nach mehr sehnte. Liebe und Geborgenheit hatten ihr gefehlt. Kaum ein zärtliches Wort war gefallen, weil die Mutter nur immer bestrebt war, ihren Kindern die finanzielle Grundlage zu schaffen.

Nun fühlte sich das Mädchen durch die Behandlung dieses halbwüchsigen Burschen zum erstenmal in seinem Leben bestätigt und – wie er ihm glaubhaft zu machen suchte – geliebt. Es begriff nicht, daß ihm jede andere ebenso gepaßt hätte, wenn sie sich nur zur Befriedigung seiner Lüste zur Verfügung stellte.

Je mehr Frau Kranzbinder darüber nachdachte, desto mehr nahmen Mitleid und Erbarmen in ihr zu. Wie nur sollte sie dem Mädchen helfen? Sie mußte darüber vor allem mit ihrem Mann reden. Zu Doris gewandt, sagte sie: „Noch weiß ich nicht, was wir für dich tun können. Auf jeden Fall werde ich morgen zu deiner Mutter gehen und mit ihr darüber sprechen."

Erschrocken hob das Mädchen die Hände. „Oh, Frau Kranzbinder! Ob Sie da Verständnis finden?"

„Das ist nicht zu umgehen, Doris. Sie muß es erfahren, bevor sie es von anderen hört. Aber weißt du, was mich trotz allem noch froh macht?"

Der Blick aus den tränennassen Augen der noch so unfertigen jungen werdenden Mutter war ungläubig fragend auf Frau Kranzbinder gerichtet. Was sollte es in dieser unglückseligen Sache noch geben, worüber man froh sein konnte?

„Darüber bin ich froh, Doris, daß dir klar geworden ist, daß du dein Kind nicht abtreiben, also töten lassen darfst."

„Und Sie schicken mich nicht fort?"

Frau Kranzbinder konnte dem Mädchen nicht die Hoffnung nehmen. Vorerst war es ja auch noch möglich, es hierzubehalten. Doch wagte sie sich nicht vorzustellen, wie die Reaktion von Frau Purzel sein würde, wenn sich Doris' Zustand nicht mehr verbergen ließ. Mit den Kindern mußte man eben offen darüber sprechen. Eins war sicher, man durfte das Mädchen jetzt nicht seinem Schicksal überlassen. Deshalb antwortete sie: „Ja, Doris, du darfst auch weiterhin zu uns kommen. Eines Tages werden wir vielleicht einen guten Platz finden, wo junge werdende Mütter schon vor ihrer Entbindung sein können. Und danach sieht man weiter."

Das Mädchen umklammerte die Hände von Frau Kranzbinder. Vergeblich suchte es nach Worten, um ihr dankbares Empfinden zum Ausdruck zu bringen.

Als Frau Kranzbinder den Arm um Doris legte und sie an sich zog, stammelte das Mädchen: „Meine Mutter ist gut und vor allem fleißig, aber sie hat nie Zeit für uns gehabt. Jetzt weiß ich auch, daß Heini mich nie richtig geliebt hat. Er wollte nur das andere."

„Komm, Doris", beendete Frau Kranzbinder das Gespräch. „Es ist Zeit, nach Hause zu gehen. Im Gartenhäuschen kannst du dir dein verweintes Gesicht waschen und deine Haare kämmen."

„Und was wird Ihr Mann sagen?" Wieder war der quälende Ausdruck auf dem jungen Gesicht.

„Mach dir darüber keine Sorgen. Ich werde mit ihm reden, und wir beide werden gemeinsam nach einem Weg suchen, um dir zu helfen."

Stunde um Stunde der Nacht verging. Rosmarie fand keinen Schlaf. Bis nach Mitternacht hatte sie mit ihrem Mann gesprochen. Auch er war erschrocken, als er davon hörte. „Das törichte Mädchen!" war seine erste Reaktion. „Wie kann sie sich nur so ihren Weg verbauen!" Dann aber sprach er mit seiner Frau darüber, daß dies leider kein Einzelfall sei. „Erst kürzlich waren in der Klasse der dreizehn-, vierzehnjährigen Mädchen zwei Schulmappen liegengeblieben. Um zu wissen, wem sie gehörten, hatte man sie durchsucht und war in beiden Fällen auf je eine Schachtel mit Antibaby-Pillen gestoßen. Sie tragen die Verhütungsmittel mit sich herum."

„Aber Friedemann, so sind doch nicht alle?"

„Nein, zum Glück nicht, aber es gibt nicht wenige, die gar nichts dabei finden, sich heute mit diesem und morgen mit jenem Burschen einzulassen."

„Das ist ja schrecklich!"

„So denken wir, du und ich, und, Gott sei Dank, auch noch einige andere. Aber die Stimmen mehren sich, und unter ihnen sind nicht wenige, die sich Psychologen nennen, die den jungen Menschen, ja schon den Kindern volle Freiheit auf sexuellem Gebiet einräumen und behaupten, jede Enthaltsamkeit führe zu Verkrampfungen und zu seelischen Schädigungen."

„Friedemann, in welch schrecklicher Zeit leben wir!"

„Erinnerst du dich an die Sendung im Fernsehen, in der öffentlich proklamiert wurde, daß man in unseren Tagen dafür Verständnis haben müsse, wenn eine Ehe nicht mehr lebenslang daure und daß es ganz natürlich sei, wenn ein Mann drei-, viermal seine Frau wechsle?"

„Aber ihm wurde in der Diskussion doch nicht von allen Seiten zugestimmt?"

„Ja, glücklicherweise nicht. An dieser Diskussion nahmen Theologen der beiden großen Konfessionen teil, außerdem Eheberater, Psychologen und Psychagogen, ebenso ein Arzt und ein Scheidungsrichter. Erfreulicherweise wurde diesem Mann, der solche Thesen aufgestellt hatte, heftiger und, wie man merkte, überzeugter Widerspruch entgegengebracht."

„Gott sei Dank!"

„Und doch wissen wir nicht, wie die Entwicklung weitergeht."

„Ist nicht auch dies ein Beweis für die immer stärker um sich greifende Gottentfremdung?"

„Ganz gewiß. Ich wunderte mich, daß einige Diskussionsteilnehmer immerhin noch das Wort ‚Sünde' anwandten und darauf hinwiesen, daß es bestimmte, von Gott aufgestellte Lebensordnungen gebe, die zu übertreten nicht nur Unrecht – also Sünde – sei, sondern auch erschreckende Folgen mit sich brächten."

„Wie gut, daß noch solche Stimmen laut werden."

Die Nacht war vorgerückt, und vor Übermüdung war Friedemann eingeschlafen. Aber seine Frau fand keine Ruhe. Sie bewegte das Erlebte immer wieder neu und konnte nicht einschlafen. Mußte man bei einer solchen Entwicklung nicht auch Sorge um die Zukunft der eigenen Kinder haben? Und welche Möglichkeiten gab es, sie davor zu bewahren? Hatte sie bisher alles richtig gemacht? Wurde Thomas etwa auch damit konfrontiert? War er deshalb so verändert? Hin und her warf sie sich. Ihr Mann wurde durch ihre Unruhe geweckt.

„Kannst du nicht schlafen?“

„Nein, Friedemann, mich quält es so, wenn ich an unsere Kinder denke, was mit ihnen wird ...“

„Leg es hin, Rosmarie, leg es in Gottes Hände.“

Aber sie wurde nicht so schnell damit fertig.

„Friedemann, zu alledem auch noch Doris zurechtbringen? Das geht über meine Kräfte.“

„Nicht du sollst es tragen – Jesus will es dir abnehmen. Sei doch so gut und überlaß ihm die ganze Angelegenheit. Er wird alles rechtmachen. Und jetzt schlaf bitte. Ja?“

„Ich kann nicht, ich habe noch so viele Fragen. In meinem Kopf schwirrt es wie in einem Bienenschwarm. Was wird aus William? Ich habe vom Arzt immer noch keine feste Zusage, daß er wieder normal laufen lernt.“

„Rosmarie, sieh doch nicht nur das Negative. William kann schon einige Augenblicke auf seinen Füßen stehen. Er ist auch viel munterer geworden und leidet nicht mehr so sehr darunter, im Krankenhaus sein zu müssen.“

„Und Thomas? Was werden wir noch mit ihm erleben? Immer wieder fällt er in seine heftige, unbeherrschte Art zurück. Du hättest nur hören sollen, wie er gestern seine Schwestern angefahren hat. Berthild kam bitterlich weinend zu mir.“

„Ich weiß es, Liebste. Aber siehst du nicht auch dann und wann seine Bemühungen, seinen Jähzorn zu beherrschen und nett zu sein?“

Rosmarie ging auf die Entgegnungen ihres Mannes nicht ein. Ihr Herz war in dieser Nacht ein einziger Abgrund von Sorgen und Ängsten.

„Und was glaubst du, was wir mit Frau Purzel erleben,

wenn sie entdeckt, daß Doris ein Kind erwartet? Mir ist jetzt schon vor ihrem Auftritt bange."

„Willst du das nicht erst einmal auf dich zukommen lassen, Rosmarie? Weißt du nicht mehr, daß es heißt: Sorget nicht für den anderen Tag, denn es ist genug, daß ein jeder Tag seine eigene Plage hat?"

Daraufhin konnte Frau Kranzbinder nichts mehr erwidern. Beschämt drückte sie ihrem Mann die Hand und gab ihm zu verstehen, daß er das rechte Wort gefunden hatte, ein Wort aus dem Munde dessen, der gesagt hat: „Sorget nicht, denn ich sorge für euch!"

Wie klingende Tropfen fielen die Glockentöne der Kirchturmuhr in die schweigende Nacht. Es war vier Uhr morgens. Der letzte Gedanke, der Rosmarie bewegte, ehe sie endlich einschlief, war: Der Sorgengeist vertreibt den Heiligen Geist. Nein, das durfte unter keinen Umständen sein!

Friedemann vernahm bald darauf die gleichmäßigen Atemzüge seiner Frau. Wie gut, dachte er, daß sie endlich zur Ruhe gefunden hat!

Die großen Ferien gingen zu Ende. Im Schrebergarten wurden die letzten Vorbereitungen für das Sommerfest getroffen. Friedemann hatte mit Hilfe seines ältesten Sohnes bunte Lampions an Drähten aufgehängt, Rosmarie deckte gemeinsam mit Doris eine lange Tafel. Unglaublich, was sie an Eßbarem alles hergezaubert hatte. Hinter der Laube saßen die Mädchen und übten für den Abend ein Lied, das sie selbst komponiert hatten. Eine Schulfreundin Anitas hatte ihre Gitarre mitgebracht. Von jedem Kind waren zwei Freunde oder Schulkameraden zu diesem Fest eingeladen worden. Natürlich war auch Karin, die Schwester von Doris, dabei.

Thomas hatte sich zuerst geringschätzig geäußert. „Ich, zwei Freunde mitbringen? Die denken ja, ich sei bekloppt.

Ich wüßte nicht, was sie an so einem lächerlichen Gartenfest reizen könnte."

Und dann war er doch mit seinem Freund angerückt, dem Fabrikantensohn, der erst gestern mit seinen Eltern von Sizilien zurückgekehrt war und der es mehr als fade genannt hatte, seine Ferientage in einem der teuersten Hotels zubringen zu müssen. Thomas' Einwand, er hätte mit Freuden seine Ferien am Mittelmeer verbracht, hatte er mit einer Handbewegung abgetan: „Mensch, das alles hängt dir mit der Zeit zum Halse 'raus! Das Meer, ja, das geht noch, aber all das andere! Ich möchte, bevor wir wieder zur Schule gehen, noch etwas Außergewöhnliches erleben."

Thomas hatte sich selbst nicht ganz begriffen, als er spontan fragte: „Warst du schon mal auf einem Sommernachtsfest in einem Garten?"

„Wo? Nein, in einem Garten noch nicht. Am Meer schon einmal – mit tollem Feuerwerk und so. Aber das reizt mich nicht mehr."

„Wenn du Lust hast, kannst du zu uns kommen. Wir machen nämlich ein Sommernachtsfest. Vielleicht findest du es stinklangweilig, aber du kannst ja mal sehen."

So war also der Fabrikantensohn auch in den Schrebergarten gekommen.

Der Glücklichste von allen aber war William, der im Liegestuhl lag und mit strahlenden Augen all die Vorbereitungen verfolgte. Er war inzwischen aus dem Krankenhaus entlassen worden, weil seine Genesung recht gute Fortschritte machte. Auf zwei Stöcke gestützt konnte er bereits einige Schritte gehen. Wie unsagbar froh waren die Eltern! Die Ärzte hofften mit ihnen, daß er mit der Zeit doch wieder richtig gehen lernte. Wirklich, das war ein Grund zum Feiern! Alle befanden sich in Feststimmung. Unauffällig gab Frau Kranzbinder ihrem Mann einen Wink: „Sieh nur mal, Friedemann, wie Thomas sich um William bemüht. So habe ich ihn noch nie gesehen. Und schau, wie sein Freund sich mit William unterhält! Ist das kein Grund zur Freude? Trotz allem Schweren bin ich heute richtig froh!"

„Wir sollen uns den Blick bewahren für die kleinen Freuden am Weg. Gestern las ich ein Wort im Kalender: ‚Gott kleidet das Köstlichste oft in das Gewöhnlichste. Darum geht der Mensch so oft daran vorbei.' Was den Arno angeht: Ich habe vor einiger Zeit zwei Kollegen, ohne daß ich dies vorhatte, über seinen Vater reden hören. Der Fabrikant ist ja stadtbekannt, nicht nur seines Unternehmens wegen, sondern durch seinen Lebenswandel. Die Kollegen unterhielten sich darüber, daß Arnos Vater seine Frau im Stich gelassen habe und sich öffentlich mit seiner Geliebten auf der Straße und in den teuersten Lokalen zeige. Es würde mich nicht wundern, wenn er sie auch auf Teneriffa bei sich gehabt hätte. Irgend etwas ist doch faul, wenn ein vierzehnjähriger Junge so abfällig von seinem Ferienaufenthalt am Mittelmeer spricht. Das muß doch Hintergründe haben."

„Der Arme!" sagte Rosmarie. Wie viele Kinder gab es doch, die in Not waren! „Komm, die Mädchen rufen bereits nach uns. Es ist Zeit, die Kerzen in den Lampions anzuzünden."

„Darf ich Ihnen dabei helfen?" fragte Arno, als Herr Kranzbinder mit den Streichhölzern hantierte.

„Aber gerne! Gefällt es dir in unserem Schrebergarten?"

„Und wie! Dies ist der schönste Tag meiner Ferien!" antwortete der Junge.

Hätte Friedemann die Familiengeschichte des Jungen nicht durch das Gespräch seiner Kollegen erfahren gehabt, er hätte den Ausspruch Arnos nicht ernst genommen. So aber war ihm klar, daß er, übersättigt von allen möglichen Veranstaltungen und Vergnügen, wahrscheinlich von der schlichten

Schönheit oder echten Freude ihres kleinen Festes hier draußen beeindruckt war. So antwortete er: „Arno, wenn es dir bei uns gefällt, darfst du wiederkommen, so oft du magst."

„Wirklich? O ja, danke! Ich komme gerne."

Der Vater wechselte einen Blick mit seinem ältesten Sohn. Thomas schlug die Augen nieder. Er dachte wohl an seine abfälligen Worte über das Fest. Vielleicht kam sich sein Freund hier auch wie im kleinen Paradies vor, um mit Anitas Worten zu reden.

Herr Schulendorf gehörte ganz selbstverständlich zu den Festteilnehmern. Nachdem der Pachtvertrag abgeschlossen worden war, hatte Herr Kranzbinder dem alten Mann erlaubt, nach wie vor den Garten zu betreten. Er hatte genau empfunden, wie sehr dieser an dem Fleckchen Erde hing, das ihn auch an seine verstorbene Frau erinnerte. Herr Schulendorf fühlte sich in den Familienkreis mit einbezogen. Zu den Kindern hatte er ein besonders gutes Verhältnis, vor allem aber schien es ihm der kleine William angetan zu haben. Herr Schulendorf hatte sich einen Gartenstuhl auf den Rasenplatz geholt und saß nun neben dem Jungen, dessen Wangen wohl noch bleich waren, der aber mit strahlenden Augen um sich blickte und den alten Herrn wie selbstverständlich „Opa" nannte.

„Meine Mutti hat mir schon viel von dir erzählt, und ich war gespannt, wie du aussiehst."

„Nun, gefalle ich dir denn?" fragte Herr Schulendorf lächelnd.

„Und wie! Aber der Schrebergarten ist auch schön. Kannst du mir wohl eine Schaukel anbringen?"

„Darüber müssen wir mit deinem Vati sprechen, denn dem gehört jetzt dieser Garten."

„Ach nein, das glaube ich nicht. Er hat nämlich zu mir gesagt, daß du immer noch am meisten über den Schrebergarten zu bestimmen hättest, auch jetzt, wo wir hier sind, weil du alles am besten verstehst, das Pflanzen und die Blumen und die Sträucher und ..."

„Nur Unkraut jäten kann ich nicht mehr", sagte der alte Mann. „Ich kann mich nicht mehr gut bücken, dann tut mir alles weh."

„Wenn ich wieder richtig gehen kann, reiße ich das Unkraut aus, und so lange macht es Thomas. Nicht wahr, Thomas, das tust du?"

Dieser tat, als hätte er den kleinen Bruder nicht verstanden. Er warf einen prüfenden Blick an den Wegrand. Noch war das Unkraut gering, so daß man es bewältigen konnte. Dann aber besann er sich, daß er sich vorgenommen hatte, zu seinem Bruder nett zu sein und ihm, wenn möglich, alle Wünsche zu erfüllen. Darum rief er: „Ja, William, ich mache es so lange, bis du es kannst."

Dieses Sommerfest im Garten war zwar ein bescheidenes, kleines, aber eben doch ein wirkliches Fest geworden. Das empfanden alle, als die Kerzen in den Lampions sorgsam gelöscht worden waren und man sich auf den Heimweg machte.

Auch jetzt stand wieder eine Taxe am Fahrweg unweit der Schrebergärten. Bis dahin trug Herr Kranzbinder seinen jüngsten Sohn. Thomas und sein Freund waren mit den Fahrrädern bereits losgefahren. Die Mädchen machten sich mit dem Vater und den Freundinnen zu Fuß auf den Weg, während die Mutter und William mit der Taxe nach Hause fuhren. Vorher aber hatte Frau Kranzbinder Herrn Schulendorf noch heimgebracht. Dieser war zwar der Meinung gewesen, daß er gut zu Fuß gehen könne, wie sonst auch, aber alle übrigen Festteilnehmer hatten darauf bestanden: Opa Schulendorf wird mit der Taxe nach Hause gebracht. So sah Frau Kranzbinder zum erstenmal, wo ihr alter

Freund und Gönner – das war er ihnen in der Tat bereits geworden – beheimatet war.

„Schön wohnen Sie hier", sagte sie, bevor sie sich von ihm verabschiedete. „Ganz romantisch mutet es mich an, die Pappelallee mit dem Bach, im Hintergrund der Wald und das alte Haus mit dem tief herabhängenden roten Dach. Wirklich, es gefällt mir!"

„Schön, ja", bestätigte der alte Mann, „aber sehr einsam. Haben Sie Dank, Frau Kranzbinder, daß Sie mich heute abend mit eingeladen hatten. Sie ahnen nicht, was mir das bedeutet hat."

William winkte aus dem abfahrenden Auto und sagte zu seiner Mutter: „Opa Schulendorf ist mein Freund."

„O das ist gut", erwiderte sie. „Dann ist er nicht mehr so einsam."

Friedemann Kranzbinder war nicht wenig erstaunt, als seine Frau ihm noch am gleichen Abend den Vorschlag machte, doch ein Auto zu kaufen. Die Kinder, die noch eine Weile bei den Eltern hatten sitzen dürfen, sprangen wie elektrisiert von ihren Sitzen auf und umringten den Vater – vor allem aber Thomas. „Ja, Vati, ja, bitte, das wäre richtig!"

„Was kaufst du, einen Opel Rekord? Einen Volkswagen? Einen . . ."

Lachend wehrte der Vater ab. „Wie kommt ihr darauf? Mit keinem Wort habe ich bisher meine Zusage gegeben."

„O bitte, Vati, bitte, ja, kauf ein Auto. Das war die allerbeste Idee, die Mutti seit langem gehabt hat."

Kopfschüttelnd, aber mit einem fröhlichen Lachen über seinem Gesicht sah Herr Kranzbinder seine Frau an. „Wie kommst du bloß auf diesen Gedanken, Rosmarie?"

„Das ist doch naheliegend, Friedemann. Wir sind mitten im Sommer und hoffen, daß ihm noch ein schöner Herbst folgt. Obwohl wir uns alle freuen, daß unser William nun schon wieder ein paar Schritte gehen kann, so wird es doch noch eine ganze Weile dauern, bis es ihm möglich ist, sich ohne seine Stöcke fortzubewegen. Du kannst doch nicht immer eine Taxe nehmen, um ihn wegzubringen und wieder nach Hause zu holen?"

„Nein, das geht nicht!"

„Das wäre viel zu teuer!" riefen die Kinder wie im Chor. Friedemann lachte laut über den Eifer der Kinder, mit dem sie der Mutter zustimmten.

„Und wieviel Zeit würden wir sparen!"

„Habt ihr auch schon überlegt, was so ein Auto kostet? Selbst wenn man es besitzt, kommen als Kosten hinzu: Benzin, Versicherung, Steuern, Reparaturen und was noch alles anfällt."

„Ach Vati, wir geben alle unser erspartes Geld dazu."

„Außerdem müßte es ein großer Wagen sein, damit wir alle Platz haben."

„O ja, Vati, ich seh es deinen Augen an, du tust es, nicht wahr, du kaufst ein Auto!"

„Im übrigen scheint es mir höchste Zeit, daß ihr junges Gemüse jetzt zu Bett kommt."

„Junges Gemüse!" empörte sich Thomas, aber auch ihm sah man die freudige Erwartung an. Vater hatte bisher noch nicht mit einem strikten Nein geantwortet. Nun schaltete sich die Mutter wieder ein. „Ich hatte gedacht, weil aus der Wohnung nichts geworden ist . . ."

Wie angesteckt schwatzten die Kinder durcheinander. „Ja, Mutti, du hast recht, jetzt müßte unser Geld doch für ein Auto reichen!"

„Da scheint man ja ein Komplott gegen das Familienoberhaupt geplant zu haben", scherzte Friedemann. „Und wenn wir dann wieder Gelegenheit haben sollten, eine passende Eigentumswohnung zu bekommen?"

„Nein, nein, nie wieder! Lieber ärgern wir uns noch ein paar Jahre mit der alten Purzel herum! Entschuldigung, ich meine natürlich die liebe Frau Purzel."

„Also Kinder, ihr fallt von einem Extrem ins andere."

„Gut, ich will es mir überlegen. Thomas, hättest du Lust, Anfang nächster Woche mit Mutti und mir einen Wagen auszusuchen?"

„O Vati! Wirklich?" Strahlend fragte es der Junge und wurde dabei überrot.

„Natürlich, solch eine Entscheidung treffe ich nicht ohne meinen großen Sohn."

Endlich waren die Kinder in ihren Schlafzimmern verschwunden. Als Frau Kranzbinder noch einmal nach ihnen schaute, lag Thomas noch hellwach in seinem Bett, während William, mit dem er das Zimmer teilte, bereits fest schlief.

„Ich glaube, die Freude auf das Auto läßt dich nicht zur Ruhe kommen." Sie setzte sich einen Augenblick auf den Bettrand. „Ist es nicht so?"

Thomas nickte. „Ja, aber es ist noch etwas anderes. Ich möchte dich etwas fragen, Mutti. Hast du dem Vati alles erzählt, weißt du, damals, als du mir eine 'runtergehauen hast?"

„Aber natürlich, Thomas."

„Hast du", es fiel ihm offenbar schwer, weiterzureden. „Hast du ihm auch gesagt, daß ich ihn ... daß ich gesagt habe, er sei feige?"

„Zwei glücklich verheiratete Menschen haben keine Geheimnisse voreinander. Als ich es ihm sagte, tat ich es nicht, um dich vor ihm herabzusetzen, sondern allein aus Sorge um dich."

Der Junge blickte einen Augenblick sinnend vor sich nieder. Dann fuhr er fort: „Ich dachte, du hättest ihm davon nichts gesagt, weil er... weil er zu mir immer freundlich war."

„Hast du je einen Augenblick lang an der Liebe deines Vaters gezweifelt, Thomas?"

„Mutter, würdest du mir einen Gefallen tun? Würdest du bitte Vati sagen, es tue mir leid, daß ich damals so gemein war. Heute beim Fest und vorhin bei unserem Gespräch wegen des Autos, und weil er mich mitnehmen will, wenn ihr eins aussucht, da habe ich doch gemerkt, was für einen klasse Vater wir haben."

Lächelnd blickte Frau Kranzbinder ihren Sohn an. „Thomas, ich meine, das solltest du deinem Vater selbst sagen, besonders daß es dir leid tut, so häßlich über ihn gesprochen zu haben."

„O Mutti, das ist sehr schwer."

„Überwinde dich, Thomas. Du wirst sehen, wie froh du danach bist."

Der Junge tat es wirklich. Sein Herz war wie von einer Last befreit, als er am anderen Tag zu seinem Vater ging und ihn bat, nicht mehr daran zu denken, was er damals in Zorn und Enttäuschung über ihn gesagt hatte, als aus der Eigentumswohnung nichts wurde.

Friedemann zog seinen großen Jungen an sich und erwiderte: „Glaube mir, mein Junge, nichts ist so wichtig, als in unserem Leben für Ordnung zu sorgen, auch für die innere Ordnung. Das hast du nun begriffen."

Einige Wochen vergingen. Frau Kranzbinder hängte draußen ihre Wäsche auf. Der Trockenplatz lag hinter dem Haus. Doris half ihr dabei. Das Mädchen hatte sich in ihrem Haushalt gut eingelebt, es war fleißig und flink und hing an ihr wie eine eigene Tochter. Frau Kranzbinder wollte Doris gerade fragen, wie ihre Mutter nun, nachdem sie alles erfahren habe, reagiere. Sie warf einen Blick zum Haus hinauf, um sich zu vergewissern, ob die Hauswirtin sie auch heute wieder belauschte, wie sie es so gerne tat. Es schien ihr jedoch sicherer zu sein, das Gespräch zu verschieben, bis sie mit dem Mädchen wieder in der Wohnung war.

Kaum hatten beide den Hausflur betreten, als Frau Purzel im Zeichen höchster Erregung aus dem oberen Stock heruntereilte. Mit empörtem, ja verächtlichem Ausdruck maß sie Doris von oben bis unten und schrie: „Das schlägt nun doch dem Faß den Boden aus! Glauben Sie vielleicht, ich bin blind oder blöde? Das sieht doch ein Schwachkopf, daß dieses junge Weibstück in anderen Umständen ist. Diese Hure – diese verkommene –"

Scharf unterbrach sie Frau Kranzbinder. „Bitte, in dieser Weise kein weiteres Wort mehr, Frau Purzel!" Zu Doris gewandt, sagte sie: „Geh hinein und bereite in der Küche das Abendessen vor. Ich komme gleich nach."

Bleich vor Entsetzen und am ganzen Körper zitternd, betrat das Mädchen die Wohnung.

Frau Purzels Stimme überschlug sich fast, als sie schrie: „Was haben Sie gewagt zu sagen? Kein weiteres Wort? Und das hier in meinem Haus! Wir werden uns vor Gericht treffen, das sage ich Ihnen. Wollen Sie vielleicht auch leugnen, daß diese Hure ein Kind kriegt?"

„Doris ist keine Hure, sondern ein armes, irregeleitetes Mädchen", erwiderte Frau Kranzbinder bestimmt und in aller Ruhe.

Als wäre sie gerade von dieser Ruhe aufgestachelt worden, tobte die Alte noch mehr.

Frau Kranzbinder ließ sie nicht zu Wort kommen. „Ja, es stimmt, Sie haben recht gesehen, Doris ist in anderen Umständen. Aber muß man sich ihrer jetzt nicht erst recht annehmen? Ändert es etwas an der Tatsache, wenn wir sie mit Vorwürfen überhäufen?"

„Sie verteidigen also noch das Luderleben dieses verkommenen Subjekts! Kaum aus der Schule und dann schon ein uneheliches Kind!"

„Frau Purzel, ich würde gerne einmal in aller Ruhe mit Ihnen über dieses Problem und über vieles andere reden, aber es scheint mir kaum möglich."

„Da gibt es auch nichts mehr zu reden", schrie die erboste Frau außer sich. „Das Mädchen betritt mein Haus nicht mehr, und Sie sehen sich nach einer anderen Wohnung um. Haben Sie mich verstanden?"

„Das tun wir längst", antwortete Rosmarie völlig ruhig. „Sobald wir etwas Passendes gefunden haben, ziehen wir aus. Solange werden Sie uns schon noch ertragen müssen. Sie haben kein Recht, eine Familie mit vier Kindern einfach auf die Straße zu setzen. Kein Gericht würde Ihnen da zustimmen. Was Doris betrifft, wird sie so lange tagsüber bei uns bleiben, bis wir einen Platz in einem Mütterheim gefunden haben, wo sie bleiben kann. Auf Wiedersehen, Frau Purzel." Damit verschwand Frau Kranzbinder mit ihrem Wäschekorb in der Waschküche.

Die Hauswirtin schnappte nach Luft. „Unverschämtheit!" zischte sie zwischen ihren beiden Zahnlücken hervor. „Unverschämt!" Dann stieg sie hinauf in ihre Wohnung, auf Rache sinnend.

In der Küche saß Doris auf einem Stuhl und war unfähig, auch nur die geringste Arbeit zu verrichten. Rosmarie ahnte, was in dem Mädchen vor sich ging.

„Komm", sagte sie in herzlicher Weise, „wir schälen jetzt die Kartoffeln. Beruhige dich!"

„Muß ich nun fort?"

„Nein, ich denke, du hast gehört, was ich zu Frau Purzel gesagt habe?"

Nun konnte Doris wieder einmal nicht die Tränen zurückhalten. „O Frau Kranzbinder", schluchzte sie. „Warum bin ich nur so dumm gewesen und habe Heini geglaubt? Jeder sieht mich jetzt als Luder an. Ich habe gut gehört, was sie gesagt hat. Aber ich bin doch keine Hure – nicht wahr, Frau Kranzbinder, das bin ich doch nicht?"

„Nein, Doris, das bist du nicht. Hure ist ein schreckliches Wort, und nur die Frauen oder Mädchen werden so genannt, die sich immer wieder mit Männern einlassen, vielleicht sogar für Geld."

„So bin ich ganz bestimmt nicht."

„Nein, Doris, so sehen mein Mann und ich dich auch nicht. Aber wenn du keine andere Lebensrichtung einschlägst, dann ist es nicht weit bis dorthin. Es könnte doch sein, daß dir noch mehr Männer begegnen, die dir wer weiß was versprechen, um von dir zu bekommen, was nach Gottes Willen eine Frau nur ihrem Mann in der Ehe schenken darf – nämlich sich selbst. Und wenn den Eheleuten dann ein Kind geschenkt wird, brauchen sie sich dessen nicht zu schämen und es ängstlich zu verbergen suchen, wie du das jetzt tun mußt, sondern sie freuen sich auf das Kind. Die junge Frau erlebt in dieser Zeit die besondere Fürsorge ihres Mannes. Ach Doris, es ist ein Jammer, daß du dir deinen Weg so verbaut hast."

„Wenn so vorher nur jemand ein einziges Mal mit mir gesprochen hätte wie Sie, dann wäre vielleicht alles ganz anders gekommen", meinte das unglückliche Mädchen. „Und jetzt habe ich mir alles verdorben."

„Wenn du dir Mühe gibst, fleißig und ordentlich zu sein, dann kann alles noch einmal gut werden, Doris. Vielleicht lernst du noch einen jungen Mann kennen, der dich und dein Kind aus Liebe zu sich nimmt."

„Meinen Sie das wirklich?"

„Doch, Doris, ähnliche Fälle hat es immer wieder gegeben. Darum sorge dich jetzt nicht. Wir lassen dich nicht im Stich und werden uns bemühen, dir einen guten Platz für die letzten Wochen vor der Geburt deines Kindes zu besorgen."

„Ach, Frau Kranzbinder", seufzte Doris, „meine Mutter..."

„Was ist mit ihr?"

„Seit Sie bei ihr waren, spricht sie nur das Allernötigste mit mir, aber kein gutes Wort."

„Du mußt sie verstehen, Doris. Sie hat in ihrem Leben so viel Schweres durchgemacht."

„Aber sie selbst mußte ja heiraten. Ihre Eltern waren dagegen, daß sie unseren Vater nahm, weil er damals schon trank. Aber dann erwartete sie ein Kind von ihm – das hat sie mir selbst erzählt. Darum gaben unsere Großeltern die Einwilligung zur Heirat. Das Kind starb aber bei der Geburt."

Was hätte Frau Kranzbinder daraufhin sagen können? Sie ermutigte Doris, gerade nun immer freundlich zu ihrer Mutter zu sein.

Doris berichtete weiter: „Mutter war so außer sich, nachdem sie es von Ihnen erfahren hatte, daß sie mich schlug. So zornig habe ich sie noch nie gesehen. ‚Welche Schande bringst du über uns!' hat sie immer wieder geschrien. ‚Ist es nicht genug, was ich mit eurem Vater durchmache? Habe ich nicht Tag und Nacht geschuftet, um euch Kinder durchzubringen?' Und dann hat sie schrecklich geweint. Sie tat mir sehr leid, obwohl sie mich vorher geschlagen hatte. Darum habe ich sie umarmt. Wissen Sie, Frau Kranzbinder, das tut man bei uns sonst nicht..."

Armes Kind! dachte Frau Kranzbinder, wieviel hast du entbehren müssen!

„Mama, ist es wahr, daß Doris ein Kind bekommt?" fragte am anderen Tag die neunjährige Berthild. „Anita hat es gesagt. Sie hat gehört, wie Frau Purzel dich angeschrien hat."

Fragend waren die Augen der kleinen Tochter auf die Mutter gerichtet.

„Ja", erwiderte diese, „es ist wahr, Doris bekommt ein Kind."

Berthild riß die Wohnzimmertür auf und rief: „Anita, William, Thomas – es stimmt. Doris bekommt ein Kind!"

Frau Kranzbinder war froh, daß Doris heute ihren freien Nachmittag hatte. Wie peinlich wäre es für das Mädchen gewesen, wenn es die Reaktion der Kinder erlebt hätte. Dieses Ereignis wurde von allen vieren als so wichtig angesehen, daß jeder herbeieilte. Ihre Stellungnahme war verschieden.

„Das habe ich mir bereits vor ein paar Tagen gedacht", stellte Thomas fest. „Man sieht es doch schon deutlich."

„Wieso sieht man es?" wollte William wissen.

„Weil sie einen dicken Bauch bekommt. Das Kind ist doch da drin."

„Wieso ist das Kind im Leib?" Für William schien das noch völlig Neuland zu sein. Frau Kranzbinder aber hielt die Stunde für günstig, um mit ihren vier Kindern über das zu reden, was sie über kurz oder lang doch bewegen und wonach sie auch die Mutter fragen würden. Mit Thomas hatte der Vater vor einiger Zeit ein offenes Gespräch gehabt, mit Anita hatte sie selbst schon einige Male gesprochen. Auch Berthild hatte sich nicht mehr mit der Aussage begnügt, daß Gott den Eltern kleine Kinder schenkt. Nun war durch Doris ein Anlaß gegeben, mit allen über das „Geheimnis" zu reden. William wollte wissen, wie das Kindchen in Doris' Leib gekommen sei. Ehe die Mutter antworten konnte, war Anita davongesprungen und kam mit einem Schulbuch zurück.

„Mutti, sieh, hier steht es genau. Da sind vergrößerte Abbildungen darüber, wie eine Biene mit dem Blütenstaub die Blüten am Apfelbaum befruchtet."

William blickte die Schwester verständnislos an. Was hatte Doris' Kind mit dem Blütenstaub und Bienen zu tun? Frau Kranzbinder aber ließ es zu, daß Anita ihre Schulkenntnisse weitergab. Nachher konnte sie ja ergänzen, was sie für nötig hielt.

Anita fuhr fort: „Es kann überhaupt kein neues Lebewesen entstehen, hat die Lehrerin gesagt, ohne daß so etwas geschieht. Die Kuh wird von dem Vater – ich meine, von dem Ochsen befruchtet, und dann gibt es ein Kälbchen. Als die Katze aus dem Schrebergarten neben uns Junge bekam, mußte sie auch erst einen Katzenvater für ihre Jungen haben. Genauso ist es bei den Menschen."

„Aber doch nicht bei Doris?" Berthild schien ebensowenig wie William die Zusammenhänge zu verstehen. „Die Doris hat doch gar keinen Vater für ihr Kind. Die ist doch noch gar nicht verheiratet."

Nun mußte sich wohl doch Frau Kranzbinder einschalten. „Nein, sie ist nicht verheiratet, und darum weint sie so oft. Da war ein junger Mann, der tat so, als wollte er der Vater für ihr Kindchen sein – aber nachher wollte er es dann doch nicht. Er hatte sie nämlich nicht so von Herzen lieb, daß er immer bei ihr bleiben wollte. Gott will aber, daß Vater und Mutter beieinanderbleiben und auch erst dann ein Kind haben, wenn sie ihm ein Nestchen bauen können."

„Ja, nicht wahr, so einen Stubenwagen, wie wir ihn oben in der Bodenkammer haben."

„Ja, das war so ein Nestchen, aber das ist längst nicht genug. Sie sollen es auch versorgen können und ihm Schutz und Geborgenheit geben. Seht, Kinder, so habe ich euch alle auch unter meinem Herzen getragen, bevor ihr geboren wurdet."

„Und ihr, Vati und du, wolltet auch immer zusammenbleiben, nicht wahr?" fragte William. Man sah ihm an, daß er darüber sehr froh war. Undenkbar für ihn, daß die Eltern auseinandergegangen wären.

Frau Kranzbinder nahm ihren Jüngsten fest in den Arm. „Jawohl, kleiner Schatz, immer wollen wir zusammenbleiben.“

Leise sagte Anita: „Mutti, Berthild und ich möchten gerne etwas mehr wissen. Aber ich glaube, William ist dafür noch ein wenig zu klein. Einige Mädchen in der Schule haben gesagt, sie wüßten ganz genau, wie Kinder entstehen, und haben dann häßlich gelacht. Ich wollte auch gar nichts von ihnen wissen, weil sie es mir doch nicht sagen können, wie du es kannst.“

„Da hast du recht, Anita. Ich verspreche dir, daß ich in den nächsten Tagen mit euch beiden Mädchen darüber reden werde. Der liebe Gott hat nur Schönes in seinen Schöpfungsgedanken gelegt. Es ist bedauerlich, daß einige darüber in häßlicher oder gar gemeiner Weise reden. Aber für heute ist's genug. Ihr habt bestimmt noch Schulaufgaben zu machen.“

„Mit mir hat Vati gesprochen und mir alles gesagt.“ Einen kleinen wissensmäßigen Vorsprung mußte Thomas den Mädchen doch voraushaben. Als diese nun davonsprangen, froh darüber, daß die Mutter ihnen alles in Kürze sagen würde, was sie über das Geheimnis wissen wollten, blieb Thomas noch bei ihr zurück und meinte: „Mutti, das hast du ganz großartig gesagt! Besser hätte Vati es auch nicht klarmachen können.“

Auch über dieses Gespräch redeten die Eheleute am Abend des Tages miteinander. Herr Kranzbinder sagte: „Ich bin froh, daß Anita solch eine verständige Klassenlehrerin hat, die diese und keine andere Methode anwendet, um ihre Schüler aufzuklären. Ohne einen solchen Unterricht kommen wir heute nicht mehr aus. Die Kinder bekommen jetzt frühzeitig

Anregungen und Hinweise in Zeitschriften und im Fernsehen, daß sie völlig falsche Auffassungen erhalten. Darum müssen sie rechtzeitig aufgeklärt werden. Nur bin ich nicht mit jeder Methode einig. Es gibt Bücher, in denen der Zeugungs- und Geburtsvorgang in Wort und Bild deutlich dargestellt werden. Ich finde, das sollten die Kinder später nur im Zusammenhang mit wirklicher Liebe erkennen. Doch wer heute diese Meinung vertritt, wird nicht nur mitleidig angesehen, sondern auch für einen unverbesserlichen Schwärmer gehalten, der nicht in unsere nüchterne Zeit paßt."

„Ich finde, daß das mit Nüchternheit nichts zu tun hat. Es nimmt etwas vorweg, was den Liebenden vorbehalten bleiben sollte."

Rosmarie lehnte sich an ihren Mann. „Ich bin so froh, Friedemann, daß du bist, wie du bist."

Die großen Ferien waren beendet, der Unterricht hatte wieder begonnen. Herr Bauer war einige Tage nicht in der Schule erschienen. Man erfuhr durch den Rektor, daß seine Frau schwerkrank ins Krankenhaus gebracht worden war. „Es heißt, daß es Krebs ist." Einige bedauernde Worte gingen hin und her. Das Wort „Geisel der Menschheit" fiel. Einer der Lehrer fragte, ob der Kollege Bauer Kinder habe. Einer verneinte es. Ein anderer wollte wissen, daß er seine Frau abgöttisch liebe. Die Schulglocke rief wieder jeden in sein Klassenzimmer.

Friedemann wurde den Gedanken an den Kollegen Bauer nicht los. Was mußte es für ihn bedeuten, unter Umständen seine Frau hergeben zu müssen? Er brauchte sich nur vorzustellen, wie furchtbar es wäre, wenn er Rosmarie verlieren würde. Nicht auszudenken. Doch er hatte wenigstens die Kinder, obgleich sie niemals die Mutter und Gattin ersetzen konnten.

Nach einigen Tagen erschien Herr Bauer wieder in der Schule, aber er war noch verschlossener und unzugänglicher als sonst. Keiner wagte zu fragen, wie es seiner Frau ginge. Es war so ähnlich wie damals im Falle Spahn, wo man sich lieber in Schweigen hüllte, als durch Fragen peinliche Situationen herbeizuführen. Herr Kranzbinder empfand es unnatürlich, daß sich alle mit denselben Gedanken beschäftigten, aber keiner sie äußerte. Er wollte die erste Gelegenheit wahrnehmen, die sich ihm bot, um den Kollegen nach dem Ergehen seiner Frau zu fragen.

Dieser zeigte sich ziemlich kühl, um nicht zu sagen abweisend, als Friedemann ihn ansprach: „Herr Bauer, ich habe gehört, daß es Ihrer Gattin nicht gut geht."

Zunächst erfolgte keine Antwort. Herr Kranzbinder nahm an, daß der Angesprochene einfach nicht antworten konnte, weil ihm die Erkrankung seiner Frau zu nahe ging. Dafür hatte er Verständnis.

„Liegt Ihre Gattin im Kreiskrankenhaus?"

„Ja." Sonst nichts.

„Es ist mir ein Bedürfnis, Ihnen zu sagen, daß wir alle, die Kollegen und ich, mit Ihnen fühlen. Wir wünschten, wir könnten etwas tun, um es Ihnen zu beweisen."

„Bemühen Sie sich nicht", erwiderte endlich eiskalt Herr Bauer. „Vor allem kommen Sie mir jetzt nicht mit frommen Trostworten. Von denen halte ich nichts."

„Das habe ich auch nicht vor, und doch möchte ich Ihnen sagen, bitte, halten Sie es nicht für eine Redensart, daß meine Frau und ich für Sie beten, seitdem wir von dem schweren Schicksal wissen, das Sie und Ihre Gattin betroffen hat. Es gehört zu unseren Gewohnheiten, Menschen aus unserem Lebenskreis, von deren Sorgen wir erfahren, in unsere tägliche Fürbitte einzuschließen."

Herr Bauer nahm eine ablehnende Haltung ein: „Erstens

gehöre ich nicht zu Ihrem Lebenskreis – es ist reiner Zufall, daß wir an derselben Schule tätig sind, und zweitens halte ich auch nicht das Geringste von Ihrem Beten. Ich möchte Sie eindringlich ersuchen, mich mit Ihren überholten Ideen nicht mehr zu belästigen."

„Herr Bauer, das Gebet ist die stärkste Macht."

„Das mögen Sie glauben, mir bedeutet das nichts, aber auch gar nichts. Und nun beenden wir das Gespräch. Ich mische mich ja auch nicht in Ihre Familienangelegenheiten ein."

„Entschuldigen Sie", erwiderte Friedemann, „ich wollte Sie bestimmt nicht belästigen." Er war betroffen. Woran lag es nur, daß Herr Bauer ihn so offensichtlich ablehnte?

Als er Gelegenheit hatte, darüber mit seiner Frau zu reden, versuchte sie, ihm über die Enttäuschung hinwegzuhelfen. Sie wußte, wie sehr Friedemann unter solchen Disharmonien litt. Er war ein Mensch des Friedens, und schon die kleinste Meinungsverschiedenheit, wie sie auch in der besten Ehe dann und wann vorkommt, hatte ihn stets bedrückt. Seine angeborene Frohnatur ließ keine Trübung in ihrem gemeinsamen Leben zu. Darum taten beide alles, um sie so schnell wie möglich zu beseitigen, später, als die Kinder geboren waren, schon um deretwillen. Wie kann ein Kind gedeihen, wenn Vater und Mutter sich nicht einig sind?

Wo aber gemeinsam gebetet wird – und das war ein täglicher fester Bestandteil ihres Ehe- und Familienlebens –, da kann sich unmöglich Unfriede breitmachen. Friedemann und Rosmarie war es möglich, das Wort der Wiedergutmachung anzuwenden: ‚Es tut mir leid, dir wehgetan zu haben!", wenn einmal ein Mißklang zwischen ihnen entstanden war. Auf diese Weise wurde alle Trübung schnell beseitigt. Friedemann ertrug es aber auch nicht, außerhalb seiner Ehe und der Familie mit Zwistigkeiten zu leben.

„Wenn ich nur wüßte, was Herrn Bauer an mir stört", hatte er seine Frau gefragt. „Ich bin mir nicht bewußt, ihm je etwas in den Weg gelegt oder über ihn jemals eine Äußerung getan zu haben, die ihn gegen mich einnehmen könnte."

„Hast du mir nicht gesagt, der Mann lehne jedes christliche Gedankengut ab?" fragte Rosmarie.

„Ja, so ist es. Bei den verschiedensten Anlässen kam das zum Ausdruck."

„Dann ist es gar nicht erforderlich, daß du ihm etwas getan oder ihn unabsichtlich gekränkt hast. Ich würde sagen: Hier wird sichtbar, daß sich die Geister scheiden. Vergiß nicht, Friedemann, daß es eine Welt des Lichtes und eine Welt der Finsternis gibt. Die eine erträgt nicht die andere, und so kommt es in Familien, unter Berufskollegen, überall da, wo Menschen miteinander zu tun haben, zu Reibungen und Zusammenstößen. Das ist nicht zu umgehen. Was wir tun können, und womit wir ja bereits begonnen haben, ist, für den Mann und vor allem auch für seine kranke Frau zu beten."

„Ich habe ihm gesagt, daß wir das tun. Aber er lacht darüber."

„Er sträubt sich dagegen; denn er spürt trotz aller Ablehnung die Macht Gottes, und es könnte sein, daß er sie sogar fürchtet."

„Du magst recht haben, Rosmarie. Hier scheiden sich die Geister. Ich glaube, wir müssen ihn jetzt erst recht fest in unsere Fürbitte einschließen."

Das Auto war gekauft worden. Friedemann hatte schon vor Jahren seinen Führerschein gemacht. Aber er gehörte nicht zu denen, die meinen, nichts sei so lebenswichtig wie ein eigener Wagen. Andere Anschaffungen waren immer vordringlicher gewesen. Die Kinder waren glücklich. Thomas war stolz darauf, daß dem Vater seine Meinung beim Autokauf nicht unwesentlich gewesen war.

„Du hast es klug gemacht", hatte Rosmarie zu ihrem Mann gesagt. „Thomas braucht es jetzt besonders, anerkannt zu werden."

„Er gibt uns noch genügend Ursache, ihn zu dämpfen. Aber wir müssen alle Gelegenheiten wahrnehmen, um ihn vor sich selbst zu bestätigen."

An einem Nachmittag waren sie wieder in den Schrebergarten gefahren. William machte eifrige Gehversuche, mußte aber immer wieder in den Liegestuhl zurück, weil er sehr rasch ermüdete. Thomas hatte sich sogar so weit „herabgelassen", in einigen Beeten Unkraut zu jäten.

„Nicht wahr, wegen des Autos?" neckte ihn Anita.

„Ach, halt doch du deinen Mund und kümmere dich um das, was du der Mutti an Arbeit abnehmen könntest!" erwiderte Thomas ärgerlich.

„Zu mir kommt heute nachmittag Karin."

„Und mich besuchen die Zwillinge!" posaunte Berthild.

„Puh, dann verziehe ich mich. So ein Frauenverein!"

„Du brauchst dich nicht zu verziehen", schaltete sich die Mutter ein. „Du kannst mit Vati fahren."

Thomas machte einen Luftsprung: „Juchu! Und wohin?"

„Wir haben eben festgestellt", sagte Frau Kranzbinder, „daß Opa Schulendorf schon ein paar Tage nicht im Garten war. Vati hat ihn in letzter Zeit auch nicht am Schulhof gesehen, wo er doch immer wieder seinen kleinen Urenkel besuchte. Wir sind besorgt, ob er krank ist oder ob ihm etwas zugestoßen sein könnte. Nun hat Vati beschlossen, nach ihm zu sehen. Hast du Lust, ihn zu begleiten?"

„Selbstverständlich!"

„Und wir", maulten die Mädchen, „wir möchten auch mitfahren."

„Ich denke, ihr bekommt Besuch? Bleibt ihr nur schön in eurem Frauenverein."

„Von wegen Frauenverein!" piepste William jetzt aus seinen Kissen. „Bin ich etwa kein Mann?"

„Du sollst auf jeden Fall einer werden", bestätigte die Mutter. „Und nun lauf, Thomas! Vati steht schon am Wagen und wartet auf dich."

„Du kannst für mich jetzt Unkraut jäten!" neckte er noch seine ältere Schwester. „Stell dazu nur den ganzen Frauenverein an. Dann habt ihr wenigstens eine nützliche Beschäftigung."

„Zuerst decken wir uns gemütlich den Kaffeetisch in der Laube", ordnete die Mutter an. „Und dann helfe auch ich beim Unkrautjäten."

Als Herr Kranzbinder mit seinem Wagen vor dem Anwesen vorfuhr, war Herr Schulendorf nirgends zu sehen. Ein kleiner Hund sprang ihnen aufgeregt bellend entgegen, und ein Kätzchen kam und strich schnurrend um Thomas' Füße. Einige Hühner gackerten hinter dem Verschlag.

Herr Kranzbinder klopfte an die alte, schon etwas schief in den Angeln hängende Haustür. Er rief den Namen des alten Mannes, aber es kam keine Antwort. Als sie merkten, daß die Tür nicht verschlossen war, öffneten sie und betraten das Haus. Suchend blickten sie sich im Flur um, dessen Fußboden aus großen quadratischen Steinen bestand, die gewiß auch schon vor hundert Jahren betreten worden waren. Auf beiden Seiten führten je zwei Türen zu den Räumen. Eine Treppe älteren Datums führte zum ersten Stock hinauf.

Herr Kranzbinder klopfte an die erste Tür zu seiner Rechten. Als sich niemand meldete, öffnete er sie und betrat mit seinem Sohn den Raum, das Wohnzimmer des Hauses. Die Möbel waren alt, der Bezug des Sofas verblichen. Ein großer Kachelofen schien hier das Prunkstück zu sein. Am Fenster stand ein schwerer eichener Tisch, hinter dem eine Wandbank und vor dem sechs Stühle standen. An den Fenstern hingen rot-weiß-karierte Gardinen. Prächtig blühende Geranienpflanzen zierten die Fensterbänke.

Plötzlich hörten Herr Kranzbinder und Thomas eine Stimme rufen: „Ist da jemand? Bitte, kommen Sie hier herein!"

Sie folgten dem Ruf und befanden sich gleich darauf im Schlafzimmer des alten Mannes. Er lag im Bett, zugedeckt mit einem blau-weiß-karierten Überbett, das dem Umfang nach bestimmt auch aus Urgroßmutters Zeiten stammte. Neben dem Bett stand ein Stuhl, und auf diesem eine Schüssel mit Wasser. Das rechte Bein des alten Mannes lag halb auf dem zweiten Bett, in dem früher gewiß Herrn Schulendorfs Frau geschlafen hatte.

„Wir haben Sie im Schrebergarten vermißt", erklärte Herr Kranzbinder sein unangemeldetes Erscheinen, „und waren in Sorge, Ihnen könnte etwas zugestoßen sein. Darum sind wir nun hier, um nach Ihnen zu sehen. Unsere Sorge war nicht unbegründet, wie ich feststelle. Was ist mit Ihrem Bein?"

„Ich finde es rührend, daß Sie nach mir schauen", erwiderte der alte Mann. „Zum Glück ist es nichts Schlimmes, und doch kann einem alten Mann wie mir auch eine geringfügige Verstauchung des Fußes oder eine Sehnenzerrung zur Qual werden, wenn man allein ist und alles selbst machen muß. Ich bin über die Türschwelle gestolpert und habe mir den Fuß verknackst, als ich meine Hühner füttern wollte. Da ich keine Nachbarn habe, konnte ich keine Hilfe holen. Nur selten kommen Leute an meinem Haus vorbei. Post erhalte ich so gut wie gar nicht, so konnte ich mich auch nicht darauf verlassen, daß der Briefträger irgend jemand Bescheid sagen würde. Nun habe ich mir eben so gut wie möglich selbst geholfen und bin auf dem gesunden Bein herumgehumpelt, wenn ich mich und den Hund, die Katze und die Hühner zu versorgen hatte. Ehrlich gesagt, Herr Kranzbinder, ich habe im stillen gehofft, daß es Ihnen auffallen würde, wenn ich nicht im Garten erscheine. Nun sind Sie tatsächlich gekommen. Ich danke Ihnen von Herzen!"

„Was können wir als nächstes für Sie tun? Haben Sie heute schon etwas Warmes gegessen?"

„Nein, schon drei Tage nicht mehr. Aber das ist nicht schlimm. Das Brot, die Butter und der Rest Käse haben gerade bis heute gereicht."

„Haben Sie etwas Mehl oder Haferflocken und ein wenig Fett im Haus? Ich koche Ihnen sofort eine Suppe. Eier sind ja sicher da. Thomas, los, faß mit an! Mir scheint, daß wir im rechten Augenblick gekommen sind."

Schnell war im kleinen Herd ein Feuer gemacht. Der alte Mann konnte sich nicht genug wundern, wie schnell Herr Kranzbinder ihm eine schmackhafte Suppe servierte. Der Fuß, der dunkle Spuren von Blutergüssen aufwies, bekam einen neuen Umschlag, die Kissen des Patienten wurden aufgeschüttelt.

Als Friedemann sich verabschieden wollte, bat Herr Schulendorf: „Bitte, bleiben Sie doch noch eine Weile da. Es ist ohnehin schwer, immer mutterseelenallein zu sein, besonders aber, wenn man behindert ist und sich kaum fortbewegen kann."

„Ab jetzt kommen wir jeden Tag und schauen nach Ihnen", versprach der Lehrer. „Ich werde meine Frau mitbringen, die sieht eher, was in einem Haushalt nötig ist. Morgen wird sie Ihnen das Mittagessen herbringen."

„Aber das kann ich doch nicht erwarten."

„Kein Problem, Herr Schulendorf. Solange Sie hier liegen müssen, kocht sie einfach eine Portion mehr."

„Wer hat Ihnen bisher den Haushalt versorgt?" fragte

Thomas, der seine Blicke neugierig im Raum herumwandern ließ und sich über die Ordnung wunderte. „Haben Sie eine Putzfrau?"

„Putzfrau?" lachte der alte Mann und deutete auf sich selbst. „Hier ist meine Putzfrau. Seit ich seit zwei Jahren allein bin, habe ich alles selbst gemacht, schon vorher, als meine Frau leidend war."

„Aber haben Sie nicht einen Sohn oder eine Tochter?"

Über das zerfurchte Gesicht des Achtzigjährigen legte sich ein Schatten. „Ich hatte einen Sohn", erwiderte er leise, „und ich hatte eine gute Schwiegertochter, aber beide sind auf tragische Weise umgekommen. Wenn Sie eine halbe Stunde Zeit haben, will ich Ihnen erzählen, was ich schon lange gerne getan hätte. Mein Gefühl hat mich nicht getäuscht. Ich wußte und weiß es heute erst recht, nachdem Sie mich vermißt haben und nun nach mir schauen, daß ich Ihnen vertrauen kann."

Herr Kranzbinder warf einen Blick auf seine Uhr. Wegen der Kinder konnte er beruhigt sein, Rosmarie war ja bei ihnen. Aber er hatte sich für den Nachmittag vorgenommen, einen Stoß Hefte zu korrigieren. Das mußte er nun eben auf den Abend verlegen, selbst wenn es eine kurze Nacht geben würde. Der alte Mann hatte ja sonst niemand, mit dem er sprechen konnte.

So saßen Friedemann und sein Sohn Thomas am Bett des Einsamen und hörten ihm aufmerksam zu, als er begann.

„Ich hatte einen großen schönen Hof", mit einer Handbewegung deutete er die Richtung an, „am Ausgang des Dorfes Schönlinde. Sie werden es kennen. Leider hatten meine Frau und ich nur einen Sohn. Wir hätten gerne mehrere Kinder gehabt, aber sie wurden uns versagt. Unser Friedrich war unsere ganze Freude und Hoffnung. Schon als Schuljunge half er auf dem Hof, im Stall, bei den Kühen, auf den Äckern und Wiesen. Er schien der geborene Landwirt zu sein. Kaum vierzehn Jahre alt, ersetzte er mir einen Knecht. Ich aber sparte und schaffte Maschinen und Geräte an, was nur möglich war, damit er es einmal leichter haben sollte als ich. Mit dreiundzwanzig Jahren brachte er uns ein Mädchen aus dem Nachbarort mit, das uns gut gefiel. Es stammte aus einer Familie mit zehn Kindern und war gewöhnt, zuzupacken. Meine Frau und ich gaben zur Heirat der beiden gerne unsere Zustimmung. Unsere Freude war groß, als nach einem Jahr dann ein Enkelkind kam – ein Junge. Er war seiner Mutter ähnlich, ein stiller, scheuer, vielleicht etwas zu weichlicher Junge, aber ein liebes, anhängliches Kind, an dem wir unsere Freude hatten."

Der gute Opa holt weit aus, dachte Herr Kranzbinder. Rosmarie würde sich bestimmt fragen, wo sie beide so lange blieben, aber er brachte es nicht fertig, den Alten zu unterbrechen.

Herr Schulendorf berichtete weiter: „Wenn ich heute zurückblicke, dann ist es mir, als seien die Jahre dahingeflogen. Vielleicht kommt es einem auch nur so vor, wenn man im Alter Rückschau hält. Jedenfalls war es ein schönes und harmonisches Familienleben, das wir auf unserem Hof miteinander führten. Sorgen blieben natürlich nicht aus. Es kam der Zweite Weltkrieg. Obwohl wir nur den einzigen Sohn hatten und in der Arbeit auf ihn angewiesen waren, wurde er doch eingezogen und mußte an die Front. Wir arbeiteten, so gut es ging. Ein Franzose und ein Russe, Kriegsgefangene, wurden uns als Arbeitshilfen zugeteilt. Auch zu ihnen hatten wir ein gutes Verhältnis. Dann kam der tragische Unfall: Unser Enkel wurde von einem Erntewagen, der auf einer abschüssigen Landstraße ins Rollen kam und dessen Bremsen versagten, überfahren. Der Franzose tat zwar, was er konnte, um den Wagen zum Stehen zu bringen, auch der

Russe setzte seine ganze Kraft ein, aber es war zu spät. Unser Enkel starb auf dem Weg ins Krankenhaus. Es gab in unserem Dorf einige Übereifrige, die den beiden Gefangenen die Schuld zuschieben wollten. Wir aber setzten uns für sie ein und wehrten uns mit allen uns zur Verfügung stehenden Mitteln dagegen, daß sie für den tragischen Unfall verantwortlich gemacht wurden.

Für unseren Sohn und seine Frau war es ein furchtbarer Schlag. Zur Beerdigung seines Sohnes bekam Friedrich Urlaub. Neun Monate später wurde unser zweites Enkelkind geboren, wieder ein kleiner Junge, ebenfalls zart und vielleicht noch scheuer als sein Bruder.

Unser Sohn kam — Gott sei Dank — gesund aus dem Krieg nach Hause. Wie von jeher arbeiteten wir in alter Harmonie miteinander.

Karl-Heinz, der ein Jahr vor Kriegsende geboren worden war, hatte gerade seinen sechzehnten Geburtstag hinter sich, da unternahmen unser Sohn und seine Frau einen Flug nach Genf. Mit anderen deutschen Landwirten wollten sie dort eine Landwirtschaftsausstellung besuchen, in der vor allem neuzeitliche Maschinen und Geräte vorgeführt wurden. Unsere Schwiegertochter wollte nicht so recht. Sie fürchtete sich vor dem Flug, aber Friedrich überredete sie. Sie waren noch nie miteinander in Urlaub gewesen. Auch wir redeten ihr zu.

Sie werden sich noch daran erinnern, Herr Kranzbinder, auch wenn seitdem schon gut zehn Jahre verflossen sind: Alle Zeitungen berichteten damals davon, daß nach dem Start in Zürich ein Flugzeug abstürzte und in Flammen aufging. Alle waren tot!" Noch einmal wiederholte es der alte Mann: „Alle, auch mein Sohn und seine Frau. Wir konnten es nicht fassen. Verzweifelt fragten wir uns, wofür wir überhaupt gelebt hatten, wofür wir Tag und Nacht geschafft hatten. Warum war unser Sohn aus dem Krieg heimgekehrt, wenn er nun auf solche Weise umkommen mußte! Meine Frau geriet in Schwermut. Es hat Wochen gedauert, bis sie einigermaßen zu sich zurückgefunden hatte. Unser Enkel aber machte uns besondere Sorgen. Hätte er nur irgendeinen Gefühlsausbruch gezeigt! Aber er war wie versteinert. Er wußte, die Arbeit auf dem Hof mußte getan werden. In jenen Wochen streifte er die Kindheit regelrecht von sich ab. Meine Frau und ich haben ihn oft voller Kummer beobachtet. Hätte er doch über das gesprochen, was in ihm vorging, aber er schwieg sich aus. Er hatte sehr an seiner Mutter gehangen. Wie sein verunglückter Bruder glich er ihr aufs Haar. Auch dem Wesen nach war er ihr ähnlich. Wir hatten keinen Grund, über ihn zu klagen. Oft hätten wir gewünscht, er würde mehr Kontakt zu seinen Alterskollegen haben, aber er mied sie. Nie ging er aus. Werktags war er vom frühen Morgen bis in die Nacht hinein auf dem Hof, im Stall oder auf den Äckern tätig. Er arbeitete wie ein ausgewachsener Mann, obgleich er kein stämmiger Bursche war.

Das Unglück seiner Eltern hatte natürlich das ganze Dorf bewegt. Viele kamen und boten sich an, uns nach Feierabend zu helfen, auch die Angehörigen unserer verunglückten Schwiegertochter waren dazu bereit, aber meine Frau und ich, unser Enkel, ein Knecht und eine Magd schafften die Arbeit schon. Sie war uns bis dahin noch nicht zur Last geworden, nur der Jammer um unsere Kinder zehrte Tag und Nacht an uns. Kein frohes Lachen, wie es früher immer zu hören gewesen war, vernahm man mehr auf unserem Hof. In jener Zeit haben wir manchmal mit Gott gehadert. Wohl gingen wir wie gewohnt sonntags zur Kirche, auch unser Enkel Karl-Heinz begleitete uns dorthin, aber wir waren keine frohen Kirchgänger. Wir zürnten Gott. Heute weiß ich, daß dies unrecht war. Aber wir waren innerlich wie gelähmt."

Der alte Mann machte eine Pause. Schweiß stand auf seiner Stirne. Schwer ging sein Atem. Es schien, als durchlebte er noch einmal jene unheilvolle dunkle Zeit.

Herr Kranzbinder erhob sich von seinem Stuhl. „Wir müssen jetzt gehen, Herr Schulendorf, sonst sorgt sich meine Frau. Haben Sie Dank für alles, was Sie uns erzählt haben und woran Sie uns teilnehmen ließen. Sie haben Schweres erlebt, und ich verstehe gut, daß die Erinnerung daran Sie immer wieder übermannt und Ihnen zu Herzen geht."

„Und doch hat es gut getan, wieder einmal darüber reden zu können, jemanden zu haben, der einem zuhört. Das weitere, Herr Kranzbinder, erzähle ich Ihnen das nächste Mal. Das müssen Sie auch noch wissen."

„Nun sagen Sie uns noch, wo wir Futter für den Hund, die Katze und die Hühner finden und was wir jetzt noch für Sie tun können."

„Wenn Sie schon mit dem Auto hier sind, wäre es dann zuviel verlangt, wenn Sie zum Nachbarhof fahren würden? Mit dem Wagen sind Sie in ein paar Minuten dort. Könnten Sie mir zwei Liter Milch holen?"

„Aber gerne! Wo finde ich eine Milchkanne?"

„Sie hängt am Kellereingang."

„Und ich kann inzwischen die Hühner füttern, meinen Sie nicht auch, Opa Schulendorf?" Thomas, noch stark unter dem Eindruck des Gehörten, hatte das Bedürfnis, dem alten Mann einen Dienst zu erweisen. „Ich weiß ja nun, wo das Futter ist. Dem Kätzchen geben wir eine Schüssel Milch, wenn du zurückkommst, Vati. Und dem Hund ebenso. Dem brocken wir auch ein wenig Brot hinein ..."

„Der soll jetzt ruhig ein paar Tage Diät haben", lachte Herr Schulendorf. Die Aussicht, daß Kranzbinders am nächsten Tag wieder nach ihm sehen würden, ließ ihn zuversichtlich, ja geradezu vergnügt werden.

Auf der Rückfahrt sprachen Herr Kranzbinder und Thomas eine Weile kein Wort miteinander. Zu sehr waren die beiden mit dem beschäftigt, was der alte Mann erlebt und worunter er und seine Frau gelitten hatten.

Endlich fragte Thomas: „Vati, was würdest du einem Menschen antworten, der dich fragt: Wie kann Gott solches alles zulassen? Schau, das bewegt mich oft, wenn ich an all das Böse denke, das geschieht, an Krieg und Verbrechen, an Hungersnöte und an das Leiden vieler unschuldiger Kinder."

Herr Kranzbinder antwortete: „Thomas, ich bin froh, daß du dir darüber Gedanken machst und nicht stumpfsinnig in den Tag hineinlebst. So wie du fragen sich ungezählte Menschen, so habe ich mich auch schon gefragt. Weißt du, als ich in deinem Alter war und mit meinen kleineren Geschwistern auf der Flucht alleine weiterziehen mußte, nachdem meine Mutter gestorben war, stellte ich mir dieselbe Frage."

„Und die Antwort, Vati?"

„Erwarte keine, die dich völlig befriedigt. Ich habe sie nicht, und keiner hat sie. Ob du damit etwas anfangen kannst, wenn ich dir sage, was in der Heiligen Schrift steht: ‚Meine Gedanken sind nicht eure Gedanken, spricht der Herr' oder: ‚Was ich jetzt tue, das weißt du nicht, du wirst es aber hernach erfahren.'"

„Kannst du damit etwas anfangen, Vater? Genügen dir diese Sprüche, wenn du dich fragst, warum Gott so viel Schweres zuläßt?"

Herr Kranzbinder antwortete nicht sofort. Ihm war klar, daß ein solches Gespräch mit seinem Ältesten Seltenheitswert besaß, und er bedauerte beinahe, daß es nicht mehr weit bis zum Schrebergarten war. Seine Antwort lautete: „Da Gott größer ist als wir, sind wir nicht imstande, seine Pläne und sein Handeln zu ergründen oder zu begreifen. Es kommt wohl darauf an, daß wir ihm vertrauen, auch wenn wir seine

Führungen nicht verstehen. Wenn es in der Bibel heißt: Du wirst es aber hernach erfahren, dann wird uns damit doch gesagt, daß es eine Fortsetzung gibt. Ist es nicht ein Hinweis auf das Leben nach dem Tod? Alles, was wir hier erleben, Frohes und Schweres, soll uns für das Kommende vorbereiten. Einmal, so sagt uns die Bibel, werden wir erfahren, warum es so war, wie wir persönlich oder andere es erleben mußten. Sieh, Thomas, weil ich daran glaube, daß Gott in Christus unser Vater ist, bemühe ich mich, daran nicht zu zweifeln, wenn er sagt: ‚Ich habe Gedanken des Friedens mit euch.'"

Thomas ging heute aufs Ganze.

„Du sagst, du bemühst dich, daran nicht zu zweifeln. Also zweifelst du auch manchmal."

„Thomas, ich glaube, daß es keinen Menschen gibt, der nicht in Zweifel gerät. Schlimm ist es nur, wenn man in den Zweifeln steckenbleibt. Und wenn ich gesagt habe, ich bemühe mich, dann soll das bedeuten, daß ich mich ganz bewußt dagegen wehre, mich von allerlei Bedenken, von Unglauben und Zweifel unterkriegen zu lassen. Und das will ich dir zum Schluß noch sagen, ehe wir aussteigen: Ich habe so viel Wunderbares mit Gott erlebt, daß ich nur diese Erfahrungen den Zweifeln entgegenzuhalten brauche, dann müssen sie weichen. Merke dir, mein Junge: Seines Zweifels braucht sich keiner zu schämen, aber seines inneren Widerstandes, der ein Nährboden für Zweifel und Unglauben ist. So, wir wären angelangt."

Mit großem Geschrei stürmten die Mädchen aus dem Garten. „Vati, Thomas, wo bleibt ihr so lange? Mutti war schon in Sorge, euch wäre etwas passiert."

„Ich erzähle dir alles heute abend", erwiderte Friedemann zu seiner Frau gewandt. „Jetzt ist es höchste Zeit, daß wir nach Hause fahren. Dich, William, soll ich ganz besonders grüßen von deinem Freund, dem Opa Schulendorf. Ab morgen müssen wir täglich nach ihm sehen. Er liegt nämlich im Bett, hat einen geschwollenen, blutunterlaufenen Fuß und wird in den nächsten acht Tagen nicht in den Garten kommen können. Ich habe ihm versprochen, Rosmarie, daß du das Mittagessen für ihn kochst. Wir bringen es ihm."

„Wie gut, daß wir jetzt den Wagen haben."

„Und nicht wahr, dann dürfen wir alle mit?" Den Mädchen war dies sehr wichtig.

„Und ich vor allem, weil ich doch sein Freund bin."

„Natürlich, William."

„Meine Aufgabe wird sein, die Hühner, die Katze und den Hund zu versorgen", teilte Thomas den Geschwistern in einem Ton mit, der von vornherein klarmachte, daß jeder Widerspruch zwecklos sei.

„Und wir, was machen wir?"

Der Vater wußte auch für die Töchter eine Aufgabe: „Ihr kehrt die Stuben, wascht das Geschirr ab und wischt Staub."

So kamen am nächsten Tag alle Kranzbinders zum Helfen gerüstet und in erfreulicher Einheit, um dem alten Mann die Krankheitstage wenigstens durch heitere Stunden zu erleichtern und ihm durch irgendwelche Dienstleistungen zu beweisen, daß sie ihn wie ihren eigenen Opa behandelten.

„Aber nicht wahr, Vati, wenn Herr Schulendorf seine Geschichte weiter erzählt, dann erlaubst du mir, dabei zu sein. Ich habe nun den Anfang mitgekriegt und möchte gerne auch die Fortsetzung wissen."

„Ja, das will ich dir erlauben", erwiderte Herr Kranzbinder. Es konnte für Thomas nur von Nutzen sein, wenn er sich Gedanken über das machte, was der alte Mann aus dem Schatz seines Lebens berichtete.

Während die Mädchen draußen herumsprangen, sie hatten geputzt und geschrubbt, als müßten sie das Haus für ein

Fest zubereiten, saßen Friedemann und Rosmarie mit Thomas bei dem Greis und hörten sich die weitere Geschichte seines langen Lebens an.

William hatte Freundschaft mit Hund und Katze geschlossen. Wie gut, daß es ein schöner, warmer Spätsommertag war und man sich bis zum Abend noch im Freien aufhalten konnte.

Herr Schulendorf aber berichtete weiter, nachdem Herr Kranzbinder ihm geholfen hatte, sich zu erinnern, wo er stehengeblieben war. „So gingen die Jahre dahin. Meine Frau und ich merkten wohl, daß unsere Kraft nicht mehr dieselbe war wie in jungen Jahren. Karl-Heinz war inzwischen ein junger Mann geworden. Wir fragten uns, wie er wohl zu einer Frau kommen solle, wenn er so zurückhaltend und scheu blieb.

Andererseits schien er selbst – oder war es vielleicht bloß der Hof? – eine gewisse Anziehungskraft zu besitzen. Meiner Frau und mir fiel auf, daß seit einiger Zeit am Feierabend und vor allem an Sonntagnachmittagen eine Gruppe junger Mädchen aus unserem Dorf um unser Gehöft herumspazierten. Wenn Karl-Heinz aus dem Stall kam, blieben sie stehen, um mit ihm einen kleinen Schwatz zu halten. Mit Genugtuung beobachteten wir, daß er, der Verschlossene, sich ihnen gegenüber gar nicht so scheu zeigte. Wenn er auch nicht in ihr Lachen und Kichern einstimmte, so war er doch nicht unansprechbar, sondern freundlich und zugänglich. Nach einiger Zeit waren es nur noch zwei, die sich abends zu einer Plauderei vor unserem Haus einstellten, und es dauerte nicht lange, da blieb auch die nächste weg, und Karola, die zweite Tochter eines Bauern aus einem der naheliegenden Gehöfte stellte sich alleine ein.

Daß Karl-Heinz sich gegenüber dem Mädchen nicht unzugänglich zeigte, beruhigte uns. Wir hatten uns seiner Verschlossenheit wegen noch einige Sorgen gemacht. Eines Tages mußte ja eine Bäuerin auf den Hof. Meine Frau und ich waren damals in einem Alter, in dem andere Bauersleute sich schon auf ihr Altenteil zurückzogen. Aber wir konnten unseren Enkel doch nicht allein auf dem großen Hof wirtschaften lassen.

Nun also schien sich etwas anzubahnen. Aber je länger, desto weniger waren wir darüber glücklich. Das Haus, aus dem Karola kam, war berüchtigt. Zwischen den Eltern des Mädchens gab es viel Streit. Auch sprach man davon, daß die Mutter geizig sei. Wenn ein bedürftiger Mensch an ihre Tür klopfte, wurde er mit Schimpf und Schande weggeschickt. Vielleicht aber hatte die Frau auch Grund, auf das Vorhandene zu achten, denn der Mann saß oft im Wirtshaus und vertrank viel Geld. Jedenfalls besaß die Familie keinen guten Ruf.

Mit Sorge beobachteten wir, daß Karl-Heinz sich mit diesem Mädchen anfreundete. Wir sahen, wie er abends auf sie wartete, und dann begann er am Sonntagnachmittag sich entsprechend herauszuputzen. Man sah, er wollte seinem Mädchen gefallen und mit ihm ausgehen. Dagegen wäre ja auch nichts zu sagen gewesen, wenn sie nur aus einem anderen Haus gekommen wäre! Eines Abends riefen wir nach getaner Arbeit Karl-Heinz zu uns in die Stube. Dort versuchten wir, ihm unsere Bedenken klarzumachen. Schweigend mit gesenktem Kopf saß er vor uns und unterbrach uns mit keinem Wort. Wir hätten so gewünscht, daß er zu unseren Bedenken Stellung genommen hätte, auch wenn er anderer Ansicht war als wir. Aber er hüllte sich in Schweigen. Kein Wort kam über seine Lippen. So saß er fast eine Stunde vor uns und ließ alle Äußerungen unsererseits über sich ergehen. Als wir endlich schwiegen, hob er den Kopf und sah uns zum ersten Mal bei diesem Gespräch an. Dann sagte er: ‚Wenn ich überhaupt eine heirate, dann die Karola und sonst keine.‘

Was sollten wir tun? Er kannte unsere Bedenken. Wie sehr hätten wir ihm eine fröhliche junge Frau gewünscht. Übermütig konnte Karola schon sein, aber ihre ausgelassene Art gefiel uns nicht. Sie wirkte gewollt, herausfordernd und unnatürlich. Aber wir vermochten Karl-Heinz von seinem Vorhaben nicht abzubringen.

So richteten wir eine zweite Hochzeit auf unserem Hof aus. Sie sollte nicht weniger großartig sein wie die unseres Sohnes, des Vaters von Karl-Heinz. Mutter und ich waren gewillt, der jungen Frau in Liebe und Güte zu begegnen. Das schien uns klüger, als von vornherein eine Mauer zwischen uns aufzurichten. Nachdem der Hochzeitstermin feststand, kam Karola regelmäßig in unser Haus. Wir hatten nicht über sie zu klagen, außer daß ihre Antworten manchmal schnippisch waren. So lange wie möglich wollten wir mithelfen und den jungen Leuten zur Seite zu stehen. Zu gegebener Zeit wollten wir dann auf das Altenteil ziehen, das hinter dem Hof lag. Wir hatten nicht erwartet, daß zwischen dem jungen Ehepaar und uns dasselbe herzliche Verhältnis bestehen würde wie zu unserem Sohn und seiner Frau. Daß aber die Eheschließung mit Karola uns Karl-Heinz völlig entfremdete, hatten wir nicht erwartet. Ich will Sie mit Einzelheiten nicht langweilen", sagte der alte Mann zu Friedemann und Rosmarie.

„Sprechen Sie nur, Herr Schulendorf", ermutigte ihn Frau Kranzbinder. „Wenn man jahrelang alles, was einen bewegt und belastet, in sich hineindrückt, dann staut sich mit der Zeit viel an. Und das ist für Leib und Seele nicht gut."

„Ja", nickte der Alte, „das habe ich gemerkt, besonders seit meine Frau vor zwei Jahren starb und ich niemanden mehr hatte, mit dem ich reden konnte. Wissen Sie, woran sie starb? Am gebrochenen Herzen. Jawohl, Sie dürfen es mir glauben, denn körperlich krank war sie nicht. Sie ist an dem Jammer zugrunde gegangen. Angefangen hat es gleich nach der Hochzeit. ‚Ihr glaubt doch nicht im Ernst, daß ich euer altes Geschirr im Küchenschrank stehen lasse?' rief Karola. ‚Zum Glück habe ich genug eigenes mitgebracht. Also fort mit dem alten Zeug! Und karierte Bettwäsche habt ihr noch? Das darf man ja keinem Menschen erzählen! Da habe ich gemeint, ich heirate in einen Haushalt mit Wohlstand!'

Damals stieg in mir die Galle hoch, und ich antwortete: ‚Wenn wir einen gewissen Wohlstand haben, dann gerade deshalb, weil uns die alten karierten Bettbezüge, die von den Großeltern stammen, noch immer gut genug waren und weil wir eine Tasse oder einen Teller benutzt haben, so lange er noch ganz war.'

‚Ach Großvater, das verstehst du nicht', hat sie lachend gesagt. ‚So etwas mutet man heute einer jungen Frau nicht mehr zu.' Eins nach dem anderen verschwand von den Dingen, die uns noch lange gut gewesen wären. Sie fragte nicht danach, wie wir empfanden, als sie unsere Möbel ausrangierte und zum alten Gerümpel stellte. Nie hatte ich mit meiner Schwiegertochter ein böses Wort gewechselt. Alles ging immer in Ruhe und Güte, aber hier war das nicht mehr möglich. Immerhin war ich noch der Bauer, und auch der Hof gehörte noch mir. Ich sah nicht ein, warum diese junge Person uns alle drangsalieren sollte. Aber meine Frau und ich konnten die Veränderung, die auf unserem Hof vor sich ging, nicht aufhalten. Weil ich mich in meiner Ehre gekränkt fühlte, wenn sie uns herumkommandieren, uns Arbeit zuteilen und dann an dieser herumnörgeln wollte, änderte auch ich meinen Ton ihr gegenüber. Meine Frau war darüber todunglücklich, denn das war sie von mir nie gewöhnt gewesen. Unser Enkel wurde noch schweigsamer und zog sich ganz zurück. Karola aber machte sich nichts daraus. Geschrei, Schimpfen und

Fluchen waren ihr nicht neu. Sie kannte es zur Genüge von ihrem Elternhaus her.

Es dauerte nicht lange, da stellte sie meiner Frau und mir das Essen auf den Küchentisch, nicht viel anders, als man einem Hund sein Futter zuschiebt. Sie aber aß mit ihrem Mann in der Stube. Wir haben gut gemerkt, daß dort in den Schüsseln und auf den Platten etwas anderes lag als bei uns.

‚Laß uns dem Karl-Heinz den Hof jetzt schon notariell vermachen', bat meine Frau mich unter Tränen. ‚Wir ziehen ins Ausdinghäuschen. Dann sind wir unter uns und gehen den täglichen Zusammenstößen aus dem Wege.'

Sie dürfen mir glauben, das war ein Einschnitt in mein Dasein! Daß der Tag kommen würde, an dem wir uns zurückzuziehen hatten, war mir klar. In Gedanken hatte ich mich damit längst auseinandergesetzt. Aber daß wir einem jungen schnippischen Ding weichen und alles, was wir und unser verstorbener Sohn mühsam erarbeitet hatten, in ihren Händen zurücklassen sollten, das war für uns unbegreiflich. Unser Enkel entfremdete sich uns gegenüber immer mehr. Wir merkten wohl, daß er nicht mehr imstande war, sich ein eigenes Urteil zu bilden. Er begann, mit den Augen seiner Frau zu sehen, unter deren Einfluß er immer mehr geriet.

‚Und ich soll täglich mit anschauen', fragte ich meine Frau, ‚wie hier gewirtschaftet wird? In welchem Ton man mit den Arbeitern spricht? Nein, solange ich noch der Herr auf dem Hof bin, habe ich auch das letzte Wort zu sagen.'

Aber es wurde immer unerträglicher. Wir erhofften eine Änderung durch die Geburt eines Kindes. Vielleicht würde dieses Ereignis Brücken schlagen und unsere Herzen zueinander führen. Ein Mädchen wurde geboren. In der ersten Zeit sah es auch so aus, als habe die Mutterschaft Karola milder gestimmt. Aber das war eine Täuschung. Wenn meine Frau sich anbot, die Kleine zu versorgen, mußte sie sich sagen lassen: ‚Du kannst doch genausogut auf den Acker gehen und Kartoffeln auflesen oder Rüben hacken.'

Da wurde es mir zuviel. Ich machte mit dem Notar einen Termin aus, um meinem Enkel den Hof mit allem Zubehör zu überschreiben. Danach ließ ich Karl-Heinz wissen, daß meine Frau und ich jetzt ins Ausdinghäuschen ziehen würden. Da blickte er mir seit langem zum erstenmal wieder in die Augen und sagte mit belegter Stimme: ‚Großvater, ich habe das alles nicht gewollt. Aber nun gibt es kein Zurück mehr. Es ist nun einmal so. Ich werde noch oft euren Rat brauchen und bin froh, daß ihr erreichbar seid.'

So zogen wir denn aus dem Haus, in dem ich geboren und aufgewachsen war. Hier hatte ich meiner jungen Ehefrau ein Heim errichtet, hier war unser Sohn geboren worden, und hier hatten wir Jahre schwerer Arbeit und auch ungetrübten Glücks miteinander erlebt. Nie hätten wir uns vorstellen können, daß wir einmal unter solchen Umständen aufs Altenteil ziehen würden. Aber wir mußten uns von unserem Enkelsohn trennen, um ihn nicht völlig zu verlieren.

Selbstverständlich erwartete seine Frau, daß wir auch jetzt noch so viel wie möglich mitarbeiteten. Nicht daß wir uns die Arbeit selbst hätten aussuchen können. Nein, wie einem Knecht oder einer Magd wurde sie uns von ihr zugeteilt. Natürlich hätten wir uns dagegen wehren können. Tat ich es, wurde daraus der größte Krach.

Das kleine Mädchen wuchs heran und schloß sich uns, den Urgroßeltern, an. Das wiederum ertrug Karola nicht. Sie machte uns das Kind abspenstig. Das merkten wir bereits, als es drei Jahre alt war. Dann kam ein zweites Kind, ein kleiner Junge, der unserem verstorbenen Sohn wie aus dem Gesicht geschnitten war. Wir liebten ihn sehr. Der Mutter blieb das natürlich nicht verborgen. Wenn sie es fertig gebracht hatte, ihre Tochter so zu beeinflussen, daß sie sich mit der Zeit immer mehr von uns abwandte, so schien sie bei dem Jungen das Gegenteil zu erreichen. Der kleine Peter hing mit seinem ganzen Herzen an der Oma und dem Opa. Kaum konnte er sich allein auf seinen Füßchen vorwärtsbewegen, kam er über den Hof zu uns gewackelt. Die junge Frau ertrug es nicht, zu sehen, wie ihr kleiner Sohn an uns hing. Mit heftigen Worten verbot sie ihm, zu den Großeltern zu gehen. Mehr als einmal haben wir gesehen, daß sie ihn deswegen schlug. Zu ihrer schon bestehenden Herzenskälte gesellte sich die Eifersucht. Einmal wurde das Kind schwerkrank. Meine Frau bot sich an, es zu pflegen. Es war gerade während der Heuernte. Auf den Wiesen gab es alle Hände voll zu tun. Aber Karola duldete meine Frau nicht am Krankenbett des Kindes. ‚Geh du mit hinaus! Wir haben ohnehin genügend zu tun, bevor wieder so ein schweres Gewitter kommt wie gestern abend‘, bestimmte sie.

Der Kleine wurde nach langen Wochen wieder gesund. Seine Mutter duldete die Verbindung zu uns nicht mehr. Eines Tages habe ich Karl-Heinz aufgesucht, um mit ihm über diese untragbaren Zustände zu reden. Seine Frau belauschte uns und kam wie eine Furie in das Zimmer. ‚So‘, schrie sie, ‚hinter meinem Rücken wird hier über mich hergezogen! Da weiß ich ja, was ich zu tun habe. Noch steht mir die Tür meines Elternhauses offen. Ich kann mit meinen Kindern jederzeit heimkommen. Dann kannst du‘, schrie sie ihren Mann an, ‚mit den beiden schwachsinnigen Alten ohne mich weiterwirtschaften. Genügt es euch nicht, daß wir euch jeden Monat einen Haufen Geld und dazu noch Lebensmittel geben?‘ fauchte sie. ‚Nichts braucht ihr zu kaufen, Fleisch und Brot, Eier und Mehl und Fett, alles müssen wir euch in den Rachen schütten. Und ihr scheint noch immer nicht zufrieden zu sein!‘

Da hatte ich endgültig genug. ‚Schweig!‘ sagte ich und

wunderte mich über den ruhigen Ton meiner Stimme. ‚Kein Wort mehr! Großmutter hat mich schon lange gebeten, von hier fortzuziehen in das Ausdinghaus ihrer Eltern, das leer steht. Unser Friede ist uns mehr wert als Geld und Gut. Zwar habe ich mir nicht vorstellen können, daß ich einmal wie ein getretener Hund aus meinem Hause gewiesen werde . . .'

‚Niemand weist dich aus dem Haus', sagte Karl-Heinz und sah mich aus todunglücklichen Augen an.

‚Es gibt auch ein wortloses Hinausweisen', habe ich erwidert. ‚Wir gehen, damit du nicht die Hölle auf Erden hast. Verantworten aber muß es Karola, daß wir die Heimat verlieren.'

Da warf sie den Kopf zurück, hochmütig und herausfordernd, und sagte mit schriller Stimme zu ihrem Mann: ‚Du hast die Wahl zwischen mir und den Alten. Aber darauf kannst du dich verlassen, die Kinder nehme ich mit. Überlege dir gut, ob du mit diesen verkalkten Gestalten noch so weit kommst, wie du es vorhast.' Dann lief sie aus dem Zimmer und warf die Tür hinter sich zu.

Karl-Heinz aber sagte mit tonloser Stimme: ‚Du hast recht gehabt, Großvater, als du mich damals gewarnt hattest, sie zu heiraten. Ihre fröhliche Art, die mich so anzog, war wohl überlegt. Damit hat sie mich fangen wollen. Aber ich habe dir schon einmal gesagt, ich kann nicht zurück!'

Er schwieg eine Weile, und auch ich sprach kein Wort, denn er tat mir in der Seele leid. Nach kurzer Zeit fragte er: ‚Habt ihr euch wirklich vorgenommen, uns zu verlassen? Meine Eltern müßten sich im Grabe umdrehen, wenn sie wüßten, daß ihr meinetwegen vom Hof geht.'

‚Nicht deinetwegen', erwiderte ich. ‚Karola macht uns das Leben zur Hölle.'

‚Und was sagen die Leute im Dorf, wenn ihr nicht einmal im Ausdinghäuschen bleibt?'

‚Man spricht schon längst darüber, daß es bei uns jetzt gar nicht viel anders zugeht als im Haus deiner Schwiegereltern!'

Da stützte Karl-Heinz den Kopf in beide Hände und stöhnte, wie wenn er verwundet wäre. In diesem Augenblick tat er mir so leid, daß ich versprach, es noch einmal zu versuchen.

Wir waren beide gewillt, meine Frau und ich, einen neuen Anfang zu machen und das Gewesene zu vergessen. Aber es ging nicht gut. Karola, die nie zugegeben hätte, daß sie etwas falsch machte, änderte sich nicht. Meiner Frau brach fast das Herz, als sie dem kleinen Peter – inzwischen war er vier Jahre alt geworden – erneut bei Strafe verbot, unsere Wohnung zu betreten.

So kam eines Tages doch der Abschied von meinem Hof, den Tieren im Stall, von den Wiesen und Feldern, die ich jahrzehntelang bebaut hatte.

Anfangs kam unser Enkel noch einige Male heimlich zu uns und brachte Peter mit. Dann aber erschien er nur noch alleine.

Vor zwei Jahren begrub ich meine Frau. Wie ich schon sagte, sie starb am gebrochenen Herzen. Seitdem bin ich allein. Weil ich ohne ein Stückchen Land nicht sein kann, habe ich mir den Schrebergarten zugelegt. Der Acker, auf dem die Gärtchen entstanden sind, ist noch ein Erbe meiner Frau. So hause ich nun einsam hier und warte, ja, worauf warte ich eigentlich? Auf den Tod, worauf sonst? Herr Kranzbinder, glauben Sie eigentlich an ein Leben nach dem Tod?"

„Ja, daran glaube ich."

„Glauben Sie auch daran, daß wir unsere Verstorbenen wiedersehen? Wissen Sie", nun vermochte Herr Schulendorf kaum weiterzusprechen, „meine Frau und mein verunglückter Sohn Friedrich mit seiner Frau – wir haben uns alle so gut verstanden. Ich glaube, ich könnte leichter an meinen Tod denken, wenn ich wüßte, ich würde sie wiedersehen."

„Daß Sie sich danach sehnen, ist verständlich", erwiderte Friedemann, dem der Lebensbericht des alten Mannes nicht wenig zu Herzen gegangen war. „Jesus hat zu seinen Jüngern davon gesprochen, daß in dem Haus seines Vaters viele Wohnungen seien. Aber ich glaube, Herr Schulendorf, wir dürfen uns das alles nicht mit unseren irdischen Begriffen vorstellen. Das Schönste wird sein, daß wir für immer bei Christus sein werden. Er weiß auch von unserem sehnlichen Wunsch, unsere Lieben, die vor uns heimgegangen sind, wiederzusehen. Ich glaube, das dürfen wir ihm getrost überlassen."

„Ich selbst war nie so fromm wie meine Frau", fuhr der alte Mann fort. „Manchmal habe ich zu ihr gesagt: ‚Bete du für mich ein Vaterunser mit. Du siehst, ich habe keine Zeit!' Aber jetzt, wo ich so ganz alleine bin und viel Zeit zum Nachdenken habe, frage ich mich doch, ob ich bei all meinem Schaffen das Wesentlichste nicht versäumt habe. Glauben Sie, Herr Kranzbinder, daß mir das der Herrgott verzeiht?"

Thomas, dem kein Wort des alten Mannes entgangen war, sah, wie die Augen seiner Mutter sich mit Tränen füllten. Auch ihm gingen diese Augenblicke zu Herzen. Gespannt wartete er auf das, was der Vater antworten würde.

„Herr Schulendorf", sagte er, „es ist gut, daß Sie in der Stille und Einsamkeit der Abenddämmerung ihres Lebens diese Erkenntnis gewonnen haben. Arbeiten, seinen Besitz zusammenhalten und vergrößern, ist etwas sehr Gutes, aber es ist nicht alles und auch nicht das Letzte. Mit leeren Händen müssen wir einmal in die andere Welt eingehen, denn unser letztes Hemd hat keine Taschen. Dadurch, daß Sie mit Ihrer Frau Ihren schönen Hof und alles, was dazu gehörte, verließen und hierher zogen, konnten Sie sich innerlich doch schon von manchem lösen, was Ihnen so wertbeständig schien. Ist es nicht so?"

„Ja, so ist es, genauso ist es."

„Wenn Sie nun die Ihnen verbleibende Zeit nutzen, um sich innerlich auf das Kommende vorzubereiten, dann ist das unter Umständen von weit größerem Wert als alles das, was Sie bis jetzt geleistet haben."

„Aber ich kann doch niemals in der kurzen Zeit, die ich noch habe, nachholen, was ich in all den Jahren versäumt habe?"

„Keiner von uns kann etwas gutmachen", schaltete sich nun auch Frau Kranzbinder in das Gespräch ein. „Es ist bereits gutgemacht durch Jesus Christus, der unsere ganze Schuld auf sich nahm und nun bei Gott unser Fürsprecher ist."

Eine Weile war es ganz still im Raum. Beinahe wie in einer Kirche, dachte Thomas und wagte nicht, sich zu rühren.

Dann sagte Herr Kranzbinder: „Nun aber würde ich doch gerne noch etwas wissen. Unsere erste Begegnung, Herr Schulendorf, war in der Stadt, an jenem Morgen, als Sie Ihren Urenkel auf dem Schulhof besuchten. Wie ist die Verbindung zwischen Ihnen und dem Kind wieder zustandegekommen?"

Über das Gesicht des alten Mannes huschte ein beinahe verschmitztes Lächeln. „Das will ich Ihnen gerne erzählen. Was tut ein alter, einsamer Mensch so ganz allein, wenn er außer seinem Hund, der Katze und den Hühnern niemand hat, mit dem er sprechen kann? So bin ich immer wieder einmal mit dem Autobus, dessen Endstation nicht allzuweit von meinem Haus entfernt ist, in die Stadt gefahren. Mal mußte ich in die Apotheke, mal wollte ich mir, aus lauter Langeweile, die Geschäftsauslagen ansehen oder auch einmal bei einem bekannten Wirt ein Glas Wein trinken. Eines Tages schlenderte ich ohne besondere Absicht an der Schule vorbei. Die Erstkläßler hatten gerade auf dem Hof eine Turn- oder Spielstunde. Ich stellte mich an die Mauer und schaute ein wenig zu, wie die kleinen Jungen und Mädchen sich dort fröhlich tummelten. Da kam mir der Gedanke an unseren kleinen Peter. Der mußte jetzt doch auch schon in der Schule sein? Plötzlich erinnerte ich mich daran, daß die Dorfschulen schon seit einiger Zeit aufgelöst sind und selbst die kleinsten Schüler jeden Morgen mit dem Schulbus in die Stadt fahren müssen. Ich hätte ja Karl-Heinz danach fragen können, aber der war nun auch schon einige Zeit nicht mehr bei mir gewesen. Dafür hatte ich Verständnis, denn nun begann die Erntezeit. Wenn sie vorüber war, würde er mich bestimmt wieder besuchen. So hatte er es immer gehalten, seitdem wir vom Hof gezogen waren.

Wie ich so darüber nachdachte und am Schulhof auf das fröhliche Treiben der Kinder achtete, löste sich plötzlich aus der Schar der Spielenden ein kleiner hellblonder Junge, sah mich an, kam zögernd ein paar Schritte näher und rief – nie werde ich es vergessen: ‚Opa, mein Opa!' Er kümmerte sich nicht darum, daß Schulstunde war, er fragte auch nicht seine Lehrerin, ob er zu mir laufen durfte, er lief und lief, breitete seine Ärmchen aus und umschlang meine Knie, drückte sein Köpfchen an mich und weinte immer nur: ‚Mein Opa, mein Opa!' Ob Sie's glauben oder nicht, auch ich habe geweint. Uns beiden liefen die Tränen über die Wangen. Die junge Lehrerin mußte wohl irgendwie geahnt haben, daß da etwas Besonderes vor sich ging. Sie tat, als merkte sie gar nicht, daß einer ihrer Schüler nicht mehr mitmachte. Nur hin und wieder warf sie einen Blick herüber. Erst nach einer ganzen Weile, nachdem die Schulglocke das Ende der Unterrichtsstunde angekündigt hatte, kam sie zu uns und sagte freundlich: ‚Da scheint mir ein Wiedersehensfest gefeiert worden zu sein! Aber nicht wahr, Peterlein, das nächste Mal fragst du erst, ob du fortlaufen darfst?'

,Das nächste Mal?' fragte der Junge jetzt überglücklich, ohne auf die Worte der Lehrerin einzugehen. ,Also kommst du wieder, Opa? Immer wieder hierher zur Schule?' Er stellte sich auf die Zehen, um meinem Ohr näher zu sein, und flüsterte: ,Wenn du hierher kommst, weiß die Mutter nichts davon und kann es nicht verbieten. Nicht wahr, Opa, du kommst wieder?'

Ohne ein weiteres Wort zu sagen, ging die Lehrerin davon. Sie hatte wohl mehr von dem Gespräch mitbekommen, als Peter wußte. Ich aber war einen kurzen Augenblick im unklaren darüber, ob ich dieser Heimlichkeit zwischen meinem Urenkel und mir zustimmen durfte. War das nicht eine Verschwörung gegen die Mutter des Kindes? Aber dann sagte ich mir, daß ich als Großvater ja schließlich auch gewisse Rechte an dem Jungen hatte. Wer sollte mir verbieten können, mich hier am neutralen Platz mit ihm zu treffen? Und sehen Sie, Herr Kranzbinder, seitdem bin ich jede Woche zwei- bis dreimal am Vormittag an Ihrem Schulhof. Und das ist unser beider Geheimnis und große Freude. Gewöhnlich bringe ich dem Kleinen etwas mit, einen Apfel oder ein paar Nüsse. Er freut sich über mein Kommen wie ein König und ist bitter enttäuscht, wenn ich einmal nicht da bin. Diese Woche wird er sehr nach mir ausgeschaut haben."

„Und Sie glauben, daß Peters Mutter davon noch nichts gemerkt hat, daß Sie sich mit ihrem Sohn treffen?"

„Ich habe ihn einmal danach gefragt, weil ich verhüten wollte, daß er deswegen zu Hause Strafe bekommt. Dann hat er geantwortet: ,Ich sage der Mutter nichts davon. Vater weiß es, aber er verrät uns nicht.' Ja, sehen Sie, so weit ist es gekommen, daß ein Kind von sieben Jahren Heimlichkeiten vor seiner Mutter haben muß, weil sie ein hartherziger

Mensch ist. Aber mir selbst, das dürfen Sie mir glauben, würde es sehr fehlen, wenn ich meinen kleinen Urenkel nicht mehr auf dem Schulhof besuchen könnte. Seine Schwester, die ja in dieselbe Schule geht, ist längst nicht so anhänglich. Ob sie es nicht doch einmal der Mutter verraten wird, daß ich regelmäßig komme, weiß ich nicht. Peter hat sie einmal in meiner Gegenwart gebeten: ‚Nicht wahr, du sagst nichts daheim?‘ Daß ich auch ihr immer wieder etwas mitbringe, nimmt sie gewissermaßen als Schweigegeld an. Vielleicht ist sie jetzt auch schon groß genug, um sich selbst darüber Gedanken zu machen, daß es von ihrer Mutter nicht recht ist, den kleinen Bruder zu strafen, wenn er sich mit mir trifft. Nun, warten wir ab! Bis jetzt habe ich jedenfalls die Freude, Peter ein paarmal in der Woche zu sehen. Inzwischen hat mich sein Vater auch schon einige Male kurz besucht und dabei gesagt: ‚Ich weiß, daß du dich mit Peter triffst. Ich habe selbstverständlich nichts dagegen. Hoffentlich erfährt es seine Mutter nicht!‘

‚Du scheinst sie zu fürchten‘, konnte ich mir nicht verkneifen zu sagen.

‚Ich schweige um des Friedens willen, obwohl ich mich im stillen tadle. Aber ich schweige auch um unserer Kinder willen. Wie sollen sie sich zu Menschen entfalten, die den Frieden lieben, und sich harmonisch entwickeln, soweit das bei ihrer Mutter überhaupt möglich ist, wenn sie in Streit und Zank heranwachsen?“

„Armer Mann“, sagte Frau Kranzbinder und erhob sich. „Jetzt ist es allerhöchste Zeit, daß wir uns verabschieden. Ich wundere mich, daß sich unten die drei Kinder nicht längst nach uns umgesehen haben.“

„Die spielen noch immer mit dem Hund und der Katze“, stellte Thomas fest, der vom Fenster aus auf den Platz vor dem Haus geblickt hatte.

„Ich mache Ihnen noch einen Umschlag, und dann richte ich schnell das Abendessen."

„Vielen Dank, Frau Kranzbinder!"

„Und morgen kommen wir wieder. Die Kinder sind überglücklich, wenn sie wieder dabei sein dürfen. Berthild stellte vorhin fest, daß es hier noch viel schöner sei als im Schrebergarten."

Über das Gesicht des alten Mannes zog ein glückliches Lächeln. „Nun bin ich doch nicht mehr so allein!"

„Nein, jetzt gehören Sie zu uns", sagte Thomas, und es war ihm damit ernst.

Der Herbst kam, die Tage wurden kürzer. Im Schrebergarten wurde ein Erntedankfest gefeiert, an dem Opa Schulendorf wieder teilnehmen konnte, weil sein Fuß geheilt war. Der Garten wurde für den Winter vorbereitet. Selbst Thomas drückte sich nicht davor, mitzuhelfen. Die Tage, vor allem die Abende, wurden merklich kühler. Man konnte nicht mehr stundenlang draußen bleiben.

Eines Abends saß Frau Kranzbinder mit ihren Kindern allein beim Abendessen.

„Wo bleibt denn der Vati?" wollte Anita wissen. Gerade er achtete sehr darauf, daß man wenigstens bei den Mahlzeiten beisammen war. Es mußte schon einen besonderen Grund haben, daß er heute nicht pünktlich war.

„Vati kommt später", erwiderte die Mutter. „Er macht noch einen dringenden Besuch."

„Wo? Bei wem?"

„Er will mit Doris' Vater sprechen." Das Mädchen, das ebenfalls am Tisch saß, erschrak so sehr, daß es das Besteck aus den Händen legte. Es vermochte keine Frage zu stellen. Beunruhigt blickten die Kinder von der Mutter zu Doris. Thomas und Anita wußten es, weil Klassenkameraden darüber gesprochen hatten, wo sich Herr Goswig befand, aber sie fragten nicht weiter.

Als Frau Kranzbinder nach der Mahlzeit mit Doris alleine in der Küche war, sagte sie zu dem Mädchen: „Ich habe dir absichtlich davon vorher nichts gesagt, um dich nicht zu beunruhigen. Als ich letzte Woche einen Besuch bei deiner Mutter machte, war sie besorgt, weil dein Vater in einigen Monaten entlassen wird. Sie fürchtete sich sehr vor dem Zornausbruch, wenn er erfahren würde, daß du ein Kind erwartest. Sie meinte, er würde daraufhin sofort wieder gehen, sich betrinken, und das Elend würde aufs neue beginnen."

„O Frau Kranzbinder", Doris brach bereits wieder in Tränen aus, „was soll denn bloß werden? Ich kann nie wieder nach Hause!"

„Nun komm, rege dich nicht schon wieder auf, du weißt doch, daß wir dich nicht im Stich lassen. Wenn dein Vater aus dem Gefängnis kommt, wirst du bereits in dem Mütterheim sein, an das wir geschrieben haben."

„Und dann, Frau Kranzbinder? Nachher?"

„Dann geht wieder eine Tür auf. Ich verspreche dir, daß wir uns darum kümmern werden. Unter Umständen muß das Kleine für einige Zeit im Säuglingsheim bleiben, bis du imstande bist, es bei dir zu behalten und es selbst zu versorgen."

„Ich will nicht, daß es immer bei Fremden ist", schluchzte das Mädchen.

„Und ich bin froh, daß du so denkst, aber bestimmte Pläne können wir noch nicht machen."

„Und warum ist Herr Kranzbinder zu meinem Vater gegangen?"

„Er hat den Gefängnisdirektor, den er persönlich kennt, gebeten, ihn besuchen zu dürfen. Er will es deiner Mutter abnehmen und ihn schonend darauf vorbereiten, daß er mit einem Enkelkind zu rechnen hat, eben, daß du Mutter wirst. Und er wird ihm auch sagen, daß du nun schon seit längerer Zeit bei uns im Haushalt fleißig arbeitest und wir nichts über dich zu klagen haben. Auch von dem Mütterheim wird er ihm erzählen, in das du gehen darfst."

„O Frau Kranzbinder, wenn ich Sie und Ihren Mann nicht hätte!"

„Aber noch etwas anderes will er ihm sagen: daß er sich um ihn kümmern will, wenn er aus dem Gefängnis entlassen wird. Die Eingliederung in die Gesellschaft ist immer am schwersten. Mein Mann hat kürzlich eine halbe Nacht wachgelegen. Wir haben gemeinsam besprochen, was wir für deinen Vater tun können. Denn wenn wir ihm helfen, ist euch allen geholfen. Mein Mann will deinen Vater auch in den Blaukreuzverein einladen."

„Aber ob mein Vater dort hingehen wird? Wissen Sie, Frau Kranzbinder, er ist nicht fromm." Doris hatte ihre Bedenken.

„Und doch könnte der Freiheitsentzug auch in ihm einiges verändert haben. Vor allem wird deine Mutter froh sein, daß mein Mann es ihr abgenommen hat, mit ihm über verschiedenes zu reden, was er nun einmal als ihr Mann und euer Vater wissen muß."

„Ich kann Ihnen nie genug für das danken, was Sie an uns allen tun."

„Deine Mutter ist eine so tapfere und fleißige Frau, daß man ihr nur Achtung entgegenbringen kann. Sie ist es wert, daß man ihr hilft."

„Aber ich bin es nicht wert, das weiß ich."

„Ach Doris, was heißt hier überhaupt wert und nicht wert? Wenn Gott sich unser aller nicht erbarmen würde, wären wir ohne Ausnahme verloren."

„Aber doch nicht Sie und Ihr Mann, wo Sie so viel Gutes tun!"

„Auch wir, Doris. Wenn wir in unserem Leben vor Irrwegen bewahrt wurden, ist das nicht unser Verdienst, sondern Gnade, und gerade diese Erkenntnis verpflichtet uns, sich derer anzunehmen, die durch mißliche Verhältnisse, ungute Veranlagungen und Beeinflussung in Not und Schuld geraten sind. Auch dein Vater soll in meinem Mann einen Menschen sehen, dem es ein Anliegen ist, ihm zu helfen, wie ein Bruder dem anderen hilft."

Die Eltern von Frau Kranzbinder feierten das Fest ihrer goldenen Hochzeit. Friedemann und Rosmarie waren mit den Kindern eingeladen. Es sollte die erste größere Fahrt mit dem eigenen Wagen werden. Die Erwartung wurde jedoch durch den Einwand des Arztes getrübt, der davor warnte, William, den er noch immer behandelte, eine solche Strapaze zuzumuten. Wohl ging es dem Kleinen weitaus besser, aber der Rücken ermüdete noch allzu leicht, und dann stellten sich Schmerzen ein.

„Ich werde mit William zu Hause bleiben", sagte Frau Kranzbinder. „Ihr könnt ruhig mit Vati fahren."

„Nein, das kommt nicht in Frage", erwiderte entschieden ihr Mann. „Es sind schließlich deine Eltern, die goldene Hochzeit feiern. Wie wäre es denn, wenn die beiden Großen freiwillig zu Hause blieben und Doris in den zwei Tagen das Kochen übernähme?"

„Freiwillig?" wiederholte Thomas gedehnt, „es bleibt uns ja nichts anderes übrig, als bei William zu bleiben, aber freiwillig kann man das schließlich nicht nennen."

Auch Anita sah recht unglücklich aus.

„Das geht nicht wegen Frau Purzel", meinte die Mutter.

„Das glaube ich auch", stimmte Thomas ihr überzeugt zu.

„Wir könnten tun und lassen, was wir wollten, sie hätte daran immer etwas auszusetzen und würde im Haus herumbrüllen."

Das darauffolgende allgemeine Stillschweigen bewies, daß jeder überlegte, wie man dieses Problem lösen könnte. William mußte an den Tränen schlucken, denn auch er wäre gerne zu den Großeltern gefahren.

Plötzlich rief Herr Kranzbinder: „Ich habe eine Idee! Wie wäre es, wenn wir William zu Herrn Schulendorf in Pension gäben? Der freut sich bestimmt, wenn sein kleiner Freund über ein Wochenende zu ihm kommt."

Der Vater hatte seinen Satz noch nicht beendet, da schallte ihm aus aller Munde ein fröhliches „Ja, ja!" entgegen. „Das ist eine blendende Idee!"

Am meisten schien sich aber der Betroffene selbst zu freuen. William jubelte: „Prima, Vati, prima! Jawohl, ich gehe zu Opa Schulendorf."

„Und ich weiß noch etwas", fügte die Mutter hinzu. „Wir fragen ihn, ob er erlaubt, daß Doris auch mitkommt. Platz ist genug im Haus. Gleichzeitig besteht die Möglichkeit, daß sie dem alten Mann die Wohnung gründlich putzt."

„Und kochen kann sie auch für sich und die beiden Männer", lachte Thomas und zwinkerte seinem kleinen Bruder zu.

Doris war über und über rot geworden. Als sie mit Frau Kranzbinder alleine war, fragte sie in sichtlicher Besorgnis, während sie an sich herunterblickte: „Aber was sagt der alte Mann, wenn ich – wenn ich –"

Frau Kranzbinder wußte,was sie meinte. „Darüber brauchst du dir keine Gedanken zu machen. Herr Schulendorf ist wohl ein einfacher Mann, aber er besitzt Herzensbildung und wird dich nicht mit taktlosen Fragen in Verlegenheit bringen. So wie ich ihn kenne, wird er mit keinem Wort auf deinen Zustand eingehen. Du aber wirst ihm eine große Freude machen, wenn du seine Wohnung blitzblank putzt. Ich wundere mich immer über die Ordnung bei ihm. Wenn wir dort waren, habe ich mich mit den beiden Mädchen auch im Hause nützlich gemacht, denn wo ein Mann jahrelang allein wirtschaftet, bleibt eben doch manches liegen."

„O ja, ich will ihm gern die Wohnung auf Hochglanz bringen", beteuerte Doris.

„Frage heute abend deine Mutter, ob sie dir erlaubt, mit William über ein Wochenende zu Herrn Schulendorf zu gehen. Sage ihr, daß wir ihn nun schon etliche Zeit kennen. Sie kann dich unbesorgt dorthin gehen lassen."

Sie durfte es. Herr Kranzbinder fuhr William und Doris zu Herrn Schulendorf, wo der Kleine ja längst heimisch war. Nachdem Doris die erste Scheu überwunden hatte und von dem alten Mann herzlich begrüßt worden war, machte sie sich sofort daran, einen Hausputz zu inszenieren, wie die alten Räume ihn wohl seit Jahren nicht mehr erlebt hatten.

„Nicht wahr, Opa Schulendorf, ich darf mit dir in deinem Zimmer schlafen. Neben deinem Bett steht ja noch ein zweites."

„Das darfst du gerne, William", erwiderte der Gefragte.

„Und nicht wahr, wenn man so alt ist wie du, dann muß man auch schon früh zu Bett."

„Man muß nicht, aber man kann; wenn man so alleine ist wie ich, will man es meistens auch. Was soll ich sonst den ganzen Abend tun?"

„Aber einschlafen brauchen wir ja nicht gleich."

„Was hast du denn sonst noch vor?"

„Wir könnten uns noch ein bißchen was erzählen, meinst du nicht auch?"

„Doch, das wäre gar nicht so übel ..."

Während Doris Eimer um Eimer Seifenwasser schleppte, um die Holzdielen zu schrubben und die Fenster zu putzen, lagen die beiden Freunde in den breiten uralten Betten und unterhielten sich.

„Ich weiß, daß du immer zum Schulhof kommst, weil du da einen kleinen Peter hast", begann William das Gespräch. „Vati hat es uns erzählt. Der Peter soll ein netter kleiner Junge sein. Sag, kann der Peter nicht einmal hierher kommen, wenn ich hier bin? Dann hätte ich einen Spielkameraden."

„Nein, der Peter kann nicht zu mir kommen."

„Warum nicht?"

„Weil seine Mutter es nicht will. Sie hat es ihm verboten."

„Oh, dann ist sie sicher auch so ein böses Weib wie die Giftnudel."

„Wie wer?"

„Die Giftnudel. So sagt Thomas immer, aber Vati und Mutti dürfen es nicht hören. Aber die Purzel ist auch wirklich eine Giftnudel."

„Die Purzel? Wer ist denn das nun wieder?"

„Aber Opa, die Purzel ist doch gerade die Giftnudel. Du bringst alles durcheinander."

„Das ist nicht verwunderlich, denn ich habe bisher noch nie etwas von diesen beiden Frauen gehört."

„Aber das sind doch gar nicht zwei, das ist nur eine Frau. Also paß jetzt mal auf: Die Purzel, also die Frau Purzel wohnt bei uns. Nein, das ist wieder nicht richtig. Ich glaube, wir wohnen bei ihr, denn sie ist die Hausbesitzerin."

„Ja, dann ist das klar, dann wohnt ihr bei ihr. Und wo wohnt die Giftnudel?"

William blickte verzweifelt zur Zimmerdecke und stieß einen Seufzer aus: „Das ist doch ein und dieselbe, wir nennen sie doch nur so, wenn Vati es nicht hört."

„Ach, jetzt verstehe ich –"

„Also, Frau Purzel schimpft dauernd mit uns herum. Immer sind wir ihr zu laut. Aber nicht nur mit uns schimpft sie, sondern auch mit Mutti. Die kann ihr auch nichts recht machen. Sie reißt ihr die Wäsche von der Leine und behauptet, das sei ihr Waschtag. Sie schimpft, wenn sie den Geruch vom Braten oder vom Blumenkohl im Hausgang riecht. Dabei öffnet Mutti beim Kochen immer das Küchenfenster. Wir haben es schon ein paarmal gemerkt, daß unsere Mutti heimlich geweint hat, weil sie der Giftnudel nie etwas recht machen kann. Und was meinst du, sogar den Vati hat sie schon ein paarmal angeschrien."

„Was? Das kann ich mir fast nicht vorstellen."

„Doch, bestimmt, du darfst es mir glauben!"

„Schreit er sie dann auch wieder an?"

„Nein, Vati schreit nie, nur sein Ton ist dann ganz anders."

Über das Gesicht des alten Mannes glitt ein belustigtes Lächeln.

William fuhr fort: „Ist dem kleinen Peter seine Mutti auch so eine Giftnudel?"

„Nein, so würde ich sie nicht nennen, aber, ach William, das verstehst du jetzt kaum. Dazu bist du noch etwas zu klein."

„Gut, sprechen wir von was anderem. Hast du schon mal von einer Eigentumswohnung gehört?"

„Ja, die soll man jetzt ja günstig kaufen können. Das hat es früher nicht gegeben. Da kostete eine Wohnung recht viel Geld."

„Stell dir vor, wir hatten eine Eigentumswohnung, oder nein, wir hatten noch keine, aber wir dachten, wir hätten eine."

„Das mußt du mir bitte auch näher erklären, kleiner Mann."

„Also, es fing wieder mit der Frau Purzel an. Sie will uns

nicht länger in ihrem Haus haben. Sie schimpfte, weil die Doris der Mutti im Haushalt hilft und weil wir immer Dreck ins Haus brächten, wie sie sagt. Einmal waren wir so wütend, daß wir sie gestraft haben und einen fremden Hund in ihren Garten ließen. Wie ein Verrückter raste er auf ihren Beeten herum. Na, da hat sie vielleicht getobt! Aber Vati war nicht dafür, daß wir die Purzel straften. Stell dir vor, wir mußten alle zu ihr in die Wohnung und uns entschuldigen. Aber sie hat uns 'rausgeworfen. Mensch, hat der Thomas eine Wut gehabt! Na ja, das wurde dann auch dem Vati zu viel, und er suchte und fand eine Eigentumswohnung, weißt du, wo die Terrassenhäuser sind, nicht weit weg vom Spielplatz. Aber von dem will ich lieber nicht erzählen. Da bin ich nämlich verunglückt."

„Du wolltest mir von der Eigentumswohnung erzählen", erinnerte ihn Opa Schulendorf.

„Ja, der Vati kam heim und sagte: ‚Jetzt hab' ich eine, und wir müssen nicht länger bei Frau Purzel bleiben.' Vor Freude sprangen wir alle wie wild in der Wohnung herum, bis die Giftnudel wieder mit dem Besen auf den Fußboden klopfte. Die versteht nämlich überhaupt keinen Spaß, die alte Ziege!"

„William, ich glaube, mit diesen Titulierungen wäre dein Vati sicher auch nicht einverstanden."

„Was ist eine Ti-tu-lie-rung?"

„Wenn du zum Beispiel zu eurer Hauswirtin Giftnudel und alte Ziege sagst."

„Ja, das dürfte Vati nicht hören. Und denk dir nur, dann war es doch nichts mit der Eigentumswohnung."

„Und warum nicht?"

„Weil da noch mehr Leute wohnten, die keine Kinder im Haus haben wollten. Wir waren alle sehr enttäuscht. Aber Vati sagte: ‚Stellt euch vor, wenn die alle mit ihrem Besen an die Decke und auf den Fußboden und an die Wände klopfen würden, dann ginge es uns nicht anders als hier bei Frau Purzel. Und dann hat er noch was vom Regen und der Traufe gesagt, aber das habe ich nicht verstanden. Nicht wahr, Opa, das ist nicht nett, wenn Leute keine Kinder im Haus haben wollen?"

„Nein, das ist wirklich nicht nett. Kinder sind das Schönste, was es gibt, selbst wenn sie manchmal ein bißchen Krach machen."

„Und sich zanken. – Übrigens, Opa, die Doris kriegt auch ein Kind, das hast du sicher schon gesehen."

„Ja, das habe ich gesehen."

„Aber denk dir, deswegen wollte die Frau Purzel nicht, daß sie bei uns bleibt. Aber Mutti hat gesagt, wir schicken sie auf keinen Fall weg, wo sie ohnehin schon so viel weint und keinen Vati hat für das kleine Kind. Erst hat er gesagt, er will ihr Vati sein, und dann hat er sich's anders überlegt. Aber Opa, jetzt hab' ich dir so viel erzählt, jetzt bist du an der Reihe. Warum darf der kleine Peter nicht hierher kommen? Warum läßt ihn seine Mama nicht?"

„Ja, weißt du, das hat so angefangen: Als ich noch ganz klein war wie du, da hatte ich auch einen Papa, und dem gehörte –" Herr Schulendorf schwieg. William war eingeschlafen. Er atmete tief und schien sich in dem fremden Bett unter der karierten Zudecke recht wohl zu fühlen. Leise und behutsam streichelte der alte Mann das Händchen, das geöffnet neben ihm lag. Er selbst konnte in dieser Nacht keinen Schlaf finden. Immer wieder huschte ein Lächeln über seinen Mund, wenn er an die Plauderei des Kleinen dachte, aber ebenso war ihm klar, daß auch im Leben dieser harmonischen Familie Probleme nicht ausblieben. Die Angelegenheit mit der Wohnung mochte nicht einfach sein.

Es war schon gegen Morgen, als der alte Mann sich, wie

von einer Tarantel gestochen, im Bett aufsetzte, sich an den Kopf faßte und zu sich sagte: „Daß ich daran nicht schon eher gedacht habe!"

Vereinsamt lag Anitas „kleines Paradies", der Schrebergarten, da. Auch jetzt noch bot er einen schönen Anblick. Alle Geräte und Gartenmöbel waren in der Laube verstaut worden, die Beete zum Teil mit Tannengrün bedeckt, die Rosensträucher zum Winterschlaf beschnitten worden. Der Oktobersturm hatte die Obstbäume kahl geschoren. Es würde nicht lange dauern bis zum ersten Schnee.

Noch immer hatte Herr Kranzbinder keine neue Wohnung gefunden. Oft war er stundenlang unterwegs, um Zeitungsangeboten nachzugehen. Aber nirgends fand er das Richtige. Entweder waren die Wohnungen zu klein, oder die Besitzer machten sofort einen Rückzieher, wenn sie hörten, daß eine Familie mit vier Kindern einziehen wollte.

Wieder einmal war Herr Kranzbinder von einer solchen Fahrt müde und erschöpft nach Hause gekommen. „Laß uns heute etwas früher ins Bett gehen", sagte er zu seiner Frau. „Ich brauche notwendig Ruhe."

Es mochte eine Stunde vor Mitternacht sein, da wurden sie aus tiefem Schlaf gerissen. Das Telefon läutete. Im ersten Augenblick konnte Friedemann kaum zu sich finden. Schlaftrunken taumelte er hinüber, war aber sofort hellwach, als er die Stimme seines Kollegen Bauer vernahm. In spürbarer Erregung sprach dieser: „Herr Kranzbinder – ich habe keine Zeit, Ihnen eine lange Erklärung über die Ursache dieses nächtlichen Anrufs zu geben. Nur eins: Ich weiß mir keinen Ausweg mehr – mit meiner Frau geht es zu Ende – und – und –", er konnte kaum weiterreden. „Sie verlangt einen Menschen – einen Menschen – der mit ihr betet. Ich – ich kann es nicht – Sie wissen – ich bin Atheist – aber es ist wahrscheinlich ihr letzter Wunsch – Herr Kranzbinder – wo soll ich jetzt um diese Zeit einen Menschen finden – der – bitte kommen Sie – ich flehe Sie an – kommen Sie sofort – ich erwarte Sie vor dem Krankenhaus. Nehmen Sie eine Taxe – ich bestelle sie von hier aus."

„Ich habe selbst einen Wagen, Herr Bauer. Ich komme sofort. Darf ich meine Frau mitbringen?"

„Ja – natürlich – bitte, zögern Sie nicht – es ist ihr letzter Wunsch – bitte!"

Herr Kranzbinder hatte bereits den Hörer aufgelegt und eilte ins Schlafzimmer. „Schnell, Rosmarie, steh auf, zieh dich an! Wir müssen sofort ins Krankenhaus."

„Ist etwas passiert? Wer hat angerufen?" fragte Frau Kranzbinder aufgeregt.

„Herr Bauer. Schnell, Liebste, es ist keine Zeit zu verlieren. Es gilt, einer Sterbenden die letzte Bitte zu erfüllen. Ich erzähle dir alles während der Fahrt."

Eine Viertelstunde später standen sie am Bett der Frau, die bereits vom Tode gezeichnet, jedoch noch bei vollem Bewußtsein war. Flehend waren die Augen auf die beiden fremden Menschen gerichtet. Ihr Mann hatte ihr gesagt, an wen er sich gewandt hatte.

„Können Sie beten?" Wie ein Hauch kam es von den bleichen Lippen der Sterbenden. „Bitte – bitte!"

Hier war keine Zeit für lange Gespräche. Das erkannte Friedemann auf den ersten Blick. So betete er das, was ihm gerade in diesem Augenblick wichtig schien: „Aus tiefer Not schrei ich zu dir, Herr Gott, erhör mein Rufen! Dein gnädig Ohr neig her zu mir und meiner Bitt es öffne!"

Jedes Wort schien von der Sterbenden aufgenommen zu werden, denn sie wiederholte, während Friedemann betete: „Aus tiefer Not – ja, aus tiefer Not!"

Er aber sprach weiter: „Denn so du willst das sehen an,

was Sünd und Unrecht ist getan, wer kann, Herr, vor dir bleiben?"

„Sünde und Unrecht", nickte Frau Bauer, „ja, so ist es bei mir, viel Sünde und Unrecht."

Ihrem Mann machten diese Worte sehr zu schaffen. Sein Gesicht war gezeichnet von innerer Anspannung. Er schüttelte den Kopf, als wolle er sagen: Aber du doch nicht! Du kannst doch nicht von Unrecht reden! Fast wollte er Herrn Kranzbinder zürnen. Wie konnte er am Sterbebett seiner Frau ein solches Gebet sprechen? Er hatte ihn gerufen, sie zu beruhigen, sie zu trösten!

Friedemann aber fuhr fort: „Bei dir gilt nichts denn Gnad und Gunst, die Sünde zu vergeben; es ist doch unser Tun umsonst, auch in dem besten Leben. Vor dir niemand sich rühmen kann; des muß dich fürchten jedermann und deiner Gnade leben."

Die Sterbende hatte jetzt die Augen geschlossen. Ihre Lippen aber stammelten: „Angst, Angst . . ."

Friedemann betete weiter: „Darum auf Gott will hoffen ich, auf mein Verdienst nicht bauen; auf ihn mein Herz soll lassen sich und seine Güte trauen, die mir zusagt sein wertes Wort; das ist mein Trost und treuer Hort, des will ich allzeit harren."

Als die Sterbende die Augen wieder öffnete und mit angsterfülltem Blick Herrn Kranzbinder anschaute, fragte er: „Frau Bauer, glauben Sie an Jesus Christus, den Sohn des lebendigen Gottes?"

Es war, als ob die Angesprochene in diesem Augenblick in sich hineinlauschte und suchend nach etwas tastete, was einmal, vielleicht vor vielen, vielen Jahren vorhanden gewesen war. Dann antwortete sie: „Ja, ich glaube!"

„Glauben Sie auch daran, daß er für Sie gestorben ist und dadurch Ihre Sünden getilgt hat?"

Auch jetzt antwortete die Frau, deren Lebenslicht wohl in den nächsten Augenblicken auslöschen würde: „Ja, das glaube ich."

Herr Bauer wandte sich stöhnend ab. Er ertrug es fast nicht, von den letzten Worten seiner Frau, die er liebte, unbeteiligt und ausgeschlossen zu sein, von dem, was die Sterbende jetzt noch allein interessierte.

Herr Kranzbinder fuhr fort: „Dieser Jesus ist von den Toten auferstanden, aufgefahren gen Himmel. Da sitzt er zur Rechten seines Vaters. Von dort wird er wiederkommen, um die Lebendigen und die Toten zu richten."

Herr Bauer stöhnte wie in innerer Qual.

Schweig! hätte er am liebsten diesem Frommen zugerufen. Was redest du vom Gericht und bringst die Sterbende nur in Unruhe! Aber hatte er diesen Mann in seiner Verzweiflung nicht an das Bett seiner Frau gerufen, um ihr den letzten Wunsch zu erfüllen? Wen hätte er denn sonst holen sollen? Aus der Kirche waren er und seine Frau ausgetreten. Er hatte ihr schon in den ersten Jahren ihrer Ehe ihren Glauben auszureden versucht. Anfangs hatte sie sich noch dagegen gewehrt. Dann aber hatte sie geschwiegen, wahrscheinlich um des Friedens willen. Sie war ihm eine gute Frau gewesen, und er hatte sie geliebt wie nichts auf Erden. Aber in diesen Augenblicken empfand er, daß sie in zwei verschiedenen Welten gelebt hatten. Das zeigten ihre Worte: „Ich glaube, ja, ich glaube daran." Und so mußte er sie in den letzten Minuten ihres Lebens anderen überlassen, die sie im tiefsten Inneren besser verstanden als er, der jahrzehntelang mit ihr zusammengelebt hatte. Es war zum Verzweifeln!

Und wieder hörte er die Stimme seines Kollegen Kranzbinder: „Ihm gehört alle Gewalt im Himmel und auf Erden. Er spricht: ‚Wer zu mir kommt, den will ich nicht hinausstoßen.' Er tilgt Ihre Sünden!" Friedemann beugte sich tief über Frau Bauer und sagte deutlich: „Sie brauchen keine Angst zu haben. Jesus Christus hat Sie angenommen, er, der gestern, heute und in alle Ewigkeit derselbe ist.“

„Keine Angst!“ wiederholte die Frau. „Keine Angst“, und dann wandte sie den Blick suchend zu ihrem Mann, der sie ansah, als sie flüsterte: „Auch du, keine Angst!“ Dann schwiegen ihre Lippen für immer. Frau Bauer war tot.

Friedemann und Rosmarie drückten Herrn Bauer die Hand und gingen still hinaus, damit er von seiner Lebensgefährtin allein Abschied nehmen konnte.

Die Nachtschwester konnte nur den Tod der Patientin bestätigen.

Friedemann wollte den Kollegen in seinem großen Schmerz nicht allein lassen. „Wir wollen ihn zu uns nach Hause mitnehmen“, sagte er zu seiner Frau, als sie auf dem Gang warteten, bis Herr Bauer das Sterbezimmer verließ.

„Du kannst doch sicher auf der Couch im Wohnzimmer ein Bett richten. Ich meine, wir müssen uns jetzt um ihn kümmern.“

„Natürlich kann ich das. Er soll spüren, daß er uns willkommen ist.“

Aber Herr Bauer lehnte dankend ab. „Verstehen Sie, daß ich jetzt allein sein muß. Aber ich danke Ihnen, daß Sie mit Ihrer Frau gekommen sind, Herr Kranzbinder. Zuerst wagte ich es nicht, Sie zu bitten, Sie wissen doch. Als wir vor Wochen miteinander sprachen, war ich zu Ihnen ...“

Friedemann winkte ab. „Lassen wir das, Herr Bauer, das ist vorbei und vergessen. Wir möchten Ihnen aber sagen, daß wir Ihnen gerne beistehen in den nächsten Tagen, auch sonst. Wir möchten Sie gerne einladen, Herr Bauer. Wenn unsere vier Kinder Ihnen zu lebhaft sind, kommen wir auch gern einmal zu Ihnen.“

„Danke, vielen Dank! Ihre Güte beschämt mich, aber

– entschuldigen Sie, ich muß noch einmal meine Frau sehen –" Er vermochte nicht weiterzusprechen. Tränen erstickten seine Stimme. Er wandte sich um.

Nun war es Winter geworden. Unter einem sternklaren Himmel lag die kleine Stadt im winterlichen Schmuck. Neuschnee war gefallen und hatte Straßen, Gärten und Häuser bedeckt. „Ganz weihnachtlich sieht es aus", stellten Kranzbinders Kinder fest.

„Mutti, laß uns doch einen kleinen Winterspaziergang machen", bettelten die Mädchen. „Es ist draußen zu schön."

„Nun gut, aber nachher müßt ihr sofort ins Bett. Nur Thomas hilft mir, Vatis Geburtstagstisch zu schmücken", gab die Mutter nach.

„Oh, wir auch!" Die drei Jüngsten fühlten sich zurückgesetzt. „Immer hat Thomas besondere Vorrechte."

„Gut", ging die Mutter auf ihren Wunsch ein, „dann machen wir eben keinen Spaziergang mehr, sondern schmükken gemeinsam den Geburtstagstisch."

„Nein, lieber spazierengehen!"

Mit roten Backen und kalten Nasen kehrten sie nach einer halben Stunde zurück.

„Schließe die Wohnzimmertür ab", mahnten die Töchter ihre Mutter, „damit Vati, wenn er nach Hause kommt, seinen Geburtstagstisch nicht sieht, dann wäre die Überraschung verdorben."

Das versprach Frau Kranzbinder.

William hatte noch ein Anliegen: „Und holt Vati ganz bestimmt Opa Schulendorf mit dem Auto zum Geburtstagskaffee?"

„Ja, das steht fest. Der Opa gehört nun einmal zu unseren Familienfesten. Und denkt euch, was für eine Überraschung Vati sich für ihn ausdachte: Er hat sich bei dem Enkelsohn von Herrn Schulendorf die Erlaubnis geholt, daß er den kleinen Peter von der Schule mit dem Auto abholen darf. Er bekommt die letzte Stunde frei. Dann fahren sie zusammen, um Opa Schulendorf zu uns zu holen. Der wird vielleicht Augen machen! Er hat keine Ahnung davon. Vati hat Herrn Schulendorf, den Landwirt, der den Hof von seinem Opa bewirtschaftet, schon ein paarmal getroffen, als er seinen Großvater besuchte. Er hat mit ihm gesprochen und ihn gebeten, doch alles zu tun, um seine Frau umzustimmen, damit sie sich mit dem alten Mann wieder aussöhnt und ihren Kindern nicht länger den Umgang mit dem Urgroßvater verbietet. Der junge Bauer hat versprochen, den Versuch zu machen, aber er schien wenig Hoffnung zu haben."

„Ja, dem Peter seine Mutter ist auch so ein böses Weib wie die alte Purzel!" bestätigte jetzt William, der aber sofort von seiner Mutter zurechtgewiesen wurde. „Du weißt, daß wir so nicht mehr von Frau Purzel reden. Auch wollen wir uns kein Urteil über Peters Mutter anmaßen, die wir gar nicht kennen."

„Aber als ich bei Opa war, hat er gesagt, sie läßt den Peter nicht zu ihm, sie erlaubt es einfach nicht."

„Du hörst ja, daß er für morgen von seinem Vater die Erlaubnis bekommen hat. Nun aber, ihr drei, marsch ins Bett!"

Nachdem der Geburtstagstisch gerichtet war, setzte sich Frau Kranzbinder mit ihrem Ältesten noch für eine Weile in das Wohnzimmer. Thomas hatte ihr willig geholfen und dabei die Frage gestellt: „War Vati eigentlich immer so, wie er jetzt ist, schon bevor ihr geheiratet habt?"

„Wie meinst du das, Thomas?"

„Na ja, wie soll ich es sagen? Noch vor einigen Monaten hätte ich – ich weiß nicht, wie ich es ausdrücken soll. Er ist eben ganz anders als mancher Mann, den ich kenne, anders als die meisten unserer Lehrer. Vati brüllt nie und schimpft nur ganz selten einmal, wenn es sein muß. Er ist immer hilfsbereit und kümmert sich um Menschen, denen er einen Dienst erweisen kann. Wenn ich an Frau Spahn denke oder an Herrn Goswig oder Frau Bauer ..."

„Aber Thomas, das ist nichts Außergewöhnliches! Das ist einfach Pflicht der Christen. Als wir heirateten, waren wir beide sehr jung, aber jeder von uns hatte schon etliches erlebt, was ihn geprägt hatte. Schau, Thomas, darauf kommt es an, daß wir uns durch Erlebnisse formen lassen und uns nicht dagegen sträuben. Je früher das einer erkennt, desto eindeutiger wird aus ihm ein Mensch, der zur Ehre Gottes lebt. Als junger Mann war Vater auch aufbrausend und heftig, obwohl das seiner Art nicht entspricht. Auch in einer jungen Ehe gibt es unerwartete Reibereien und Geduldsproben. Wir aber hatten uns so lieb wie heute, und keiner ertrug es, den anderen unglücklich zu sehen. Darum übten wir uns darin, uns zu beherrschen, zu überwinden, einander zu tragen und zu ertragen, auch einander um Vergebung zu bitten, wo einer den anderen verletzt hatte, ohne es zu wollen. Auf diese Weise ist dein Vater ein Mensch geworden, den man achten, schätzen und von Herzen lieben kann. Die Echtheit seines Wesens haben auch seine Kollegen und zum großen Teil seine Schüler erkannt. Vor allem ist er als Christ glaubwürdig. Das scheint mir das wichtigste."

„Weißt du, Mutter – ich hätte immer lieber einen Vater gehabt, der großartige Leistungen vollbringt. Weißt du, etwas Besonderes – einen Vater, den etwas leidenschaftlich umtreibt – etwa einen Jäger aus Leidenschaft – oder einen Gelehrten oder sonst irgend jemand, über den man in der Stadt spricht oder über den die Zeitungen schreiben. Aber so ist Vati nicht. Er kommt mir oft so unwichtig vor."

Frau Kranzbinder konnte sich eines kleinen Lächelns nicht

erwehren. „Vati hat schon eine Leidenschaft: nämlich die, anderen zu helfen, sich anderer anzunehmen, eben seinem Nächsten zu dienen. Er wird immer seine Pflicht bis zum Äußersten erfüllen, aber er besitzt nicht den Ehrgeiz, sich Ruhm und Anerkennung zu verschaffen. Er ist ein zufriedener Mensch mit einem reichen Innenleben, und wenn er in deinen Augen auch vielleicht kein Held ist, so kommt vielleicht doch der Tag, an dem du erkennen mußt, wie groß dein Vater in Wirklichkeit ist, daß seine Größe in der Bescheidenheit und Demut liegt."

„Mutter, du und Vater, ihr seid wirklich anders als alle Leute, die ich kenne. Manchmal würde ich nicht so handeln wie ihr, etwa gegenüber Frau Purzel. Oft habe ich richtig das Bedürfnis, sie anzubrüllen und ihr offen die Meinung zu sagen."

„Das wäre viel leichter, als ihr trotz allem immer wieder freundlich und höflich zu begegnen."

„Ich könnte mir vorstellen, daß ihr euch um sie auch kümmern würdet, wenn sie krank wäre."

„Wenn sie niemand hätte, der nach ihr sieht, wäre das selbstverständlich."

„Ich würde es nicht tun. Manchmal stelle ich mir vor, sie würde aus ihrem Bett fallen und sich nicht mehr aufrichten können, und dann würde sie klopfen, damit ihr jemand zu Hilfe käme. Ich würde sie klopfen lassen, bis ihre Finger wund wären. Und dann würde ich vor ihre Wohnungstür gehen und rufen: ‚Sie haben uns damals, als wir uns entschuldigen mußten, verboten, ihre Wohnung zu betreten. Jetzt sehen Sie zu, wie Sie fertig werden!'"

Entsetzt blickte Frau Kranzbinder auf ihren Sohn. „Dazu wärst du fähig? Das ist aber nicht nur völlig unchristlich, sondern auch ganz böse und herzlos. Denke einmal an die Geschichte vom barmherzigen Samariter. Einer nach dem anderen ging an dem vorüber, der ausgeraubt und blutig zusammengeschlagen worden war. Die, von denen man es hätte erwarten sollen, wie der Priester, gingen kaltblütig an ihm vorbei. Nein, Thomas, ich kann nicht glauben, daß du so handeln würdest. Das redest du jetzt nur in deinem jugendlichen Leichtsinn! Dann wären wir dir ein schlechtes Vorbild gewesen!"

„Ich glaube aber nicht, daß ich so werden kann, wie Vater ist."

„Thomas, Vati lebt von einem verborgenen Brot. Das gibt ihm die Kraft, so zu handeln."

„Was meinst du für ein verborgenes Brot, Mutter?" fragte Thomas.

„Kennst du nicht die Geschichte von Jesus, in der die Jünger ihn auffordern, endlich, nach einem sehr weiten Weg, etwas zu essen? Da antwortete Jesus ihnen: ‚Meine Speise ist die, daß ich tue den Willen des, der mich gesandt hat.' Siehst du, Thomas, das ist das verborgene Brot, von dem ich sprach. Es ist deinem Vater wichtig, nach dem Willen Gottes zu fragen und ihn auch zu tun. Davon empfängt er die Kraft, seine Feinde zu lieben, die Schwachen zu tragen, Geduld mit euch Kindern zu haben und unaufhörlich an seinem inneren Wachstum zu arbeiten. Darin sieht er den Sinn seines Lebens. Ich bin stolz auf deinen Vater. Ich möchte ihn nicht anders haben, als er ist."

„Ich ja auch nicht, so viel habe ich jetzt schon herausgefunden, wenn er auch kein außergewöhnlicher Mensch ist – einen besseren Vater könnten wir nicht haben!"

Nun war bald Weihnachten, eine Zeit, die auch für die Familie Kranzbinder voller froher Vorbereitungen und Überraschungen war. Noch in jedem Jahr hatte man bedürftigen oder kranken Menschen eine besondere Freude zugedacht.

Diesmal war die Liste ziemlich groß. Unter anderem war der Name von Herrn Bauer und Familie Goswig darauf zu lesen. Als Berthild meinte, daß auch Frau Purzel einsam sei und sich über einen kleinen Gruß freuen würde, widersprach nicht einmal Thomas.

„Oder wir laden sie an einem der beiden Weihnachtstage zu uns ein."

„Die kommt ja doch nicht."

„Es käme auf einen Versuch an."

„Und Doris muß ein Päckchen haben. Sie bleibt ja über Weihnachten in dem Mütterheim."

„Vor allem dürfen wir unseren Opa Schulendorf nicht vergessen."

„Ja, er lädt uns ganz besonders herzlich ein, am Heiligabend zu ihm zu kommen."

„Wir alle?"

„Ja, er hat nämlich eine große Überraschung für uns."

„Eine Überraschung? Oh, sagt es uns, bitte, bitte, sagt es doch!"

„Dann wäre es keine Überraschung mehr."

Wie schwer war es doch, seine Ungeduld zu zähmen! Aber schließlich kam dann doch der vierundzwanzigste Dezember. Das Auto hielt vor der Tür des alten Bauernhauses. Hund und Katze stellten sich wie gewohnt zur Begrüßung ein. Herr Schulendorf stand im besten Anzug in seinem Wohnzimmer. Er hatte bereits die Kerzen an seinem Weihnachtsbaum angezündet, den er im Waldstück hinter dem Haus abgesägt hatte. Wie ein Kind hatte er sich gefreut und konnte es kaum erwarten, bis seine Freunde endlich da waren. Überrascht und vielleicht doch ein bißchen enttäuscht standen die Kinder im Glanz der Kerzen. Kein einziges Geschenk lag unter dem Weihnachtsbaum!

Schließlich faßte sich William ein Herz und fragte: „Wo

ist denn die Überraschung, Opa, von der Vati und Mutti sprachen?"

Da erhellte ein froher Schein das Gesicht des alten Mannes. Er machte eine Handbewegung, die den ganzen Raum umfaßte und sagte: „Hier ist die Überraschung."

„Wo? Wir sehen doch nichts. Meinst du das Bäumchen?" Kein Wunder, daß William so fragte.

„Nein, die Wohnung, das ganze Haus, es ist euer Eigentum!"

Die Kinder verstanden nun überhaupt nichts mehr, bis der Vater das Wort ergriff und ihnen erklärte: „Denkt nur, Opa Schulendorf will uns in sein Haus aufnehmen. Er ist allein, und wir suchen dringend eine Wohnung, in der ihr auch einmal lebhaft und laut sein dürft. Nun hat Herr Schulendorf uns sein Haus zum Kauf angeboten. Er hat uns einen so lächerlichen Preis genannt, daß es beinahe geschenkt ist. Zur Bedingung stellt er, daß er hier bei uns wohnen bleiben darf und wir ihn bis zu seinem Lebensende versorgen. Wenn es nicht mehr so kalt ist, wird mit der Renovierung des Hauses begonnen. Im Frühjahr ziehen wir, so Gott will, ein ..."

Schon während der Vater sprach, brach ein Jubel los, wie es das alte Haus bisher wohl kaum erlebt hatte.

Die beiden Jüngsten fielen dem alten Mann um den Hals. Um aus dieser stürmischen Umarmung loszukommen, verlangte er, ein Weihnachtslied zu hören. So war kurz darauf der Raum von freudigen Stimmen erfüllt.

„Es ist wie ein Märchen", sagte Anita, als sie vor ihrer Abfahrt alle noch einmal ums Haus gingen. Die Sterne leuchteten am Himmel, und die glücklichen Menschen wußten, daß sie diese Fügung nicht allein dem alten Mann zu verdanken hatten.

„Kein Märchen, es gibt auch heute noch Wunder", sagte Herr Kranzbinder und blickte seiner Frau tief in die Augen.

„Für viele mag es ein glücklicher Zufall sein, daß wir Herrn Schulendorf kennengelernt haben, für mich aber bleibt es ein Wunder. Gott ist imstande, Wege zu ebnen, verschlossene Türen zu öffnen und Hindernisse zu beseitigen."

Im Herbst 1976 erscheint voraussichtlich eine Fortsetzung dieser Erzählung.

